너 없는 그 자리

너 없는 그 자리

이혜경 소설

문학동네

:차례:

너 없는 그 자리

당신, 잘 지내요? 그곳은 덥다니, 가뜩이나 더위 많이 타는 당신, 쉬 지치지나 않을지 늘 걱정이에요. 여름이면 당신의 몸은 땀으로 범벅이 되었죠. 외근에서 돌아오는 당신의 셔츠 등판이며 겨드랑이께가 젖어 있던 게 생생해요. 그 얼룩을 보면, 제 몸 어디엔가도 물이 흥건히 고이는 느낌이었죠. 당신의 마른 몸 어디에 그렇게 많은 물이 숨어 있는지 늘 신기했지요. 땀을 많이 흘리니 수분을 열심히 보충해야 한다고 내가 늘 말했던 거 잊지 않았죠? 물을 자주 마시고 과일도 골고루 많이 먹고 비타민도 꼭꼭 챙기고요. 밥맛없다고 라면 같은 걸로 끼니 때우면 안 돼요. 알았죠?

여긴 벌써 첫눈이 내렸어요. 자고 일어나서 베란다 문을 여니 아파트 놀이터의 놀이기구 위가 희끗희끗한 거예요. 모래는 그대로 모래 빛깔인데. 서리가 내린 건가, 하고 바라보는데, 그게 눈이라는 걸 확인시켜주려는 듯 눈발이 날리기 시작했어요. 꿈에 잠긴 듯, 안 자려고

칭얼대는 아이를 달래는 듯, 하늘하늘…… 출근 준비도 잊고 바라보다가 갑자기 무언가가 목에 턱 걸리고 말았어요. 통장 잔고가 바닥났는데 우편함을 가득 채운 고지서를 본 것처럼. 벌써 눈이라니, 어느새 겨울이라니. 손끝부터 차가워져서, 그 냉기가 심장까지 딱딱하게 만드는 것 같았어요. 한겨울에 맨발로 쫓겨난 여자처럼 오스스 떨렸죠. 뜨거운 커피를 한 잔 마시자 굳었던 피가 겨우 도는 듯했어요. 당신이 사무치게 그리웠어요. 당신이 곁에 있었더라면 저 눈은 그저 아름답게만 보였겠죠. 당신이 내 곁에 없을 뿐인데, 풍경까지 다르게 보이네요.

당신이 그곳 지사로 발령받아 간다는 말을 들었을 때, 그때 기분이 꼭 오늘 아침 같았어요. 당신이 회사를 옮길 땐 차라리 기뻐했잖아요. 사내 결혼을 막는 풍토는 아니었지만, 아무래도 주위를 의식하느라 편하게 만난 적이 없었으니까요. 그래서 그땐 반겼죠. 하지만 케냐라니, 그 먼 나라 이름이 배수구를 막는 고무마개처럼 목젖을 막아버려서 나는 캑캑거렸어요. 해외출장이 잦긴 했지만, 그래도 파견근무는 처음이잖아요?

당신이 떠난 날은 숨이 가슴에 걸려서 어쩔 바를 모르겠더군요. 아프다는 구실로 회사에서 일찍 나왔어요. 어디로 가겠다는 작정도 없이 그냥 가속페달을 밟았죠. 표지판이 나오면 오른쪽이든 왼쪽이든 상관없이 차선 잡기 편한 곳으로 밟고, 그러다보니 어느새 바다가 보이는 곳에 왔더라고요. 차에서 내리는데, 하늘에 마침 비행기가 지나가고 있더군요. 손톱만했어요. 그 안에 수백 명이 앉아 있으리라는 것, 그리고 저마다 가슴에 기억을 안은 채로 떠나간다는 것이 믿어지지 않았어요. 반짝이는 잔물결이 꼭 내 가슴에 차오른 눈물 같았어요. 이제 내 눈물은 누가 닦아줄까. 방파제에 주저앉아 멍하니 그런 생각을 했어요.

당신은 알죠, 내가 얼마나 눈물이 많은 여자인지. 당신만 알죠. 물이 가득 든 양동이에 한끝을 담근 수건처럼 나는 늘 젖어 있었죠. 당신이 출장갈 때 화분에 물을 주듯, 그렇게. 슬픔이 가득 찬 양동이에 걸쳐진 젖은 마음의 한 끝자락을, 당신은 당신 쪽으로 끌어당겼어요. 그리고 내 안의 습기를 천천히 빨아들였죠. 왜 우냐고 묻지 않고, 그만 울라고 만류하지도 않고, 당신은 가만히 곁에 있어주었지요. 어쩌면 나는, 내 곁에 있어주던 당신이 든든해서 당신 앞에서만 유독 자주 눈물을 흘렸는지도 몰라요.

눈물, 이라는 단어를 쓰다보니 이런, 다시 눈물이 핑 도네요. 어쩌면 그토록 자주 울던 내가 다시 안쓰러워졌는지도 모르겠어요. 당신이 처음 내 눈물을 닦아주던 날이 생각나요. 병원이었지요. 내 깁스에 글씨를 쓰느라 고개 숙인 당신의 몸에서 은은히 풍기던 오데코롱 냄새에 그만 아득해져서 눈물이 났어요. 당신은 내가 아파서 그런 줄 알고 당황했지요. 당신이 호주머니에서 꺼내준 닥스 손수건은 구김 하나 없이 정갈했어요. 손수건에서도 같은 향내가 났지요. 그걸로 눈물을 닦는데 눈물이 그치지 않았어요. 이런, 사무실인데 다시 눈물이…… 퇴근 준비에 바쁜 시각이거든요. 파티션이 있어서 다행이에요. 당신, 돌아오면 내게 아주 비싼 저녁 사줘야 해요. 꼭 그래야 해요.

그날, 당신을 떠나보낸 날부터, 시간 날 때마다 고속도로로 차를 몰고 나가 달렸어요. 그냥 끝없이 달리면 그 끝에서 당신을 만날 수 있을 것 같았어요. 알아요, 그게 얼마나 터무니없는 생각인지. 당신을 만나기 위해선 비행기로도 꼬박 하루가 걸린다는 것도. 그런데도 음악을 크게 틀어놓고 가속페달을 밟다보면, 당신 있는 데로 가고 있다는 생각이 들었어요. 그렇게 달렸더니, 속도위반 범칙금 통지서가 날아들기 시작하더라고요. 당신이 비운 자리를 일깨워주려는 듯 날아드는 범칙금 통지서들. 당신이 보낸 소식인 듯해서 현관 앞에 차곡차곡 쌓아두었어요. 과태료가 붙더군요. 할 수만 있다면, 사랑의 규칙을 위반한 당신에게도 범칙금 통지서를 보내고 싶었어요. 그렇게 멀리 떠나가다니.

이런, 사람들이 일어나자네요. 오늘은 다 같이 어디 가기로 한 날이에요. 성질 급한 강팀장이 자리에서 일어서는 걸 보니, 곧 재촉하러 이리로 올 모양이에요. 아쉽지만 오늘은 여기서 마쳐야겠네요. 또 쓸게요. 몸조심해야 해요!

당신, 내가 지난번에 좀 급하게 끝맺어서 걱정했죠? 병원에 시간 맞춰 가야 했거든요. 아, 걱정 말아요. 내가 아픈 건 아니니까요. 난 당신을 좀더 예쁘고 건강한 모습으로 맞기 위해 헬스를 시작한걸요. 그러니 당신도 그런 모습으로 돌아와야 해요, 알았죠?

당신도 알 거예요. 전에 우리 부서에 잠깐 일을 거들러 왔던 오유경. 전에 함께 만난 적도 있잖아요. 나랑 사귀는 사람이 궁금하다며 따라붙기에 억지로 떼놓기도 좀 그래서 같이 나가긴 했지만, 속으론 그애가 미웠어요. 지금이니까 말인데, 그땐 당신도 불편해하는 기색이 역력했어요. 당신처럼 섬세한 사람이, 둘만의 시간에 예고도 없이 다른 사람이 끼어드니 오죽했겠어요.

사실 그앤 같이 일하기 편한 타입은 아니었어요. 좋게 말하자면 천진난만이고, 솔직해지자면 천방지축에 눈치코치 없었죠. 언제던가, 강팀장이 잡지를 넘기다 한숨을 폭 쉬며 말한 적이 있어요. "이런 데누우면 꿈도 안 꾸고 잘 거야……" "뭔데요, 팀장님?" 한가할 때라서 다들 팀장의 책상으로 모여들었어요. 개업한 지 얼마 안 된, 호사스럽기로 이름난 호텔의 객실 사진이었어요. "이런 데서 묵는 사람들은 어떤 사람들일까?" 남편이 실업자가 된 뒤로 어쩨 어깨가 더 딱딱하게 굳은 듯한 강팀장이 말을 마치기가 무섭게, 그애가 대꾸했어요. "우리 오빠 미국에서 들어와 여기 스위트룸에 두 달 동안 장기투숙한걸요." 다들 입을 꼭 다물었지요.

그래요, 은수저를 입에 물고 태어난 여자답게 직장생활도 건성으로 하던 아이였어요. 그앤 직장에 다니지만 매이지는 않았어요. 언제라도 그만둬도 되니까 야유회 오는 기분으로 회사에 다녔지요. 생존에 목맨 나 같은 사람과는 태생이 다른걸요. 그애를 낙하산으로 내려보낸 이가 바로 사장이라서, 팀장은 그애의 실수에도 한숨만 쉴 뿐이었어요. 그애는 세상이 공평하지 않다는 걸 뼈저리게 느끼게 하는 존재였어요. 우리 같은 회사원 한 달 점심값보다 더 비싼 돈을 지불하는 경락마사지를 주말마다 받고, 일하러 오면서도 몇 달 치 월급에 해당하는 명품으로 휘감고 오는 그앨 부러워하다가도 당신을 떠올리면 흥, 콧방귀를 뀔 수 있었어요. 가진 것만 명품이면 뭐해? 내 마음속엔 그 모든 명품을 준대도 바꾸고 싶지 않은 당신이 고요히 빛나고 있었으니까요. 회사 다니는 게 지겨워질 즈음 집에서 정해준 사람과 결혼한다며 사표를 내더군요. 시댁에서 사준 삼십몇 평짜리 아파트에서 집들이를 할 땐 다들 부러워했지요. 그리고, 사회생활에서 만난 관계가 으레 그러하듯 점점 소식을 주고받는 일이 뜸해졌어요. 어쩌다 통화하면 친정에서 보낸 도우미가 집안일 다 해주는 걸 아는데도, 난 살림 체질인가봐, 내가 왜 직장생활을 했는지 모르겠다는 소리나 해대니까, 점점 멀어졌죠.

아이가 아파서 병원에 갔던 다른 부서 사람이 우연히 그앨 만나지 않았더라면, 우린 그애가 아픈 줄도 모르고 지냈을 거예요. 입원했다는 소식 듣고 안 가볼 수 없어서 직장 동료와 다녀왔어요. 난소암 말기래요. 좀 얄밉다 싶을 정도로 몸에 안 좋은 일은 절대 안 하던 애였는데. 술이야 어쩔 수 없이 마시긴 해도 맥주 두 잔 이상은 절대로 안 마시고, 담배는 물론 안 피우고. 자기만 안 피우는 게 아니라, 술자리에서 동료들이 담배 피울 때에도 손부채질을 해서 노골적으로 눈치를 주더니.

인생은 참 이상해요. 언제 등 뒤에 감춘 도끼를 치켜들지 아무도 모르죠. 당신이 갑자기 아프리카로 떠나게 될 줄은, 당신도 나도 짐작도 못 했잖아요? 이럴 땐 당신 어머니라도 찾아뵐 수 있으면 좋을 텐데.

그러고 보니 당신 어머니께 처음 인사드린 곳도 병원이네요. 당신, 어머니가 수술받으셨다는 얘길 내게 바로 안 한 건 지금 생각해도 서운해요. 내가 바쁠 때였으니 부담을 주지 않으려고 그랬다는 걸 알긴 하지만요. 당신은 닷새 동안이나 연락 두절이고, 회사로 전화하면 자리에 없다는 말만 거듭하니 내가 얼마나 속이 탔겠어요. 결국 물어물어 병실로 찾아갔을 땐 그렇게 반길 거면서요. "아니, 여길 어떻게 알고……" 당신은 말을 잇지도 못했죠. 허리뼈가 주저앉아 수술을 받으셨다는 당신 어머닌 허리에 보조기를 채우고 계셨고요. 마음 같아선 절이라도 올리고 싶었지만, 앓는 사람은 절을 받는 게 아니라며 사양하실 게 분명해서 손을 꼭 쥐어드리는 걸로 인사를 대신했어요. 병상에 누운 사람답게 힘없고 축축한 손이었지요. 그래도 이 손으로 당신을 키우셨다고 생각하니 쉽게 놓을 수가 없었어요.

그때, 날마다 당신 어머니에게 문병을 가는 게 제게 얼마나 큰 기쁨이었는지 모르죠? 비로소 당신 가족이 된 듯했어요. 어머닌 또 어찌나 고상하신 분인지, 높은 데 올랐다가 떨어지셨다는 게 상상이 되지 않을 정도였어요. 오랜 세월 윤을 낸 대청마루에 모시한복 입고 앉아 다듬이질이나 하실까, 다른 일에는 어울리지 않을 만큼 고운 기품이 느껴지는 분이니까요. 마음도 그만큼 여리셔서, 제 걱정을 많이 하셨어요. "회사 다니는 사람이, 시간도 없을 텐데……" 하면서 안절부절 못하셨죠. 당신도 제가 피곤할까봐 늘 걱정했죠. "병원은 건강한 사람도 아프게 느껴지는 곳이니 그만 오라"고요. 하지만 당신, 제가 보기보다 체력이 좋다는 걸 모르고 한 말이에요. 그깟 잠 좀 덜 자는 건 제게 문제도 아니었죠. 다시 뵐 때까지 건강하셔야 할 텐데.

당신, 혹시 거기서 아픈 건 아니죠? 수질도 나쁘고 풍토병도 있는 곳이라니 걱정돼요. 언제 한번 가봐야 할 텐데 워낙 멀어서 통 시간을 낼 수가 없네요. 깊은 밤, 당신 방으로 스며드는 아프리카의 꽃향기로 변할 수 있다면 지금이라도 내 몸을 내주고 꽃이 되고 싶어요. 당신 있는 그곳엔 지금쯤 놀이 질까요. 평원에 붉게, 피 토하듯 깔리는 놀을 언젠간 당신과 함께 보게 되겠지요. 오늘 밤엔 당신을 만나는 꿈을 꿀 거 같아요. 꿈속에서 만나요. 안녕.

설은 어떻게 보냈어요? 떡국은 좀 먹었어요? 명절에 혼자 떨어져 있으면 더 외로운데…… 하긴 당신은 잘 견디리라 믿어요.

당신, 무슨 일이든 혼자 감당하려 드는 당신이 나를 슬프게 했다는 거 모르죠? 결혼식장에서 주례들이 왜 "기쁠 때나 슬플 때나 외로울 때나 검은 머리 파뿌리 되도록"이라고 말하겠어요. 그건 기쁨이든 슬픔이든 함께해야 한다는 뜻 아닌가요? 아, 당신을 원망하는 건 아니에요. 슬픔을 혼자 견디려 하는 당신이 야속했는데, 지금 이렇게 먼 곳에 당신 홀로 있을 땐 당신이 잘 견딜 거라는 게 위안이 되니까요.

설 연휴엔 동남아의 섬에 다녀왔어요. 당신이 있는 적도 근처의 분위기를 느끼고 싶어서요. 당신이 아프리카가 아니라 동남아에 있다면 얼마나 좋을까요. 사실은, 케냐로 가는 항공편을 알아보기도 했어요. 오가는 시간을 빼면 이틀 정도 당신 곁에 있을 수 있겠더군요. 이틀…… 살 빛깔 다르고 말 다른 사람들 사이에서 지친 당신 앞에 문득 제가 나타났을 때 당신이 느낄 기쁨을 생각하면 스물네 시간의 비행 끝에 이틀 머물다 오는 것쯤 감수할 수 있지만, 그냥 마음을 접었어요. 지금은 이렇게 그리움을 키우는 것도 좋을 것 같아서요. 언젠간 이것도 추억거리가 되겠죠. 우리가 처음으로 맞는 이 긴 이별, 우려내지 않은 쓴 나물을 먹을 때처럼 쌉싸름한 이별을, 향긋한 여운을 남기는 추억으로 돌아볼 날이 올 거예요.

당신이 있는 곳으로 가는 대신 휴가를 보낸 곳은 휴양지로 개발된 섬이었어요. 본토에서 모터보트를 타고 한 시간 정도 가면 나오는 아주 작은 섬이었어요. 오직 쉬는 것만을 목적으로 하는 사람들이 찾는 곳이었죠. 해안선을 따라 섬 둘레를 천천히 걸어 일주해도 한 시간이 채 안 걸렸어요. 리조트 식당에선 전채부터 디저트까지 세 끼 메뉴가 정해져 있어서, 디저트로 뭘 먹을까 하는 사소한 고민마저 할 필요가 없었어요. 때 되면 식당에서 밥 먹고, 산책하고, 쉬고 싶으면 해변에 놓인 비치의자에 누워서 망망한 바다를 바라보고. 저 바다가 인도양이겠구나, 인도양을 건너면 당신이 있는 아프리카에 다다를 수 있겠구나, 어쩌면 당신도 지금 바다를 바라보며 내 생각을 하고 있을지도 몰라…… 이렇게 공상하고. 한참 바다를 바라보면 머릿속에 하얗고 묵직한 베일이 드리우는 듯 졸리죠. 비칠비칠, 절반쯤 잠에 취한 걸음으로 방갈로로 들어와 침대에 몸을 던지고 낮잠을 자지요.

그 섬에서 스노클링을 했어요. 해변을 산책하는데 얼굴이 시커먼 원주민 남자가 다가오더군요. "곤니찌와." 그가 일본어로 인사를 건넸어요. "나는 한국사람이에요." 사내의 얼굴에 얼핏 실망한 기색이 비쳤어요. 그가 영어로 말을 바꾸더군요. "난 또…… 당신이 일본 여자인 줄 알았어요. 내 형들은 둘 다 일본 여자와 결혼해서 일본에서 살아요." 어쩌면 그는, 형들의 뒤를 따라 일본 여자와 결혼하겠다는 꿈을 갖고 있는지도 모르죠. "혼자 왔어요?" "네." "심심하지 않아요? 스노클링 가르쳐줄게요." 프런트 데스크에 스노클링 안내문이 붙어 있었지만, 그냥 쉬고 싶었기에 자세히 보지도 않았어요. "난 그냥 쉬는 게 좋아요." "바닷속에 예쁜 물고기가 얼마나 많은데…… 한국의 바다에선 이런 거 못 볼걸요? 당신한텐 공짜예요. 한 시간을 초과하면 돈을 내야 하지만요." 결국 그 사내가 갖다주는 오리발을 신고 물안경을 썼어요. 정말, 짧은 모래사장이 끝나는가 싶더니 헤엄치는 물고기들이 보이더군요. 수족관에서나 보던 원색의 열대어들이. 꼭 파란 물감에 담근 것처럼 온몸이 파란 놈이며 알록달록한 놈이며…… 어느새, 나는 물속의 세계에 빠져버렸어요. 그런데, 완만하게 이어지던 물속 경사면에 갑자기 낭떠러지가 나타났어요. 깊이를 알 수 없는 낭떠러지였죠. 햇살을 받아 환하고 푸르던 물 빛깔이 먹을 풀기라도 한 것처럼 어둑해졌어요. 맞춤한 온도에 받아두었다 식힌 욕조물처럼 미적지근하던 물도 표나게 차가워졌어요. 그 어둠 속에서 커다란 식충식물 같은 게 내 발목을 잡아당기는 것 같았어요. 나는 허둥거리며 몸을 돌렸어요. 그 바람에, 낭떠러지에 붙어 있던 성게에 발이 닿았나봐요. 따끔한 게 발을 찌르는 통에 몸의 균형을 잃었죠. 그때 사내가 내 손을 낚아챈 덕분에 해변으로 나올 수 있었어요.

해변의 모래사장에서 잠깐, 나를 놀라게 한 바다를 바라보았어요. 겉보기엔 그저 똑같이 푸른 바다였어요. 그런데 그런 심연이 있다니. 나를 잡아채준 원주민 사내가 없었더라면, 하니 아찔해졌어요.

방에 들어와 물기를 닦다. 그만 당신 이름을 입밖에 내는 순간, 무릎이 꺾이며 주저앉았어요. 타일 바닥이 서늘했어요. 채 물기를 닦지 못한 머리에서 타일 바닥으로 똑똑 떨어지는 물방울에 내 뜨거운 눈물을 버무리면서 오래 울었어요. 평온한 비췻빛이었다가 한순간에 음험하게 짙어진 물, 유유히 헤엄치던 작고 예쁜 열대어들이 갑자기 사라지고 빨려들 것 같은 어둠만 펼쳐질 때의 당황과 공포. 내겐 익숙한 거였어요. 그게 뭐였는지는…… 나중에 기회 되면 말해줄게요.

머리의 물기도 채 말리지 못한 채 그만 잠들었어요. 깨어났을 땐 여기가 어딘가 어리둥절, 그만 한 생이 지나간 듯했어요. 몇 시간이나 잤는지 방갈로 현관엔 그새 외등이 켜져 있었어요. 어둑어둑한 가운데 눈을 뜨면서 다시 당신의 이름을 불렀어요.

당신, 내가 당신 이름을 얼마나 자주 부르는지 모르죠? 조명 때문에 눈부신 밤거리를 걷다가 문득, 머그잔에 커피를 따르다 주춤, 온몸이 침대에 쩍 들러붙는 듯 앓다가 흐릿하게 입밖에 내어보는 이름. 가시나무숲 속에서 마법에 걸려 백년쯤 잠들었던 공주를 깨워줄 마법이라도 되는 듯이, 불러보는 이름, 당신.

섬에서 남은 시간 동안 나는 내처 잠만 자다 돌아왔어요. 당신이 돌아오면, 언제든 함께 가요. 당신에게 그 섬을 보여주고 싶어요. 나를 울린 섬, 내 눈물을 받아준 그 섬에. 오늘도 당신 이름을 부르며 잠들 거예요.

오늘은 바람이 한결 눅었어요. 춥다 춥다 했는데 어느새 계절이 바뀌려나봐요. 잔가지만 어수선하던 가로수에도, 오늘 보니 움이 트려는지 뾰족뾰족한 것들이 보이더군요. 나무에 돋는 움처럼, 오늘따라 유난히 당신 생각이 마음 거죽을 뚫고 나오네요. 그래요, 겨울 지나면 봄이 오듯, 헐벗은 나뭇가지에 새순 돋는 게 당연하듯, 우리의 인연도 그렇게, 우리가 모르는 어떤 커다란 힘이 점지한 것일 거예요. 사람들은 그걸 운명이라고 말하죠.

당신은 우리가 호프집에서 처음 만났다고 생각하죠? 들를 때마다 안주에 정성이 안 담겨 있다고 생각하면서도, 익숙한 분위기 때문에 그냥 발길이 그리로 향하던 회사 옆 그 호프집.

그날따라 손님이 많아서 빈 테이블이 없었어요. 우리는 단골이라는 명목으로 안쪽의 두 개뿐인 룸 가운데 하나를 차지하고 있었고요. 화장실에 갔던 김과장이 사람들의 등을 떠밀며 들어섰지요. 영업팀 사람들이었어요. 낯선 사람이 한 명 끼어 있었죠. 당신이었어요. "안주가 이 모양인데도 이 집 장사 잘되는 거 보면 참 이상해. 밖에 자리가 없어서 같이 마시자고 끌고 왔어." 김과장이 인사 겸 해명을 했고, 열두어 명이 앉을 만한 ㄷ자형 의자에 느슨하게 앉아 있던 우리는 자리를 좁혀 새로 온 손님들이 앉을 공간을 만들었지요. 영업팀에 새로 온 사람이라고 당신을 소개하는데, 난 어쩐지 낯이 익었어요. 큰 키에 마른 몸집이 잎 떨구는 가을 나무를 생각나게 하는 사람, 그 몸집만큼이나 순한 눈매. 어디서 봤지, 어디서? 속으로 고개를 갸웃거리다 자리에 앉은 사람에게 두루뭉술하게 인사하던 당신과 눈이 마주치는 순간 깨달았어요.

그날은 휴일이었죠. 일이 밀린 나는 그날도 출근했어요. 길이 한적해서, 일하러 가는 게 아니라 어디 놀러 가는 듯 마음이 한가했죠. 가로수의 초록이 한창 예쁠 때였어요. 잠깐 가로수에 주었던 눈길을 거두는 순간, 차가 갑자기 끼어드는 거예요. 앞차와의 간격을 봐도 그렇고, 도무지 끼어들 만한 상황이 아니었어요. 어찌나 놀랐던지, 참을 수 없어서 차창을 열고 소리쳤어요. "아저씨, 무슨 운전을 그렇게 해요!" 그런 다음에도 가슴이 벌렁거려서 속도를 늦춰야 했죠. 사거리에서 신호에 걸렸는데, 그 차에서 웬 남자가 급히 내리더군요. 온몸으로 분노를 내뿜는 듯했어요. 무서워서 얼른 차창을 닫았어요. 남자의 험악한 인상이며 내 몸의 두 배쯤 되는 체구 때문에 차마 차에서 내릴 수 없었죠. 남자가 차 창문을 두드리며 고래고래 소리지르고, 횡단보도를 건너던 사람들은 힐긋거리고. 신호가 바뀌자마자 급하게 가속페달을 밟았는데, 그러면서도 남자의 차가 끝내 쫓아올까봐 겁났어요. 남자의 차가 쫓아오지 않는다는 걸 확인하고 나니 뒤늦은 분노가 저를 태우려 들더군요. 잠깐이지만, 내가 겁을 먹었다는 사실이 날 화나게 했죠. 여태 살아오면서 제가 깨달은 것 중의 하나는, 세상은 약한 사람을 밟으려 든다는 것, 그러니 약하게 보여서는 안 된다는 것이었어요. 제가 약한 모습을 보일 수 있었던 사람도 당신뿐이었어요.

회사에 도착해서 일부러 한 층 아래에서 내렸죠. 그쪽은 영업팀이라서, 휴일엔 보통 비어 있기 마련이거든요. 여자화장실로 뛰어들자마자 참았던 눈물을 쏟아내기 시작했어요. 그만한 일에 겁먹은 내가 한심하고, 힘으로 하면 밀릴 수밖에 없는 작은 여자라는 게 서럽고 분해서 그만 엉엉, 소리까지 내면서요. 휴일의 텅 빈 화장실에 내 울음소리가 울리더군요. 한참 울다보니 속이 좀 풀렸어요. 그런 인간 때문에 내 눈물을 낭비하는 게 아까워지기 시작했죠. 소리내어 코를 풀고, 벌게진 눈가를 콤팩트로 다듬은 다음 후련해진 마음으로 화장실에서 나오는데, 바로 옆에 붙은 남자화장실에서 나오던 키 큰 사람과 눈이 마주쳤어요. 순하게 쌍꺼풀 진 동그스름한 눈이 무슨 일이냐고 묻는 듯했어요. 난생처음 보는 여자를 진심으로 걱정하는 듯하던 그 동그란 눈, 바로 당신이었어요.

술이며 새 안주가 날라져왔지요. 당신은 휴일에 회사 화장실에서 소리내어 울던 여자를 기억하지 못하는 듯했어요. 그저 적당히 속도를 조절하며 술을 마시고, 비어 있는 잔엔 술을 채우고, 이따금 입을 열 뿐이었어요. 그런 당신의 동작이며 말투에서는 은은한 울림이 느껴졌어요. 이상하지요, 새로 온 사람인데도 당신은 오래전부터 섞여 있었던 사람 같았어요.

지금 생각하면, 내가 손가락을 다친 건 당신과의 인연 때문이었을 거예요. 그런 걸 운명이라고 하는 거겠죠. 방향이 맞는 사람끼리 차에 탔을 때, 문 밖에 서 있던 당신이 차의 문을 닫아주었지요. 그런데 그만, 맨 먼저 내려야 해서 마지막으로 차에 오른 내 손가락이 끼어버렸죠. 아! 생각할 겨를도 없이 비명이 튀어나왔어요. 얼른 차 문을 열었지만, 손톱은 이미 꺼멓게 죽어버렸고, 손가락에선 피가 흘렀어요. 당신은 병원까지 따라왔어요. 그저 손가락에 깁스하는 정도였는데, 당신은 내 손가락이 온전할 수만 있다면 자기 손목이라도 내놓고 싶다는 표정이었죠.

당신이 내 손가락에 기울인 관심 때문에, 난 되도록 오래 깁스를 하고 있었으면 했어요. 당신이 그 앙증맞은 깁스에 '빨리 나으세요' 하고 써넣을 때, 당신의 이마와 내 이마가 거의 맞닿았죠. 깁스를 잘라낼 때 그 글씨가 잘리지 않도록 조심해달라고 부탁했어요. 당신과 내가 가까워진 건 그 간절한 마음이 담긴 깁스 덕분이었을까요. 아니, 내 손가락이 완전히 자유롭게 움직일 때까지 그걸 확인한다는 핑계로 내게 다가온 당신의 관심 때문일 거예요.

당신과 가까워지면서, 나는 늘 당신을 몸에 품고 다니는 기분이었어요. 언젠가, 몸에 혹이 있어서 수술한 사람의 기사가 해외 토픽으로 나온 적이 있었죠. 그때 그 혹이, 실은 혹이 아니라 태내에서 죽어버린 쌍둥이였다지요. 그 기사를 본 날, 나는 내가 당신을 그렇게 품고 다녔다는 걸 알았어요. 아니, 당신을 그렇게 품고 다닐 수 있다면 등에 혹을 매달고 다니는 것쯤 감수할 수 있다고 생각했어요. 그때 당신, 휴일의 텅 빈 회사 화장실에서 소리내어 운 여자를 이해한다는 눈으로 바라보아준 당신, 그 눈빛의 따뜻함은 내게 각인 같았죠. 당신에겐 내가 어떤 모습으로 각인되어 있는지 궁금해요. 오늘도 나는 당신과의 인연을 만들어준 손가락을 어루만지며 잠들 거예요. 잠자리에 들기 전, 화장대 서랍에 모셔둔 그 깁스 조각을 당신 보듯 한번 더 보고요. 안녕.

　오늘 내가 누구 만났는지 알아요? 바로 윤성씨예요. 퇴근하고 들른 대형문고에서 나는 나가는 길이었고, 윤성씬 들어오는 중이었어요. 윤성씬 날 만난 게 무척 반가웠나봐요. 잡은 손을 놓지 않아서, 지나가던 사람들에게 방해가 될 정도였으니까요. 그새 몸이 제법 불었더라고요.
　윤성씨가 이끄는 바람에 찻집에 갔어요. 자연히 당신 얘기를 먼저 하게 되었죠. "태호씨하곤 자주 연락하세요?" "어쩌다요." 아까 반기던 때와 달리 좀 퉁명스러운 말투였어요. 혹 당신과 사이가 벌어진 건 아닌가 하고 속으로 걱정스러웠어요. 누가 뭐래도, 윤성씬 당신의 가장 절친한 친구잖아요.
　당신이 내게 윤성씨를 소개해준 날은 당신의 생일이었죠. 나는 당신을 놀래주려고 부러 일찍 퇴근해서 당신의 회사로 갔고요. 당신이 회사를 옮기고 나서 처음 찾아가는 길이었어요. 로비에 앉아 기다렸어요. 전화를 할 수도 있었지만, 깜짝 파티를 열어주고 싶었거든요.

거리에 가로등불이 하나둘 켜지는 저녁, 당신이 지친 걸음으로 회사를 나서는데, 그때 제가 환한 미소를 띠고 당신 앞에 짠 하고 나타나는 거지요. 예약해둔 레스토랑으로 당신을 데리고 가, 당신이 있어서 이 세상이 얼마나 환한지, 그래서 당신의 생일이지만 정작 축하받아야 할 사람은 나임을 말해주는 거예요. 그 한순간을 위해, 나는 백화점에서 프리지어를 연상하게 하는 노란 원피스에 하얀 볼레로를 새로 장만했어요. 새옷을 입은 나는 환했어요. 레스토랑의 예약을 확인하고 나올 땐 입가에 저절로 미소가 지어졌어요. 머지않아, 내가 차린 밥상으로 당신의 생일을 챙겨줄 수 있을 테니까요. 내 마음속에 환하게 켜진 꽃불의 불빛이 밖으로 새어나오는지, 바삐 퇴근하던 남자들의 눈길이 다 한 번씩 나에게 머물렀던 기억이 나요.

그날, 당신은 고맙다고, 정말 고맙다고 여러 번 말했지요. 내게는 당연한 일인, 당신 생일을 기억한 것 갖고 듣기엔 민망할 정도였어요. 하지만 다른 약속이 있다고, 당신은 어쩔 바를 몰라했죠. 당신과의 저녁을 꿈꾸었던 나로선 청천벽력이었지요. 나 아닌 다른 사람과 생일을 보낸다고? 믿기지 않았어요. 내 안에 환하던 꽃불이 일제히 꺼졌어요. 어둠이 내 살갗으로 스며드는 것 같았어요. 내 표정을 본 당신은 차마 발걸음을 떼지 못했고요. 그렇게 해서 나는 당신과 단 둘이 보내는 저녁을 포기한 대신, 처음으로 당신의 친구들을 만날 수 있었어요. 윤성씨도 그날 알게 되었죠.

"태호는 워낙 바쁜 모양입니다. 뭐 땅 넓은 곳에 있으니, 좁은 땅에서 복닥복닥하던 날들은 잊고 싶지 않겠어요? 저라도 그럴 겁니다. 경원씨 더 좋아 보입니다?" 내가 운동을 시작했다고 하자, 윤성씨도 살이 조금씩 붙어서 운동을 시작했다고 하더군요. 운동할 시간도 내기 어렵게 바쁜 회사 얘길 하다가 윤성씨가 문득 묻더군요. "아직도…… 경원씨에겐 태호뿐인가요?" 그거야 물으나 마나였죠. "태호 그 친군…… 친구인 제가 보기에도 가정 이루고 살 사람은 아닌 것 같아요. 꼭 어디 절 같은 데 가면 어울릴 친군데…… 또 모르죠, 언제 머리 깎는다고 나설지. 그러니 다른 사람도 만나보시는 게……" 이런 사람을 친구라고 믿는 당신이 문득 가여워졌어요. 나는 눈을 똑바로 뜨고 말했어요. "자주 본 건 아니지만 윤성씨가 괜찮은 사람이라는 건 인정해요. 그렇지만 내겐 그 사람밖에 없어요." 윤성씨 얼굴이 조금 벌게지더군요. 윤성씨의 눈 안으로, 온갖 감정들이 스쳐가는 게 보였어요. 놀람, 배신감, 그리고 무안함…… 맨 마지막에 스쳐간 것은 연민 같았어요. 자기 연민이었겠죠. 누군들 안 그렇겠어요. 좋아하는 여자가 정색을 하고 싫다는데, 자기 자신이 불쌍하게 여겨지지 않겠어요.

사실, 전에 윤성씰 따로 만난 적이 있어요. 이 얘긴, 당신에게 차마 할 수 없었죠. 당신과 윤성씨의 우정에 금이 갈까봐서요. 그래도, 오늘 윤성씨 만나고 나니 아무래도 당신에게 말하는 게 나을 것 같네요.

그때가 언제였더라. 당신이 떠나기 석 달쯤 전인 것 같아요. 윤성씨가 나에게 전화를 걸어 만나자고 했을 때, 반가우면서도 가슴이 덜컥 내려앉았어요. 당신에게 무슨 일이 있나 싶었거든요. 그즈음 당신이 나에게 말 못 할 무슨 사정이 있는 것처럼, 내 전화도 잘 안 받고 그랬으니까요. 당신 친구의 연락처를 미리 알아두지 않은 게 후회되던 참이었죠. 윤성씨에게 인사를 건네는 둥 마는 둥, 자리에 앉자마자 저는 물었어요. "태호씨에게 무슨 일 있어요?" "아, 예⋯⋯" 윤성씨가 말을 더듬거리더군요. 얼핏 스쳐가는 난감한 기색을 내가 놓칠 리 없었죠. "연락이 안 되네요. 혹시 무슨 사고가 난 건 아니겠죠? 며칠 동안 얼마나 애가 탔는지 이렇게 되었네요." 나는 손으로 입술을 가리켰어요. 립스틱으로 가리긴 했지만, 부르튼 게 표가 났거든요. 당신과 연락이 안 된 며칠 동안, 내 피는 용암처럼 들끓었어요. 혈관 속을 조용히 흘러야 할 피가 날뛰니 어떻게 되었겠어요. 두통약을 달고 살아야 했어요. 정수리에 손을 대면 뜨끈할 정도였으니까요. 결국 몸은 그 열기를 내리기 위해 물집을 만들어내더군요. "대체 무슨 일이에요? 혹시 태호씨 어머니가⋯⋯?" 내가 다그치자 윤성씨는 점점 난처한 표정이 되었어요. 마침 종업원이 주문을 받으러 오자, 그 곤경에서 벗어날 수 있게 되어 기쁘고 고맙다는 표정으로 종업원을 바라보기까지 했으니까요. 뜨거운 박하차를 몇 모금 마시자 겨우 진정이 되었죠. 내 허둥거리는 기색을 본 윤성씨가 조용히 말했어요. "그냥, 이 근처에 일이 있어서 온 김에 얼굴이나 보고 가려고 했어요. 바쁘신데 미안합니다. 태호는⋯⋯ 뭐 별일 없을 겁니다." 그 난처한 얼굴을 보는 순간 깨달았어요. 윤성씨는 당신의 소식을 갖고 온 게 아니라 그냥 나를 만나러 온 거였어요. 절친한 친구의 여자한테 그런 식으로 접근해오다니. 윤성씨가 다시 보였어요. 윤성씨를 철석같이 믿는 당신이 염려되었죠. 그뒤로 당신을 볼 때면 입이 근질거렸지만, 당신에게 그 일을 얘기할 순 없었어요. 미안해요.

그때를 떠올리자, 윤성씨가 이끈다고 같이 차를 마시고 있는 내가 한심해졌어요. 그만 자리에서 일어날까 하는데 마침 윤성씨가 그때 얘길 꺼내더군요. "전에, 제가 경원씰 한번 찾아간 적 있지요?" 나는 대꾸도 안 했어요. 그 일을 어찌 잊을 수 있겠어요. "그때 내가 왜 만나자고 했는지 아십니까?" "그거야……" 나는 말하다 말고 얼버무렸어요. 쥐도 도망칠 구멍을 남기고 쫓아내야 한다잖아요? "내가 이 말까진 하지 않으려 했는데, 아무래도 말하는 게 경원씨에게 도움이 될 것 같군요. 그때, 사실은 태호 때문에 만나자고 한 거였어요. 태호가 그러더군요. 경원씨가 부담스럽다고. 그냥 한 직장에서 한때 같이 일한 사이였을 뿐인데, 자기 때문에 다친 손이 완전히 낫는 걸 봐야 마음이 편할 것 같아서 확인하기 위해 자주 만난 것뿐인데 경원씨가 뭔가 오해를 한 것 같다고. 생일날도, 엄마가 입원하셨을 때도, 이것저것 챙기고 선물을 떠안기는 경원씨가 부담스러웠다고요. 회사 앞으로 자주 찾아오는 것도 불편하다고요. 마음먹고 얘기하려고 해도, 막상 만나면 경원씨가 차마 말을 꺼낼 수 없게 한다더군요." 윤성씨의 그 빤한 마음을 내가 왜 모르겠어요? 나는 핵심을 찔렀죠. "그래서, 태호씨가 절 만나서 그런 얘길 해달라고 하던가요?" "그건…… 그건 아니에요. 태호는 오히려 내가 경원씨 만나는 걸 말렸어요. 그런데 태호를 아는 나로선, 그 친구가 그렇게 마음 불편해하는 걸 차마 그냥 볼 수가 없었어요. 경원씨에게도 시간 낭비고요. 그래서 그냥 제가 만나자고 한 거예요. 그런데, 막상 만나니 태호 말이 이해가 되더군요. 경원씨가, 도무지 말을 할 수 없게 만들어요." 난 그만 윤성씨가 가엾어졌어요. 아무리 거절당했다고 해도, 친구 사이에 최소한 해서는 안 되는 일이 있잖아요. "빨리 현실을 직시하는 게 좋을 겁니다. 태호가 떠나간 뒤 한 번이라도 경원씨에게 연락을 했습니까? 시간 낭비예요."

총을 맞고 꿈틀거리는 사람에게 확인사살하듯, 윤성씬 그 말을 하고 자리에서 일어서더군요. 아무래도, 내겐 당신뿐이라는 말이 윤성씨 자존심을 다치게 한 것 같았어요. 당신이 그런 친구를 믿고 있다는 게 안타까울 뿐이에요.

당신, 마음 상한 거 아니죠? 그래도 당신이 진실을 알고 있어야 할 거 같아서요. 가장 친한 친구에게서 배신을 당할 수도 있는 게 세상이라니, 쓸쓸하지만 어쩌겠어요. 당신 곁엔 내가 있잖아요. 그러니 기운 내요, 당신. 당신 친구들 열 명을 합한 것보다 내가 더 큰 위로가 되어주고 힘이 되어줄 거니까요.

당신 알아? 그림자밟기 놀이. 그건 볕이 환한 날에만 할 수 있는 놀이였어. 술래가 눈을 가리고 열을 세는 동안, 아이들은 술래에게서 최대한 멀리 떨어지지. 열을 세고 난 술래는 아이들을 쫓으며 그림자를 밟아. 그림자의 머리를 밟으면, 밟힌 아이가 술래가 되는 거였지.

지금 나는 태양이 이글이글 타오르는 사막에 혼자 선 것 같아. 눈에 닿는 것마다 너무 환해서 망막이 타버릴 것 같아. 있는 대로 조도를 높인 수천 개의 전구가 내 마음에 켜져서, 자칫하면 터져버릴 것 같아. 저 선명한 그림자라니.

그애 이름이 생각났어. 소정…… 그앤 다른 도시에서 전학왔지. 공장에 다니던 아빠가 사고로 세상을 떠나는 바람에, 외가가 있는 이곳으로 내려왔다고 했어. 집안이 특별한 것도 아니고, 얼굴이 예쁜 것도 아닌 전학생, 묻히고 말 존재였어. 그런데 어느 순간, 아이들의 소곤거림에서 소정이라는 이름이 자주 오르내렸어. 소정이가 그러는데,

어제 소정이랑, 소정이한테 물어보지 그러니? 소정은 혀에 돋은 혓바늘처럼 꺼끌거렸지.

어느 날, 방과 후에 내 친구들과 몰려나가다 소정이 혼자 집으로 가는 걸 보았어. "야, 우리 소정이도 데리고 놀까?" 내가 말했어. 다른 아이들은 "소정일?" 하고, 말도 안 된다는 듯이 외쳤지. 아차, 싶었어. 소정을 끼워주자고 말하는 순간, 그애들의 눈에 떠오른 의심을 못 알아볼 내가 아니었으니까. 그 순간, 아이들은 내가 왜 소정 따위를 끼워주자고 했을까 하고 갸웃했고, 그런 다음 소정과 나의 공통점에 생각이 미쳤을 거야.

부모가 육성회 임원이거나, 어딘가의 기관장인 아버지를 둔 그애들은 저희끼리만 몰려다녔어. 군청 말단 공무원의 딸인 나는 늘 일등인 성적 덕분에 그 그룹에 낄 수 있었어. 그애들의 엄마들은 자기 아이가 나와 함께 놀면 내 뛰어난 지능을 훔칠 수 있다고 생각하는 것 같았어. 그건 나도 마찬가지였지. 그애들과 어울리면 언젠가 나도 그애들처럼 넓고 쾌적한 곳에서 살면서 과일 하나를 먹더라도 고급스러운 그릇에 담아 먹는 신분이 될 것 같았으니. 그래서 그애들과만 어울렸는데 그만 실수를 하고 만 거야. "늘 우리끼리니까 다른 애 한번 데리고 놀아보는 것도 괜찮을 거야." 소정이 심심풀이 땅콩이라도 되는 듯, 그렇게 말했어.

소정은 우리의 부름에 순순히 응했어. 운동장 가장자리에 책가방을 쌓아놓고 우리는 그림자밟기를 했지. 그림자가 육십 도쯤 기운 시각이었어. 첫번째 술래는 소정이었어. "오늘 처음 끼워주었으니까 네가 술래 해." 나는 소정을 끼워준 사람답게, 단호한 목소리로 말했어. 소정은 순순히 그러겠다고 했어. 다른 아이들이 우리 그룹에 끼려고 할 때의 비굴함과는 다른 무엇, 어떤 어른스러움으로 내 말을 받아들이는 소정을 보며, 아이들이 왜 소정이 이야기를 하는지 문득 알 것 같은 기분이었지. "하나, 둘, 셋, 넷······" 소정이 열을 세는 동안 다른 아이들은 저만큼 달아났어. 난 그럴 필요도 없다는 듯 근처에서 알짱거렸지. 난 몸이 작은 대신 재발랐으니까. 그런데, 돌아선 소정은 나보다 훨씬 민첩했어. 가까이에 있는 날 두고 다른 아이를 쫓아가는 척하다 홱 몸을 돌리더니 내 머리를 단숨에 밟아버렸어. 죽었다! 기쁨에 찬 소정의 목소리가 운동장에 퍼지고, 운동장 뒤의 수로를 지나 산으로 올라가는 듯했어. 그림자가 아닌 머리를 밟힌 것처럼 머릿속이 뜨거워졌어. 너 따위가 감히? 입술을 꼭 깨물었지.

술래가 된 나는 물론 소정을 표적으로 삼았어. 다른 사람은 눈에 들어오지도 않았지. 소정은 나에게 쫓기다 지치자, 교사 그늘로 달려가버렸어. 자기 그림자를 숨기면 밟히지 않으니까. "야, 나와. 비겁하게." 교사 그늘 속에서 슬금슬금 움직이는 소정을 향해 눈을 부릅떴지. 소정도 언제까지나 그늘에 숨어 있을 순 없다는 걸 알고 있었어. 소정의 그림자가 별으로 나서는 순간, 나는 소정의 머리를 힘껏 밟았어. 그게 그림자가 아니라 소정의 머리였다면, 두개골이 바스라지고도 남았을 거야. 다시 술래가 된 소정은 나를 쫓지 않고 다른 아이를 쫓더군. 저도 깨달은 바가 있었겠지. 그다음에 밟힌 아이는 약국집 딸 은경이었어. 나는 대신 술래가 되어주겠다고 했어. "은경인 조금만 달려도 숨이 차잖아." 천식기가 있는 은경을 보호하겠다는 데야 아무도 이의를 제기할 수 없었어. 다시 소정을 쫓았지. 그날, 내가 소정의 머리를 몇 번이나 밟았는지는 기억나지 않아. 하지만 나를 보는 소정의 눈에 어느 순간 두려움이 가득 차오르던 것만은 선연해. 그래, 진작에 그랬어야지. 그뒤로 소정인 다시는 우리 그룹에 낄 수 없었지.

오늘 오후 네시 십오분, 뱅뱅사거리에서 횡단보도를 건너던 재색 바바리, 당신 맞지? 저 사람이 누구지? 낯익은 사람인데, 하는 순간, 나는 당신이라는 걸 깨달았어. 당신을 알아보지 못한 건, 당신의 얼굴 때문이었어. 내 마음속의 당신은 아프리카의 땡볕에 그을고 있었는데, 횡단보도를 건너는 그 사람은 얼굴이 하나도 그을지 않았더라고. 눈앞에서 섬광이 마구 터지는 듯했어. 차에서 내리려는 순간 신호가 바뀌는 바람에 나아갈 수밖에 없었지. 유턴지점을 만나자마자 차를 돌렸지만, 물론 찾을 순 없었어.

그래, 당신이 그리울 때마다 쓴 이 편지들, 난 어디로 보내야 할지 알지 못했어. 이상하게도, 당신 회사에서는 당신이 가 있는 곳을 알려주지 않았지. 아프리카, 케냐 쪽이라고만 했어. 인터넷에서 케냐 지점을 찾아 연락해보았지만, 그쪽에선 모른다고, 아마 다른 지역인데 혼동한 것 같다고 그랬지. 그때 알아차렸어야 했는데 왜 몰랐을까. 당신이, 세상 누구도 속일 수 없을 것 같은 얼굴로 그렇게 나를 한 방 먹이다니.

늘 내 곁에 머무를 것 같던 당신이 나를 떠나갈 수 있다는 게, 나에게 얼마나 큰 충격이었는지. 당신, 알아? 난 거울을 들여다보고 있었어. 거울 속의 나와 눈을 맞추고, 이렇게 저렇게 표정을 지어가면서. 그런데 어느 순간, 거울 속의 상이 사라진 거야. 얼마나 황당하겠어?

당신이 회사를 옮기기 직전, 내가 당신의 오피스텔로 찾아갔을 때,

그때 당신은 이미 나를 밀어내고 있었어. 당신은 심지어 나를 실내에 들이지도 않으려 했지. 내가 억지로 밀고 들어간 거나 다름없었어. 벤자민고무나무와 파키라 등의 화분이 몇 개 있었어. 당신은 화분 옆에 물이 담긴 양동이며 큰 그릇을 하나씩 늘어놓고 수건을 걸친 뒤 화분에 수건의 끝자락을 걸쳐놓았더군. 다음날 출장을 간다고 그랬어. 내가 화분에 물을 줄 테니 열쇠를 달라고 했어. 당신의 얼굴이 갑자기 싸늘해졌지. "경원씨가 내게 왜 이러는지 모르겠네요. 우린 그저 한때 같은 직장 동료였을 뿐이에요." 당신의 눈빛은 무서리 내린 벌판 같았지. 오 분 간격으로 전화해도 받지 않던 당신이, 죽은 듯이 엎드려 있던 당신이, 다른 사람의 휴대폰을 빌려 전화를 걸자 냉큼 받았지. "네." 보름 만에 듣는 당신 목소리에 나는 목이 메었어. 당신에게만은 누구에게도 보여주지 못한 내 마음의 바다를 뒤집어 보일 수 있었는데. 당신 앞에서 술을 마시면, 당신이 내 눈물을 닦아줄 거라는 기대 때문에 내 눈에선 눈물이 흘렀는데. "저예요." 내가 입을 열자 당신은 전화를 뚝 끊었어. 내 음성이 바퀴벌레라도 되는 듯이. 눈앞에서 쾅, 문이 닫히고 호렴 한줌이 머리에 뿌려지는 것 같았어. 당신 회사 앞에서, 언제 나올지도 모르는 당신을 기다릴 때면 모래바람 부는 벌판에 알몸으로 서 있는 것처럼 살갗이 쓰렸어. 당신이 나를 못 본 척하고 지나칠 때면, 모래바람은 내 몸에 얼마 남지 않은 습기마저 다 말려버렸지.

어린 시절의 운동장에 불던 모래바람처럼 당신은 자기 그림자마저 거둬 떠나버렸지. 아니, 떠난 척했지. 그래, 지난 휴가 때, 양명한 해변에서 푸른 커튼이 어딘지 모르게 우울해 보이는 방으로 들어와 불

32

렀던 이름은, 그 당신, 누구에게나 한결같이 다정하던 당신이 아니었
어. 누구에게나 다정하면서도 내게는 얼음장 같던 당신, 등짝을 후려
치는 매처럼 모질게, 그 얼얼함에 사로잡힌 동안 매몰차게 아프리카
로 떠나가버린 당신이었어. 당신, 용케도 숨어 있었네. 어느 그늘에
숨어 있었던 거야? 하지만 언제까지 숨어 있을 수 없다는 거, 당신도
알지? 자 이제 슬금슬금 볕으로 나와봐. 당신이 안 나와도, 태양이 움
직이면 그늘도 움직이고, 그러면 언젠간 당신 그림자가 드러날 테니
까. 자, 어서, 내 사랑.

한
갓
되
이

풀
잎
만

땡똥, 땡똥땡똥. 벨소리는 성마르다. 탕탕탕, 문 두드리는 소리가 벨소리의 뒤꿈치를 밟는다. 뭐하느라 문 여는 데 이렇게 시간이 걸려. 남자, 김진섭의 목소리는 취기로 말려 있다. 화장실에 있었어요. 애들은? 자요. 자? 애비가 뼛골 빠지게 일하고 들어오는데 애비 들어오는 것도 안 보고 처자빠져 자? 깨워! 한시가 넘었는데…… 자야 내일 학교 가죠. 학교는 젠장, 공부라도 잘하든가. 이건 닮을 게 없어서 지 에미 돌대가릴 닮아가지고, 안 그래? 김진섭은 이기죽거린다. 야비하게 실그러뜨린 입매며 번들거리는 눈빛이 보이는 듯하다. 여기서 이러지 말고 방으로 들어가요. 이거 놔. 털썩, 이어지는 혀 말린 웅얼거림. 그녀는 녹음기 소리를 키운다. 쓰이…… 우러우러으, 그리으얼쓰이…… 여전히 알아듣기 힘들다. 두어 번 더 재생하다가 결국 말없음표로 마무리한다.

행정사 박이 일어나 나간다. 박의 자리 뒤편에 걸린 시계가 열두시

반을 가리킨다. 점심 먹으러 나가는 모양이다. 장수미는 오후 세시에 오기로 했다. 초벌원고를 다시 읽기에 시간이 충분하다. 그녀는 마저 읽고 점심을 먹기로 한다.

흐, 흐, 밭게 내쉬는 탁한 숨소리와 알아듣기 힘든 웅얼거림이 한동안 이어진다. 어쩐지 숨소리에서 마늘 냄새가 날 것만 같다. 어어헉, 악몽에 쫓기는 듯 흐느낌이 일더니 고함이 터져나온다. 야, 물! 물 갖고 와! 김진섭이 외친다. 딸깍, 소리가 나고 장수미가 말한다. 여깄어요. 아까 갖고 오니까 잠들었기에…… 야, 이년아, 내가 자는지 안 자는지 네년이 어떻게 알아? 내가 눈 감고 있었지 자고 있었냐, 응? 사는 게 피곤해서 눈 감고 있었다고. 이년이 그새 귀가 먹었나, 대답을 해얄 거 아냐! 야, 너까지 내가 우습게 보이냐, 응?

퍽, 그리고 욱, 소리가 동시에 난다. 수경 아빠, 왜 이래요, 또. 또? 내가 언제 그랬다고 또야, 응? 쾅쾅쾅. 둔중한 물체가 벽에 부딪히는 소리가 난다. 숨 몰아쉬는 소리. 왜 이래요, 하루 이틀도 아니고. 말 잘 했다. 하루 이틀도 아니고 네년이 날 발톱에 낀 때만큼도 안 여긴다는 거, 내가 모를 줄 알아, 응? 그래, 안 그래, 응? 김진섭의 목소리에 활기가 돈다. 이 쌍년이 어디서 눈을 크게 떠? 난 말이야, 네년 그 눈깔만 보면 속이 뒤집혀. 알아, 응? 아냐고! 그 동그랗게 뜬 눈 보면 동짓날 먹은 팥죽까지 올라와, 응? 응, 응, 응, 하고 다그치는 목소리가 리듬을 탄다. 깨지는 소리, 부서지는 소리, 문 두드리는 소리. 얘들아, 오지 마! 장수미의 비명. 쿵쿵쿵. 아이들의 무력한 외침이 끼어든다. 아버지가 늦은 시각까지 집에 안 돌아왔다는 게 무엇을 의미하는지 잘 알고 있을 아이들은, 설핏한 잠에 빠져들었거나 혹은 잠든 척하고 숨죽이고 있었을 것이다. 아이들은 잠긴 문 밖에서, 엄마가 무얼 잘못했는지도 모르면서 무조건 빈다. 아빠…… 그다음 말은 울음이 섞여서 불분명하다. 다섯 음절이다. 살려주세요, 또는 잘못했어요. 울음과 비명과 구타의 아수라장 속에서, 남매간인지 자매간인지도 구분이 되지 않는다. 그녀는 다시 말없음표로 처리한다. 니들은 꺼져. 아빠가 죽어라고 일하고 들어오면, 웅, 반갑게 맞는 게 아니라 처자빠져 자기만 해, 웅? 그런 새끼들은 없는 게 나아. 나가 뒈져! 아빠, 아빠, 잘못했어요. 그새 방문이 열린 걸까. 울음 섞인 울부짖음이 한결 선명해진다. 내내 잘못했다며 소리 죽이던 장수미가 아연 목소리를 높인다. 당신, 애들한테까지 왜 그래? 애들이 무슨 죄야. 애들이 무슨 죄냐고! 내가 니들 먹여살리느라고 어떤 꼴로 지내는지 알아, 웅? 너만 살기 싫은 줄 알아, 웅? 웅, 웅, 웅? 성마르게 다그치는 음성, 어어억, 비명소리.

비명소리, 까지 읽고 나서 그녀는 스크롤바를 올려서 첫 페이지로 돌아간다. 녹음은 거기에서 끝났다. 그 밤의 소란이 이대로 끝나지는 않았을 것 같은데, 배터리 용량이 모자랐던 걸까. 녹음 날짜 : 2006년 5월 30일. 녹음 장소 : 인계동 장수미의 자택. 대화자 이름 : 김진섭, 장수미. 의뢰자인 장수미의 주소와 전화번호를 다시 한번 확인한다. 이것만 해도, 장수미와 아이들이 김진섭의 상습적인 폭력에 시달린다는 것을 입증하기엔 부족함이 없을 것이다. 자기가 한 말이 낱낱이 기록되었다는 걸 알면 김진섭은 길길이 뛸 것이다. 사람들은 자기가 한 말이 그냥 허공으로 흩어져버린다고 생각한다. 천만의 말씀이다. 말은 입밖에 나오는 순간 새롭게 살아난다. 죽어가던 나무에 새잎이 돋게도 하고, 듣는 이의 가슴에 환한 꽃다발로 걸리게도 하고, 때로는 못으로 박혀 파상풍을 일으키기도 한다.

　토요일에 텔레비전에서 방영한 영화 혹시 보았어요? 2차 대전 때 피난민 열차 안에서 벌어지는 사랑 이야긴데…… 자판기에서 뽑은 커피를 그녀의 책상 위에 올려놓으며 M이 말했다. 그녀가 경리로 일하는 컴퓨터학원이 누적되는 적자로 지방 도시에 대학을 가진 재단에 인수된 지 꼭 한 달 되던 날이었다. 새로 부임한 M은, 명목상 학원장이기도 한 재단 이사장 대신 경영을 맡은 실세 박이사와 같은 대학을 나왔다. 명문 공대 출신인 M이 대기업을 마다하고 학원으로 온 것은 대학원 공부 때문이라고 했다.

　이름이 뭐더라…… 옛날 배우인데, 아무튼 김기혜씨 닮았어요. 특히 이마가요. 참 귀족적인 느낌을 주는 이마거든요.

　M이 '이마'라고 말하는 순간 그녀의 이마는 불에서 막 꺼낸 쇠처럼 말갛게 달아올랐다. 그러지 않아도 헤어밴드로 넘겨올린 머리에 은근히 신경이 쓰이던 참이었다.

　둘째도 딸이라는 데 실망한 그녀의 아빠는 갓 태어난 아기를 사흘 동안 들여다보지도 않았다. 사흘째 되는 날, 하필 산모에게 독이 될 아이스크림을 사들고 와서 아기를 들여다본 뒤, 끌끌 혀를 찼다. 꼭 아프리카 원주민 조각상 같더라니까, 이마가 얼굴의 절반인 게. 그 훤한 이마 갖고 남자로 태어났으면 얼마나 좋았을까. 아빠의 탄식은 굳기 직전의 콘크리트에 낸 발자국처럼 남았다. 머리 모양을 마음대로 할 수 있게 된 뒤로는 이마를 드러낸 적이 없었다. 그날은 생리 직전이었고, 그날 중으로 마쳐야 할 일이 밀려 있었다. 머릿속에 스모그가 낀 것처럼 무지근했다. 머리카락 낱낱의 무게까지 느껴지는 듯했다. 일하다 말고 손으로 머리를 감싼 그녀를 본 안부장이 어디 아파? 하고 다가왔다. 독신녀인 안부장은 두루뭉술한 편이었다. 사회생활에서는 깔끔한 업무처리능력보다 원만한 대인관계가 더 중요하다는 것은, 월급을 두어 번만 타보면 알 수 있는 일이었다. 아픈 건 아니고요, 그냥 머리카락이 무거워서요. 왜 이렇게 무겁게 느껴지는지 모르겠네요. 머리카락 무게가 느껴지는 걸 보니 기혜씨도 어쩔 수 없이 나이 먹나보네. 이걸로 앞머리라도 올려봐. 좀 나아질 거야. 안부장이 가끔 사용하던 헤어밴드에는 모조 큐빅이 점점이 박혀 있었다. 헤어밴드를 받아들면서도 이마를 드러내는 게 켕겼다. 앞머리를 쓸어올리자 머리가 한결 가볍게 느껴진 건 사실이었다. 이젠 앞머리 내리지 마세요, 이마 아까워요. M의 말이 그녀의 이마를 쓸어내렸다.

기혜씨, 아침 안 먹고 왔죠? 그렇죠? 그렇지 않다면 내가 도넛 먹는데 왜 기혜씨 생각이 났겠어요. 도넛이 든 종이봉투를 책상 위에 올려놓고 자기 자리로 가는 M의 등판을 바라보다 그녀는 슬쩍 거울을 꺼내 들여다보았다. 아침을 꼭꼭 챙겨먹는 편인 그녀가 늦잠을 자서 빈속으로 나온 날이었다. 거울에도 비치지 않는 그녀의 허기를 M은 어떻게 알아본 것일까. 도넛에 뿌려진 설탕은 달콤했고 계핏가루는 톡 쏘는 듯 향긋했다. 볕바른 마당에서 졸면서 녹두를 타는 노인의 맷돌처럼, 그녀의 어금니는 아주 천천히 도넛을 씹었다. 내게 그렇게 잘하지 말아요. 다른 사람에겐 그렇게 해도 되지만, 나한텐 그러지 말아요. 지나가던 누구라도 눈길이 마주치면, 꼬리를 흔들며 따라가려 드는 유기견 같은 자신을 그녀는 알고 있었다.

　부모 자격시험이 있다면 사이좋게 떨어졌을 그녀의 부모는 어린 자매만 놓아두고 떠나갔다. 그녀가 중학교 때였다. 엄마가 먼저 사라졌고, 아빠는 그런 엄마를 찾아 요절내러 떠났다. 엄마는 종무소식이었고, 지친 몸으로 돌아온 아빠는 밤마다 술을 홀짝이더니 술병을 안고 세상을 떴다. 교내 매점의 일을 거들며 고등학교를 마치고 직장생활을 하는 동안 터득한 지혜가, 고졸 경리사원인 그녀로서는 넘보기 어려운 상대인 M의 자장에서 벗어나라고 일러주었다. 도넛에서 달콤함과 향기를 지우고 밀가루 냄새를 맡아내려는 저항은 그러나 부질없었다. M의 친절은 다정함에 주린 나머지 팽팽해진 그녀의 마음에 스며들어 누글누글하게 해놓았다. 신문을 뒤져서 그 여배우의 이름을 알아내고, 인터넷을 통해 그 여배우가 출연한 영화의 목록을 찾고, 비디오대여점 몇 군데를 들러서 겨우 찾아낸 테이프를, 잃어버렸다며 값을 치르고 제 것으로 만들었다. M이 보았다는 영화는 아니었다. 중요한 건 사랑한다는 거야. 그녀는 도넛을 썹을 때처럼 천천히, 그 제목을 읊어보았다.

　축 진선여중 2학년 오지영 은상 수상. 축 경원여고 1학년 성민아 장려상 수상. 무용학원 건물에 내걸린 현수막이 땀 젖은 등의 메리야스처럼 건물 벽에 착 달라붙어 있다. 수상자들은 발레리나를 꿈꿀 것이다. 외국의 왕립 발레학교에 유학하고, 프리마돈나가 되어 스포트라이트를 받으며 무대 위를 나는 꿈. 그 환상만으로 가랑이를 찢고, 여름이면 샌들 신기가 꺼려질 정도로 발가락 관절마다 굳은살이 생겨

기형으로 보이는 발을 감수할지도 모른다. 무용학원 수강생 가운데 프리마돈나가 나올 확률이 높을까, 로또복권에 당첨될 확률이 높을까. 그녀는 문득 궁금해진다. 한때 현수막에 이름이 올라 부모의 자랑거리가 된 저 애들도, 시간이 지나면 도금이 벗겨지는 조악한 메달이나 트로피를 기념품으로 간직한 채 장삼이사가 되기 십상이다. 배운 도둑질이라고 무용학원을 차려서 어린아이들에게 잡힐 듯 잡힐 듯 잡히지 않는 비눗방울 같은 꿈을 주입하거나, 노래보다는 외모와 춤에 더 신경을 써서 립싱크하는 걸 당연하게 여기는 젊은 가수의 방송용 무대를 배경으로 하느작거리는 움직임을 지어내는 게 고작일 것이다. 어쩌다 배신당하지 않고 꿈을 이루는 사람들도 있겠지만, 그러나 이루어진 꿈은 이미 빛을 잃은 채 일상에 지나지 않을 것이다.

야, 이 새끼야, 너 인생 그렇게 사는 거 아냐! 두고 봐, 내가 너 끝까지 지켜볼 거야! 길 건너편, 양복을 쫙 빼입은, 브로커로 보이는 남자가 재게 걸으며 소리친다. 휴대폰 너머 누군가에게 치는 호통이 길 건너 이편까지 쩌렁쩌렁 울린다. 방자하게 뻗어나가는 그 목소리에 놀란 듯, 그녀의 호주머니 속에 든 휴대폰이 부르르 몸을 떤다.

뭐해? S가 묻는다. 그냥 걷는 중이에요. 점심은? 금방 먹었어요. 혼자? 그럼. 그녀의 대답은 명쾌하다. 같은 사무실을 쓰지만 그녀와 박은 사업자등록증을 따로 갖고 있다. 공무원이었다는 박이 무슨 이유로 철밥통을 차고 나와 세 평짜리 행정사 사무실을 차렸는지 그녀가 묻지 않듯, 박도 그녀의 신상에 대해 묻지 않는다. 적당히 무심한 박은, 사무실을 같이 쓰는 동료로는 썩 괜찮은 편이다. 사무실을 같이 쓴 지 이태가 되어가지만 그들이 같이 점심을 먹은 건 손가락으로 꼽

을 정도다. 왜 혼자 먹어, 맛없게. 걱정인지 투정인지 모를 S의 말을
끊어내느라 그녀도 묻는다. 점심 먹었어요? 볕이 쨍쨍한 날에나 어울
릴 콩국수가 왜 하필 길가의 가로수가 미동도 안 하는 이 잠포록한 날
에 생각났는지 모르겠다. 콩국수는 지나치게 차고 걸쭉했다. 콩이 너
무 삶아졌는지, 뜨다 만 메주 냄새까지 났다. 위장에 든 국숫가락이
콩국 속에서 붇는 것처럼 무겁게 느껴져 그녀는 한 손을 배 위에 얹는
다. 그럼 지금 시간이 몇 신데. 잠시 침묵이 흐르고, S가 말한다. 그냥,
그냥 전화한 건데…… S의 망설임이 안쓰러워진 그녀가 성큼 앞지른
다. 오늘, 올래요?

　녹취록을 훑는 장수미의 눈길은 백화점 소파에 앉아 카탈로그를 펼
쳐보는 쇼핑객처럼 권태와 흥미가 반쯤 섞여 있다. 이틀 전, 은은한
광택이 나는 연회색 바지 정장 차림 덕분에 전문직 여성처럼 보이던
장수미는 오늘 좀 가볍게 입었다. 하얀 면바지에 하늘거리는 물빛 시
폰 블라우스. 옷차림이나 말투, 연하게 화장한 얼굴 어디에서도, 위
기를 맞은 쥐며느리처럼 몸을 오그리고 무방비로 얻어맞는 여자라는
게 느껴지지 않는다. 여기 이 대목은, 뭐라고 말씀은 하시는데 알아들
을 수가 없어서요. 이럴 땐 말없음표 처리하거든요. 법원에선 이게 무
슨 뜻인지 알고 있어요. 그녀는 설명하다 말고 장수미의 얼굴을 빤히
바라본다. 눈, 코, 입, 얼굴 윤곽까지, 뜯어보면 부위별로 나무랄 데
가 없는 얼굴이다. 곱게 쌍꺼풀 진 눈, 반듯하게 뻗은 코와 선이 선명
하면서도 도톰한 입술. 그런데 그걸 다 모은 얼굴은 어딘지 모르게 피
가 흐르는 사람이 아니라 인조인간 같은 느낌을 준다. 성형수술을 한

것일까. 어쩌면 얻어맞아서 코뼈가 주저앉거나 했던 것인지도 모르겠다. 수고하셨어요. 새된 비명 따위는 질러본 적이 없을 것만 같은 낮고 정제된 목소리로 인사하고 장수미가 몸을 일으킨다. 김진섭의 폭력을 담은 녹취록은, 주례 앞에서 혼인서약을 할 땐 상상도 못 했을 나날에서 장수미가 빠져나가는 데 도움이 될 것이다.

찍지 마요. 눈물 때문에 마스카라가 번진 눈으로 여자는 애원한다. 언젠가는 주연배우가 되리라는 희망을 갖고 있는 여자, 그러나 아직 무명인 여자는 돈을 벌기 위해 에로영화를 찍고 있다. 남자배우와 엉겨 있는 자신을 찍으려 하는 사진작가의 카메라를 발견한 여자는 말한다. 찍지 마요. 언젠가는 난 진짜 배우가 될 것이고, 지금은 그저 때가 되기를 기다리는 것뿐이에요.

여배우의 얼굴에 마스카라보다 더 진하게 번지는 절망과 자기 모멸을 지켜보며 그녀도 웅얼거렸다. 언젠가는 난 그의 아내가 될 것이고, 지금은 그저 때가 되기를 기다리는 것뿐이에요. 그녀는 M이 자기에게 맡긴 배역에 충실했다. 누군가를 사랑하고 그 사람으로부터 사랑받는 여자.

수강생이 가져온 것이라며 M이 초콜릿케이크를 그녀의 책상 위에 슬그머니 올려놓으면, 그녀는 그걸 찻잔 받침에 나누어서 사무실에 돌렸다. 그냥 두고 혼자 먹지 그랬냐는 듯 바라보는 M에겐 그들만이 아는 은밀한 미소로 답했다. 사우나에 오래 있다가 갑자기 냉탕에 뛰어들었을 때 자지러지는 땀구멍처럼, 온몸의 통각이 깨어 있는 날들. 남들에게 드러내지 못한 사랑은 몸 안에서 부얼부얼 거품을 피워 올렸다. 불 위에 올려둔 삶는 빨래처럼, 조금만 틈을 주어도 끓어넘쳐

불을 꺼뜨렸다. 그 불땀을 조절하는 건 괴롭고도 감미로운 일이었다. 사내 연애가 금지된 일은 아니었지만, 남의 입에 오르내리고 싶진 않았다.

저녁에 약속 있어? 하는 말로 그녀를 불러낸 안부장은 늘 가던 밥집이 아니라 경양식집으로 그녀를 이끌었다. 이따금 들르는 학원 근처의 경양식집은 테이블마다 의자가 달랐다. 한쪽엔 등받이가 높은 흔들의자가 있는가 하면, 창가 쪽엔 꽃무늬가 화려한 소파가 놓였고, 군더더기 없이 단순한 식탁용 의자가 놓인 테이블도 있었다. 창턱에는 어울리지 않는 수석들이 들쭉날쭉 놓여 있고, 조화가 꽃병에 담겨 있는가 하면 작은 덩굴식물이 줄기를 뻗기도 했다. 무언가, 이것저것 모아서 가꿔보려고 노력한 흔적은 여실한데, 안목이 영 따라주지 않아 애처로운 마음마저 들게 하는 곳이었다.

후식으로 나온 커피를 마시던 안부장이 문득 물었다. 기혜씨 나이가 올해 몇 살이랬지? 자기 입으로 띠동갑이라고 말했던 것을 까맣게 잊은 듯한 얼굴이었다. 좋은 나이네. 내가 사람 소개해줄까? 안부장이 물었다. 그녀는 커피를 넘기다 말고 안부장을 빤히 바라보았다. 정말 모르는 것일까. 막상 안부장도 눈치채지 못했다고 생각하자 안도감 한편으로 허전한 마음이 일었다. 학원 수료생의 취업을 위해선, 누가 뭐라 하든 웃으며 얼렁뚱땅 넘기는 안부장 같은 사람이 필요하다고 생각했다. 그래도 그렇지, 어쩌면 저렇게 둔할까 싶었다. 바로 곁에 있는 누구에게도 눈치채지 않은 사랑은, 국물이 멀건 고명 없는 국수처럼 여겨지기도 했다. 국수의 맛을 결정하는 건 면발과 국물이지만, 그러나 고명 없는 국수라니.

저, 사귀는 사람 있어요. 그녀는 허리를 곧추세웠다. 어머, 그래? 그 래서 기혜씨 얼굴이 요즘 그렇게 환했구나. 역시 사랑하고 기침은 감출 수가 없다니까. 어떤 사람이야? 그냥…… 평범한 회사원이에요. 그녀는 새치름한 표정을 지었다. 혼자 늙어가는 안부장에게 미안한 마음도 없지 않았다. 거품처럼 끓어넘치려는 말을 단속하느라 그녀는 문득 시계를 보았다. 어머, 부장님, 저 일어서야겠어요. 연인이 없는 사람은 연인을 가진 사람 앞에서 약자이다. 뭔가 할 말이 남은 듯 뭉그적거리던 안부장은 계산서를 집어들고 일어서며 흘리듯 말했다. 요즘 우리 사무실 이래저래 꽃방석 무드네. 기혜씨도 그렇고, M선생도 그렇고. 어머, 부장님도 알고 계셨어요? 드디어 색색의 고명이 얹히는구나 싶었다. 기혜씨도 알고 있었어? M선생이 워낙 조용한 사람이라서 다들 모르는 줄 알았는데. M선생은 곧 약혼할 모양이던데…… 이런, 아직 사무실에 알리지 말라고 했는데, 내가 이런다. 기혜씨만 알고 있어. 온몸의 피가 폭포의 물줄기처럼 아래로 몰리는 느낌에, 그녀는 발을 헛디뎠다.

앉아요, 미스 김. 경영진이 바뀐 뒤의 첫 회식 이후, 박이사는 그녀에겐 편치 않은 사람이었다. 미스 김? 미스 김은 술을 어른들에게서 배우지 않은 모양이지? 첫 회식 때, 새로 온 강사의 잔이 비어서 채워주고 병을 내려놓던 그녀를 지목하는 목소리가 들려왔다. 사람들의 시선이 그녀와 박이사 사이를 왔다 갔다 했다. 어른이 잔을 채워줬으면, 잔을 들어서 따라준 사람에게 감사를 표시하는 게 술 마시는 예의야. 그 말을 하고 박이사는 어른답게 웃었다. 그녀가 옆에 앉은 강사의 잔에 술을 따르는 동안, 그녀의 잔을 누군가 채운 모양이었다. 그 날 일은 그냥 술자리에서 있을 수 있는 에피소드의 하나에 불과했지만, 입아귀를 당겨 미소를 지어내던 박이사의 웃음기 없이 차갑던 눈을 그녀는 지워낼 수 없었다. 부임하자마자 그동안의 출납장부며 직원들 신상카드를 다 챙긴 박이사였다.

내 친구가 I시에서 학원을 하는데, 경리일 맡아줄 사람이 필요한 모양이야. 박이사의 눈은 여전히 의안 같았다. 알맞은 친구가 있으면 소개하라는 말이 아닌 것은 단박에 알아들을 수 있었다. 머릿속에서 윙, 바람소리 같은 굉음이 들렸다. 무슨 말씀이신지……

미스 김이 M선생에게 자꾸 전화하고 문자 남긴다는 소문, 나도 들었네. M선생이 여자라면 누구나 탐낼 만한 사람이라는 거, 나도 이해 못 하는 건 아니야. 하지만 같은 직장에서, 그것도 조건도 다르고 곧 약혼할 사람한테 그러는 거, 그래봤자 미스 김한테 안 좋다고. 미스 김, 부모님도 안 계시다며? 미스 김이 내 딸 같아서 하는 말이야. 학원가가 얼마나 좁은지 나보다 미스 김이 더 잘 알 거 아냐?

M의 약혼 상대가 박이사의 조카라는 걸 알게 된 강사들은 수군거렸다. 머리가 얼마나 깡통이면 그 돈 많은 집안에서 하필 자기네가 하는 지방대에 다녔겠어. 종자개량하려고 머리 좋은 M선생 보쌈해가는 거 아냐? 이나저나 M선생 교수 자리는 따놓았네. 나도 대학원에 등록하든가 해야지. 지방대든 뭐든, 교수가 어디야.

M과 함께하는 나날을 장식할 살림을 사는 데 쓰일 줄 알았던 저축은 학원을 그만둔 그녀의 생활비가 되었다. 안나를 못 본 지 삼 년이 지났다…… 언젠가 M이 복사해준, 그녀와 이마가 닮았

다는 여배우가 나오는 영화를 보며, 별일 없었다…… 하고 그녀도 읊조렸다. 피난열차 안에서 만나, 스치듯 그러나 화인 같은 사랑을 한 여자에 대해 남자는 그렇게 말했다.

아주 사소한 꼬임, 한순간 외틀어진 마음이 한평생을 꼬아놓을 수도 있을 것이다. 나란히 늘어뜨린 두 개의 실처럼. 어쩌다 바람이 살랑 흔들어 실이 한번 꼬이기 시작하면, 그 추의 관성으로 배배 꼬이게 마련이다. M은 이따금 그녀의 머리를 쓸다 말고 말했다. 창문 좀 열어봐. 이게 무슨 냄새야. 퀴퀴한, 곰팡이가 긴 김장 김칫독을 부셔내는 듯한 냄새가 싱크대 배수구 쪽에서 스며올라오고 있었다. 배수구에 식초를 뿌리고 뜨거운 물을 부어도, 출근할 때면 락스를 아낌없이 부어놓아도 이따금 똑같은 냄새가 집 안으로 배어들었다. 그 냄새가 M을 떠나게 했는지도 몰랐다.

겨우내 말라 죽은 것처럼 보이던 나무에서 새끼손톱 같은 새순이 돋던 날, 그녀는 비디오테이프와 CD를 버렸다. 유난히 사진 찍기 싫어하던 M의 불쾌한 기색을 견디며 찍은 스티커 사진도 찢었다. 긴 유폐에서 벗어나 마트에 다녀오는 길, 속기학원 광고가 그녀의 눈에 들어왔다. 녹음된 성우의 목소리를 들으며 다섯 손가락 모양으로 배열된 자판을 대여섯 시간씩 두드렸다. 일 년 만에 1급 속기사 자격증을 따고 배신과 사기, 음모와 속임수로 채워진 사람들의 목소리를 들어가며 녹음을 풀었다. 녹음되고 기록될 것임을 알았다면 뱉지 않았을 말들이 와글거렸다. 약속은 어긋나고 믿음은 배신당하는 게 오히려 정상인 것처럼 여겨지기도 했다. 깨끗하게 정비된 도시의 맨홀로 들어가 하수구를 헤매는 것 같았다. 처음에 코를 싸쥐게 했던 악취며 발

밑에 미끈거리는 썩은 흙의 감촉에도 익숙해졌다. 축축하게 감겨드는 공기며 퀴퀴한 냄새 속에서는, 한때 그녀가 일하던 학원가에 떠돌았다는, 유능한 강사를 스토킹했다는 경리사원에 대한 소문쯤은 발치에 스치는 시궁쥐처럼 하찮게 여겨지기도 했다.

어릴 적, 나는 류머티즘을 앓아서 간을 먹어야 했어요. 간을 먹는게 너무도 싫었어요. 그러다가, 간을 먹을 때 빵과 버터를 함께 먹으면 간을 먹기가 수월하다는 것을 알았어요. 살다보면 간만 먹어야 할 때가 오는 법이에요. 그럴 때, 참고 먹다보면 하느님은 빵과 버터를 주시죠. 옅은 눈동자가 슬퍼 보이던 남자배우는 그렇게 말하고 있었다. M과의 나날은 역한 냄새를 참으며 간만 먹던 그녀에게 주어진 빵과 버터, 그리고 따끈한 소스를 얹은 스테이크였을까. 어쩌면 한지로 도배한 정갈한 방에서 받는 한정식이었는지도 모른다. 특별하긴 하지만 날마다 먹을 수는 없는 음식. 그러나 오래도록 기억에 남는 상차림. 그 맛을 기억한 그녀의 몸이 진저리치는데, 부르르, 휴대폰이 울렸다. 그럴 리가 없다는 걸 알면서도, M을 떠올렸다. 낯선 번호였다.

여보세요. 일껏 무게를 주어 중심을 잡으려 하지만 몸 안을 빙빙 도는 취기를 가리기엔 이미 늦은, 낯선 목소리였다. 저기, 김기혜 속기사님 휴대폰…… 맞죠? 네. 그녀는 간결하게 대답했다. 고맙습니다. 자다가 봉창 뜯는 소리였다. 누구시죠? 고맙습니다. 왜 그러셨는지 알아요…… 남자는 그녀의 물음이 귀에 들어오지 않는 듯 자기 할 말만 했다. 무슨 일이신지요? 그녀의 목소리가 조금 날카로워졌다. 오늘, 서류 정리 다 마쳤습니다. 그 여자랑 다 끝냈다고요. 그 순간, 오호홋, 만화에서 활자체로나 보던 요사스러운 웃음소리와 함께 수수깡처럼 마른 남자가 떠올랐다.

왜 이렇게 늦었어. 자기 기다리느라 목이 빠지는 줄 알았네. 정말? 어디 목이 빠졌는지 붙어 있는지 볼까. 아이, 간지럽단 말이야. 잘만 붙어 있는데그래. 아, 거기…… 온다더니 핸드폰도 꺼놓고…… 나 두고 딴짓하면 죽여버릴 거야. 그래? 어디 오늘 죽어볼까, 아니면 죽여줄까. 오호홋. 여자는 섹스중에도 소란스러웠다. 남자의 손길이 닿을 때마다, 음, 아, 거기, 좋아, 헉…… 다양한 감탄사를 쉬지 않고 내뱉었다. 헉헉, 가쁜 숨소리 사이로 초인종 소리가 섞일 때까지 내내 시끄러웠다. 누구지? 이 시간에? 올 사람이 없는데? 그냥 무시해. 취한 사람이 잘못 눌렀나보지. 띵동띵동…… 당신 남편 출장간 거 맞아? 당근이지, 모레 올 거야. 혹시 일찍 온 거 아냐? 그 사람이라면 벌써 들어왔게? 가만, 속삭이던 여자의 목소리가 문득 긴장으로 단단해졌다. 맙소사, 열쇠 돌리는 소리야. 신발, 신발. 어서, 어서 나가. 남편이야. 어디로 나가란 말이야. 베란다, 베란다. 철커덕거리는 소리는 버클 소리일 것이다. 나더러 뛰어내리란 말이야? 나 같은 건 죽어도 좋다는 거야, 뭐야? 여긴 3층밖에 안 돼. 옆집으로 넘어가봐. 옆집엔 할머니 혼자야. 숨찬 대화 사이로 노랫소리가 끼어들었다. 오직 그대만을, 오직 그대만을…… 여가수의 노랫소리. 빨리, 열어봐, 소리 안 나게…… 그래, 열렸지? 갈 수 있지? 오직 그대만을, 오직 그대만을…… 여보, 당신? 여자는 잠에서 막 깬 듯 어눌한 목소리를 내었다. 휴대폰 벨소리의 "오직 그대"가 문밖의 남편이라는 듯. 깜박 잠들었나봐. 어디예요? 응? 걸쇠 땜에? 알았어.

간통한 아내의 도청기록을 받아든 남자는 자기가 저지른 간통 현장을 목격당한 사람처럼 황황히 사무실을 벗어났다. 이 사무실에 들른 것도, 앞으로 벌어질 법원에서의 지루한 공방도 다 지워버리고 싶다는 듯이. 설명을 마치자마자 무례하다 싶을 정도로 성급하게 일어서는 남자를, 그녀는 이해했다. 프린트로 뽑은 녹취록이나 그걸 담은 CD야 없앨 수 있겠지만, 자기가 날마다 잠들던 침대에서 아내가 다른 남자의 몸에 깔린 채 내지르던 교성을 지우기는 어려울 것이다.

간통 현장을 확인하고도 아내가 걸쇠를 열어줄 때까지 현관 앞에서 기다린 남자가, 늦은 시각에 전화해서 웅얼거리고 있었다. 왜 그랬는지 알아요. 고마워요. 그는 웅얼거렸다. 무슨 말씀이신지…… 그녀는 시치미를 뗐다. 그럴 수밖에 없었다.

밀회에 대한 단서를 빵부스러기처럼 흘려놓아 남편이 도청하게 만든 여자는 3층 베란다를 통해 달아난 연인에게 말했다. 그 인간은 토끼야, 토끼. 토끼도 그보단 오래 할 거야. 얕은 품성이 느껴지는 높은 목소리로 오호홋, 웃는 여자의 웃음소리를 듣는 순간, 귀가 꽉 잡힌 채 허공에 떠서 발을 바장이는 토끼가 떠올랐다. 법정에서 증거물이 될 녹취를 문서화하면서 녹음된 말을 기록하지 않는다는 것은 경력에 치명적인 영향을 미칠 수도 있었다. 그런데도 그녀는 그 말을 말없음표로 처리했다. 왜 그랬는지는 그녀 자신도 몰랐다. 수숫대처럼 허정이던 몸 때문이었는지, 그녀에게 녹취를 맡기던 남자의 넋 나간 듯한 표정 때문이었는지. 아내가 바람을 피웠다는 사실보다, 아내가 자기를 그런 말로 조롱했다는 게 더 큰 못으로 그의 가슴에 박히리라는 걸 그녀는 알고 있었다. 그냥 외로운 처지인 그녀가 안돼 보여서 친절하게 대한 것뿐이라고, 안부장에게 말하던 M의 목소리처럼. 그 못은 습기를 빨아들여 천천히 녹슬면서, 벌건 녹물을 시도 때도 없이 흐르게 할 것이다. 차라리 파상풍에 걸려 죽어버리는 편이 더 낫다고 느낄 때도 있는 법이다.

여자의 한마디를 말없음표로 처리한 게, 그 남자, S가 그녀에게 다가올 수 있게 하는 표지가 될 줄은 몰랐다. 고마워요. 정말 고마워요. 혀끝 말린 소리로 어줍게 통화를 마무리했던 S는 그녀가 통화 때문에 정지시켰던 비디오의 재생버튼을 누른 지 얼마 안 되어 다시 전화를 걸었다. 언제, 같이, 술 한잔 할 수 있을까요?

사람들이 서로 사랑하며 살아야 해요. 그 여자가 나에게 이따금 심하게 굴었다는 것을 알아요. 하지만 그게 다는 아니에요. 아침에 아이처럼 웅크리고 잠든 모습을 볼 때, 그리고 한밤중에 놀리려고 그랬던 것은 아니라고 사과할 때…… 그 여자의 미소는 내게 햇살 같았어요.

보상을 바라지 않는 지순한 사랑 때문에 절망에 빠졌던 남자, 그가 믿는 하느님은 그에게 빵과 버터를 주는 걸 잊었다. 심지어 그가 있다는 것도 잊었다. 간당거리며 버티던 그의 신경줄은 지나치게 쥔 기타줄처럼 쟁강, 끊어졌다. 그를 내내 자극하던 야비한 아이를 밟아 죽인 남자는 군중들에게 밟혀 피칠갑이 되었다. 엔딩 크레디트가 올라가는 걸 보며 그녀는 휴대폰에 찍힌 남자, S의 전화번호를 저장했다.

S는 그 특유의 자세로 잠들어 있다. 키 재는 기구에 올라선 아이처럼 목에서 척추를 거쳐 무릎까지 쭉 편 자세. 가슴과 배의 중간쯤에서 양팔을 모으고 있다. 물 위에 뜬 배, 그 배 안에 든 시신을 연상하게

하는 자세다. 이승의 강변에서 띄우는 배를 타고 흐르고 흘러 레테 강을 건너, 마침내 명부에 다다를 때까지 꿈쩍도 안 할 것 같다. 가늘게 코를 골 때도 있지만, 대개는 입을 조금 벌린 채, 숨쉬는 소리도 내지 않는다. 혹시나 싶어서 그의 입가에 귀를 대고 숨소리를 들어본 적도 있고, 아예 경동맥에 손가락을 대어본 적도 있다.

S는 오늘 조금 성급했다. 들어서자마자 조급한 손길로 그녀의 옷을 헤치고 사나운 짐승에 쫓겨 굴속으로 뛰어든 토끼처럼 가쁘게 그녀의 몸을 더듬었다. 무슨 일 있어요? 그녀가 물었지만 S는 아니, 고개를 저을 뿐이었다. 그녀는 다시 묻지 않고 행위에만 몰입했다. 저마다 혼자 건너야 할 강이 있다. 살을 맞대고 동시에 오르가슴에 오를 때라도 머릿속에선 딴 사람을 끌어안고 있을 수도 있으니. 몸 안의 열기를 토해낸 S는 그녀의 몸 위에, 총살당한 사람이 땅에 엎어지듯, 그렇게 널브러졌다. 묵은 솜이불 같던 S의 몸이 무너진 서까래처럼 무겁게 느껴지자 그녀는 S의 어깨를 살짝 흔들었다. 내가 잠들었어? 미안. 가까스로 눈을 뜬 것 치고는 잠기가 느껴지지 않는 말끔한 목소리로 인사까지 닦으며 그대로 비칠거리다 그녀의 몸 옆으로 구르더니, 그녀가 씻고 나오자 그새 저 자세로 돌아가 있다. 어쩌면 S의 아내는, 신중하다 못해 소심하게 느껴지는 S의 성격이나 자기 기준으로 성에 안 차는 잠자리보다, 홀로 멀리 떠나는 듯한 S의 잠자는 자세를 더 못 견뎌했을지도 모른다. 어릴 때부터 송장잠이었대. 왜 시험 때 공부하다가 엄마에게 새벽에 깨워달라고 하고 자잖아. 깨어나면 아침이야. 기막히지. 엄마 말로는, 깨우러 들어오긴 했는데 하도 곤히 자니까 얼굴을 보면 차마 깨울 수 없더래.

S는 지금 어디쯤 떠가고 있는 걸까. S에게는 잠에 빠져들기 전에 우웅, 신음소리를 내는 버릇이 있다. 그녀에게는 그게 망각의 강을 건너기 위한 뱃고동 소리로 들린다. 짧고 깊은 잠에서 깨어나면, S는 늦은 밤길을 달려 텅 빈 그의 집으로 돌아갈 것이다. 멀쩡한 얼굴로 지내다가도, 이따금 설악산이나 남해 금산이라고 허물어진 목소리로 한밤중에 전화하는 S. 퇴근하자마자, 다음날 출근시간에 대려면 밤새 달려와야 할 길을 달려가는 S의 마음을 그녀는 알지 못한다. 이따금 그녀가 포털 검색창에 M의 이름을 쳐보는 것을 S가 알지 못하듯.

M은 희성인데다 이름조차 독특해서, 웹 페이지 목록은 세 페이지를 넘지 못했다. 20일에 도착합니다. 돌 안 된 아기가 있어서 유모차도 렌트하고 싶습니다. 잠수함 등 관광할인권을 이용하는 방법도 알려주세요. 제주도 펜션 예약 글. 이 사랑은 바닷물로도 끌 수 없고 굽이치는 물살도 쓸어갈 수 없는 것. 있는 재산 다 준다고 사랑을 바치리오? 그러다간 웃음만 사고 말겠지.(「아가」, 8장 7절) 성경 구절을 적어놓고 이번 주일엔 이 구절을 마음에 새기겠다는 교회 웹 사이트의 글 등이 있었다. 그녀가 알고 있던 M인지, 아니면 또다른 M인지는 알 수 없었다. 지나고 나니, M도 그녀에게 단서가 될 만한 빵부스러기를 흘려놓았다는 생각이 들었다. 주말이면 대학원 세미나가 갑자기 많아졌고, M의 취향이라기엔 지나치게 세련된 분홍 계통 와이셔츠를 입고 나타났고…… 그녀가 그 빵부스러기에 눈길을 주기 전에 쪼아먹은 새의 이름은 맹목이었을까.

그녀는 S의 곁으로 다가가 그의 오른팔을 가슴에서 내려 침대 위에 펼쳐놓는다. S의 팔이 다시 원위치로 돌아가려고 한다. 그녀는 아예 S

의 팔을 베고 눕는다. 그가 잠결에도 몸을 뒤쳐 그녀 쪽으로 조금 돌아눕는다. 가슴에 얹혔던 나머지 팔이 그녀 쪽으로 떨어져내린다. 어디선가 물 흐르는 소리가 들린다. 문득 등이 시려온다. 등줄기로 찬물이 흐르는 듯하다. 아니, 흐르는 물줄기 위에 누워 망각의 강으로 떠가는 듯하다. 그녀는 잠든 S의 가슴에 얼굴을 묻는다. 프린트를 뽑고 CD에 저장하고 나면, CD 굽기를 성공적으로 마친 컴퓨터 프로그램은 물었다. 이제 무엇을 하시겠습니까? 무엇이든 할 수 있다는 듯이 묻지만 선택의 범위는 넓지 않다. 작업 내용을 저장하거나 저장하지 않거나. 그때, 그녀에겐 선택의 여지가 그리 많지 않았다. 사랑하거나 사랑하지 않거나.

북촌

여자는 신부의 등뒤로 던져지는 부케처럼 골목으로 뛰어들었다. 그가 쓰레기봉투를 내놓고 돌아서던 때였다. 가는 몸매를 감싼 아카시아꽃 빛깔 원피스가 잠깐 골목을 밝혔다. 어느 집으로 가는 걸까. 그가 사는 집은 차 한 대가 다닐 만한 골목에서 두 계단 내려선 좁은 골목 초입에 있었다. 골목 안에는 그의 집 대문과 문이 나란한 한옥 한채, 그리고 막다른 곳에 난 작은 알루미늄 새시 문, 두 집이 있을 뿐이었다. 설핏 떠오른 궁금증을 누르며 그가 몸을 돌리는 순간, 그를 스친 여자는 열린 대문으로 쏙 들어갔다. 저기요, 당황한 그가 부르자어느새 대문 안에 몸을 숨긴 여자는 검지를 자기 입에 대며 속삭였다. 쉬잇. 빨리, 빨리 들어와 문 잠그세요. 그는 여자의 음성장치로 움직이는 로봇처럼 그 말에 따랐다. 닫기만 해도 잠기는 문인데, 얼결에나무빗장까지 질렀다. 저벅저벅, 큰 골목을 지나는 발소리가 들린 것은 오 초도 채 지나지 않아서였다.

"무슨 일입니까?"

그가 물었지만 여자는 말간 눈으로 그를 바라보며 가쁜 숨을 가눌 뿐이었다. 젖살이 덜 빠진 듯 도도록한 볼, 얇게 꺼풀 진 기름한 눈, 반듯한 콧날이며 도톰한 입술, 누구라도 한 번쯤 돌아보게 생긴 얼굴이었다. 유난히 큰 검은자위가 그를 빨아들일 듯했다. 어릴 적, 학교 앞에서 파는 병아리를 손에 쥐었을 때처럼 팔딱거리는 여자의 심장이 느껴졌다. 쌍팔년도도 아니건만, 백주 대낮에 깡패라도 쫓아온 것일까.

"많이 놀라신 모양인데, 여기 잠깐 앉으세요."

그는 문간방의 툇마루를 가리켰다. 대문간에서 툇마루까지는 그의 걸음으로 세 발짝이었다. 여자는 다리에 모래주머니라도 매단 것처럼 느린 걸음으로, 다섯 발짝에 걸었다. 채 식지 않은 용암 위를 걷는 공룡처럼, 여자의 걸음이 그의 마음에 발자국을 찍고 있었다. 그 발자국이 그대로 굳어버릴 듯해서, 그는 서둘러 물을 한 컵 떠왔다. 여자는 힘없이 팔을 내밀어 잔을 받더니 벌컥벌컥 마셨다. 입귀로 흐른 물이 턱을 지나 여자의 가는 목을 타고 흘러내렸다. 등에 고드름이라도 떨어진 듯이 그의 살갗에 잔소름이 돋았다.

손바닥으로 턱을 가볍게 두드려 물기를 말린 여자가 입을 열었다. "만나고 싶지 않은 사람을 우연히 만나게 되었거든요." "인사도 나누기 싫은 사람이었나보죠?" 여자는 더 말하기 싫다는 듯 고개를 마당 쪽으로 돌렸다. 안채의 분합문과 짝짝이 제멋대로 나뒹구는 슬리퍼 한 벌이 올려진 화강암 댓돌을 거쳐 골목 쪽으로 난 담장까지, 경중경중 건너뛰는 시선이었다. 그 눈길처럼, 그의 물음을 건너뛴 채 여자는 입을 열었다. "이 집은…… 꼭 드라마에 나오는 집 같네요. 아침이면 커다란 밥상에 온 식구가 둘러앉아 밥 먹는 집 말예요. 무슨 국 제일 좋아하세요? 미역국? 콩나물국? 무국?" 여자는 내일이라도 이 집 부엌에 차고 들어 날마다 국을 끓여낼 우렁각시라도 되는 듯이 물었다. 여자의 볼에 돋은 솜털이 햇살을 받아 하르르, 금빛으로 빛났다. 그 금빛 털에 손을 뻗치는 순간, 시간이 정지되고 그와 여자가 그대로 화석이 되어버리는, 그런 영상이 그의 눈앞을 스쳤다. 담장 너머로 세월이 흐르는 동안 담벼락 안쪽에 심어진 몇 그루 나무들은 무성해져서 담장을 뒤덮고, 지나던 사람들은 그 초록 잎새며 사이사이 피어난 꽃에 감탄하면서도 그 안쪽, 화석이 되어버린 남녀가 있다는 것은 상상도 못 할 것이다. 마구 뻗치는 생각을 따라 자칫 그 솜털에 손을 뻗칠까봐, 그는 벌떡 일어섰다. "저기, 제가 어디 가려던 참이라서요."

주말이면 한옥을 구경하는 사람들이 쉴새없이 드나드는 골목이 웬일로 비어 있었다. 여자는 그의 곁에서 또각또각 걸었다. 경사진 곳이라서, 여자의 하이힐이 위태롭게 보였다. 그는 문득 눈이 부셔서 무연히 하늘을 올려다보았다. 변압기에서 뻗어나온 전선이 어지러이 하늘을 가르고 있었다.

"여긴 뭐하는 곳이에요? 카펜가……"

말없이, 따각따각 하이힐 소리를 내며 걷던 여자가 모퉁이에서 문득 걸음을 멈추며 물었다. 황종이에 닿은 성냥개비처럼 그의 가슴에 화락, 작은 불꽃이 일었다. 여자가 그 집을 그냥 지나치지 않은 게 무슨 암시라도 되는 것 같았다.

이사한 뒤 맞은 첫 주말의 산책길, 그는 언덕을 내려가 모퉁이를 돌다가 걸음을 멈추었다. 경사진 땅을 이용해 지은 집이라서, 위쪽엔 이 동네 어디서나 볼 수 있는 한옥이 덩두렷이 올라앉아 있었다. 여느 집이라면 축대가 있어야 할 집 아래, 먼지로 뿌예진 통유리문이 있었다. 그 유리문 안쪽에서 눈에 띈 것은 어느 고관대작의 무덤을 지키다 끌려나온 것 같은 돌해태였다. 그 옆에는 몇 사람의 뼛가루를 한데 넣어도 충분할 만큼 큰 중국풍 도자기가 있고, 개화기에 쓰였을 것 같은 낡은 치과 진료의자가 도자기 곁을 지키고 있었다. 그는 그 집의 정체를 알기 위해 유리에 얼굴을 바싹 댔다. 동남아쯤에서 건너왔을 목각품, 대서양이나 태평양의 어느 섬에서 원주민들이 짰을 듯한 태피스트리, 벌써 오래전에 자취를 감춘 수동식 타자기에 조악한 플라스틱으로 만든 우주소년 아톰 인형 등이 보였다. 나름대로 의미있어 보이는 물건들이, 맥락도 계통도 없이 놓이는 바람에 싸잡아 천격이 되어버린 것 같았다. 안쪽에 고인 어둠 속에 탁자 두어 개가 희붐하게 윤곽을 드러내는 걸로 보아 저녁에나 문을 여는 카페일지 모른다고 그는 짐작했다. 빈집의 적막이 사방에서 조여오는 밤, 슬리퍼 차림으로 가볍게 들어서서 한잔해도 좋을 것처럼 만만해 보였다.

언젠가 자신이 그랬던 것처럼 유리문에 바싹 다가가 안을 들여다보는 여자를 보며, 그의 안에서 미미한 희망이 스멀거렸다. "잘 모르겠어요. 사람이 있는 걸 본 적이 없어요. 문도 늘 닫혀 있고." 저녁나절, 그 집 앞을 몇 번 지나쳤지만, 유리문 안쪽에 불이 켜지거나 사람이 있는 걸 본 적은 없다. 밤이면, 잠들지 못하는 외눈박이 파충류처럼 아주 조그맣고 빨간 램프 하나가 어둠 속에서 빛날 뿐이었다. 보일러 표시등처럼 보였다.

묵은 먼지가 풀솜처럼 진득하게 내려앉았을 것만 같은 안쪽을 들여다보던 여자의 눈이 유리문 옆 담벼락, 바래고 닳은 나무 쪽에 머물렀다. 그의 손바닥 두 개를 합한 크기의 널빤지는 시간과 볕, 비바람에 닳아서 보호색 가진 동물처럼 담벼락 빛깔이 되어버렸다. 음각된 글자도 뭉개져서 잘 눈에 띄지 않는다.

내 당신을 사랑하는 마음 깊고 넓으나
내 사랑으로 할 수 있는 일은 오직
여기 이 자리에서 세월을 견디며
당신을 기다리는 것뿐입니다.

"어쩌면 이 집 주인은, 누군가를 기다리고 기다리다 결국 찾아나선 것인지도 몰라요." 여자는 그 널빤지에서 눈을 떼지 않은 채 중얼거렸다. 까악까악, 까마귀 한 마리가 새되게 울며 인왕산 쪽으로 날아갔다. 여자는 잠깐 그 새를 좇다 다시 유리문 너머로 눈길을 돌렸다. 감정을 지나치게 드러낸 그 문구가 그에겐 불편하게 느껴졌었다. 여자의 눈길이 닿자 유치하게 느껴졌던 무엇은 절박함으로 바뀌었다. 립스틱이 말라 조금 가스러진 여자의 입술을 보며, 그는 유리문 밖을 지나치는 사람들 눈에 띄지 않는 깊숙한 안쪽에 앉아 묵은 먼지 냄새를 맡으며 결코 오지 않을 누군가를 기다리는 음습한 자신을 떠올렸다. 기다리는 일이라면, 그는 자신있었다.

"혹시 너도 J 연락 받았냐?" 신문사에 다니던 동창 S가 물어왔을 때 그는 반색했다. "J가 연락했어? 그러잖아도 나 J 연락 기다리고 있었거든. 그 자식 어디서 뭐하느라 그렇게 바빴다니? 사업한다는 애가 로밍도 안 하고 나가고 말이야." S는 혀를 끌끌 찼다. "설마 했는데, 너도 당했구나. 너 같은 애까지…… J 그 나쁜 새끼!" 초등학교 시절, 그와 1, 2등을 다투었던 S는 그의 집안 형편을 잘 알고 있었다. 트럭 한 대를 밑천으로 행상에 나선 부모가 비운 집에서 그가 홀로 할 수 있는 일이 공부뿐이었다는 것도.

사업가 아버지를 둔 J네 집은 초등학교 시절, 그가 자주 드나들던 유일한 집이었다. 공부머리 없는 J의 엄마는 우등생인 그를 J의 단짝으로 만들었다. S가 단짝이 되지 않은 것은, S가 J 같은 돌대가리하고는 놀기 싫다는 걸 노골적으로 드러냈기 때문이었다. 그 도시에선 제법 힘있는 집 아들이었던 S로선 J네의 재력 따위가 문제될 일 없었다. 5학년 때 열렸던 88올림픽 경기를, 그는 그때로선 영화관의 스크린처럼 느껴지던 J네 큰 텔레비전으로 볼 수 있었다. 보석반지를 여럿 낀 J의 엄마가 대견한 듯 그의 머리를 쓸었다. 그는 목을 움츠렸다. 자기 머리를 떼어 J의 목 위에 얹고 싶은 사나운 욕망이 그 손길에서 느껴지는 것 같았다. 중학교를 다른 학교로 배정받으며 J와 멀어진 건 차라리 다행이었다. 사교육을 충분히 받을 수 없었던 그는 초등학교 때의 광휘를 다시는 누릴 수 없었으니까.

온갖 아르바이트를 섭렵하며 중위권 대학을 마치고 평범한 중소기업에 들어간 그는 월급의 절반이 넘는 액수를 적금에 쏟아부었다. 지방에 있는, 서울에서라면 소형 아파트 전세금도 안 되는 집 한 채가 전 재산인 부모를 둔 그로선 아주 작은 위험도 피해야 했다. 주식 바람이 불어 다들 눈이 벌게졌을 때도 그는 주식 한 장 사본 적 없었다. 그가 할 수 있는 재테크는 적금과 절약뿐이었다. 세제를 살 때도 그램당 가격을 꼼꼼히 대조했고, 화장실 휴지를 살 때도 몇 겹인지 몇 미터인지, 몇 롤이나 들어 있는지 치밀히 비교했다. 남들 눈에는 어떨지 몰라도 그로선 대견한 금액의 전셋집에 들어가고, 청약저축 말고도 다달이 부은 적금이 꽤 되었다. 빈집에 제 아이를 혼자 남겨두지 않겠다는 결심, 그는 대학시절 잠깐 사귄 여자친구 말고는 여자 한 번 못 사귄 채 서른 살이 되었다. 동창회건 뭐건, 회사 업무와 관계된 모임 이외엔 일절 얼굴을 내밀지 않았다. 움직이면 돈이었다.

해외를 오가며 무역을 한다는 J가 그를 찾아온 것은 지난해였다. 꼭 들여오고 싶은 물건이 있는데, 들여오기만 하면 대박인 상품인데, 돈이 달린다고 했다. 아버지와 사이가 안 좋아져서 아버지의 도움을 받기는 싫다고 했다. 대학에 입학하면서부터 홀로 서야 했던, 남에게 돈을 빌리느니 사흘이고 나흘이고 마냥 굶거나 서너 시간이 걸리더라도 내처 걸었던 그는 생각했다. J처럼 자란 애가 남 앞에서 돈 이야기 하기가 얼마나 어려울까. "다른 건 몰라도 은행 이자만큼은 쳐줄게." J가 터무니없이 높은 이자를 보장했다면, 소심하고 신중한 그는 적금을 깨지 못했을 것이다. J에게 돈을 빌려줄 수 있게 된 자신에 대한 허영도 없지 않았다. 돈을 빌려주는 순간, 빌려준 사람과 빌린 사람의 관계가 역전한다는 것을 그는 몰랐다. J의 사업이 잘되어야 빌려준 돈을 돌려받을 수 있으므로, 그는 두번째 찾아온 J가 알려준 대로 전세금을 담보로 대출도 받았다. 그는 동창들을 다 거친 S가 마지막으로 찾아낸 축에 들었다. "너한테까지 그럴 줄은 몰랐다. 잊어라. J 그 새끼, 외국으로 튀었다더라." S는 그의 애타는 기다림에 종지부를 찍어주었다.

새로운 기다림. 잠깐 머물렀다 떠나간 여자, 여자의 금빛 솜털이 온 집안에 날린다. 대문간을 넘어설 때, 그는 문턱을 넘어 남의 집으로 무작정 들어서던 여자의 등과 종아리를 떠올린다. 툇마루에 앉았던 여자의 고운 볼을 쓸던 햇살과 그 햇살에 반짝이던 솜털에 발목이 걸려, 툇마루를 지날 때면 굼떠진다. 출근을 위해 방문을 열 때면, 여자가 이 풍경을 보았지, 하면서 빈 집안을 공연히 휘둘러본다. 여자의 눈에 비친 이 집이 누추한지 고즈넉한지, 그는 가늠할 수 없었다. 아침에 언덕을 내려갈 때, 한눈에 들어오는 인왕산 자락, 초록 숲 사이로 맑게 드러난 바위를 보면 여자의 맑은 이마를 떠올리지 않을 수 없다. 담벼락을 타고 오르며 피어난 능소화를 보며, 그때, 여자가 바라보던 담벼락에 이 꽃이 피어 있었으면 얼마나 좋았을까, 하고 제철에 피어난 꽃을 공연히 타박한다. 관 속같이 좁고 긴 방에 누워, 몇 뼘 안 되는 여분의 공간에 그녀가 누워 있는 듯해 공연히 손을 뻗쳐 방바닥을 쓸어본다. 여자에게 전화번호를 일러주던 자신의 만용이 떠오르면, 홀로 낯이 붉어져 이불을 머리끝까지 뒤집어쓴다.

빈집을 바라보던 여자에게서, 어릴 적, 손가락만한 동물 형상 안에 색색의 물을 담았던 유리인형을 떠올리지 않았다면 전화번호를 알려주는 일 따위, 엄두도 내지 못했을 것이다. 보기엔 아름답지만 아주 작은 충격에도 쉽게 깨어지던 그 얄따란 유리인형. 여자는 그렇게 아슬하게 보였다. 말이 저절로 나왔다. "혹시 또 이쪽에 왔다가 만나고 싶지 않은 사람 보게 되면 전화하세요. 휴대폰 번호 알려줄게요." 말을 하고 나서야, 그는 자기가 비싼 장난감들이 진열된 진열장 앞에 선 가난한 아이처럼 보였을 거라는 생각에 얼굴이 확 달아올랐다. 자기보다 적어도 예닐곱 살은 어려 보이는 여자 앞에서 왜 이렇게 굽죄는지 몰랐다. 남녀간의 수작을 환히 알고 있다는 듯 빤한 눈으로 그를 바라보던 여자가 휴대폰을 꺼냈을 때 정작 놀란 사람은 그였다. 불러보세요, 하고 여자가 말했을 땐, 네? 하고 반문하기까지 했다. "전화번호요. 번호를 알아야 전화를 하든 말든 하지요." 여자는 그의 맹함에 혀를 차고 싶은 표정이었다. 그는 반신반의하는 심정으로 전화번호를 불러주었다. 그가 이름을 말하려 했을 때, 여자는 폴더를 탁 닫았다. 앞사람을 따라 들어가려던 집 문간, 코앞에서 문이 닫히는 기분이었다. 그는 다시 한번 얼굴을 붉혔다.

얼굴에 칼자국이 난 자객은 자기의 심오한 예술을 한 번에 알아차리는 상대방에게 놀란다. 지금까지 그가 몸으로 표현한 예술의 작의를 그처럼 대번에 알아준 사람은 없었다. 그 오랜 동안, 그의 예술은 우매한 인간들에게 얼마나 수모를 당했던가. 이제야 지음을 만난 감격에 부들부들 떠는 자객. 그 과장된 감동이 그에겐 낯설고, 그래서 더 재미있었다. 그는 휴게실의 다른 사람들이 들을까봐 소리 죽여 키들거렸다. 부르르, 그의 휴대폰이 진동했다. 낯선 번호였다. 그는 얼핏 J를 떠올렸다. 그러다, 자신이 아직도 미련을 버리지 못했다는 데

실소했다.

J가 연락을 끊었을 때, 처음 그는 무작정 기다렸다. 무슨 사정이 있겠지. 휴대폰은 늘 꺼져 있었다. J가 준 명함의 사무실로 연락하면 여직원은 그때마다 해외출장중이라고 대답했다. 사무실 전화가 결번이라는 안내 멘트를 듣고선 J와의 나날을 샅샅이 뒤척였다. J를 아직도 기다린다는 걸 S가 알았더라면 뒤통수를 세게 칠 것이다. 얀마, 너 같은 애들 때문에 공부 잘하는 애들은 고지식하다는 소리 듣는 거야, 하면서.

"삼청동에 사는 아저씨 전화 맞지요?" 낯선 여자의 목소리가 낭랑하게 들렸을 때, 그는 차마 여자를 떠올리지 못했다. 평범한 듯하면서 달콤한 목소리, 잠깐이었지만 그의 몸 어딘가에 각인된 목소리였다. 그때, 저 구해주셨잖아요, 하는 설명을 듣는 순간, 갑자기 겨드랑이에서 식은땀 한줄기가 흘러나왔다. 어쩐지 믿어지지 않아서, 그냥 깨고 나면 허전해서 주위를 휘휘 둘러보게 되는 꿈인 것 같아서, 그는 주위를 휘둘러보았다. 휴게실에 비치된 만화를 보며 머리를 식히거나 시간을 죽이는 사람들, 휴대폰의 진동을 느끼기 전이나 다름없는 풍경이었다. 주말의 정독도서관은 때 아닌 때 혼자 끼니를 해결하고 지루한 주말을 때우기에 안성맞춤인 곳이었다. 하긴, 한때는 그도 책을 열심히 읽었다. 착하게 살라는 책, 성실히 살라는 책 등등. 살면서, 그렇게 아름다운 말을 하는 사람들이 과연 그렇게 살까 하는 걸 깨닫기 전까지는. 휴게실에 비치된 만화는 별다른 취미가 없던 그에게 새로운 즐거움을 선사했다. 사는 데엔 허술하기 짝이 없지만 결정적인 순간에 나름대로 한소식한 실력을 드러내는 갱들이 모여 사는 만화를 보며 낄낄거리는 데 재미 붙였다. 어쩌면 자기 속에도 세상을 놀라게 하는 그런 무언가가 숨겨져 있을지 모른다는, 덧없는 환상. 아직은 그걸 발견하지 못했을 뿐일 거라는 위안. 여자와 통화를 마치고 났을 때, 그의 겨드랑이는 축축했다. 화장실에서 휴지를 뜯어 겨드랑이의 땀을 닦아내다 말고 그는 거울을 들여다보았다. 그 여자가 전화를 하다니, 어쩌면 내겐 내가 미처 모르는 무엇이 있는지도 몰라.

"속이 좀 상해서, 전화하고 싶어서 휴대폰 전화번호를 검색했는데, 만나고 싶은 사람이 하나도 없는 거예요. 이백 명이 넘는 사람 가운데 아저씨가 당첨이에요."

화병 모양으로 굴곡이 진 오백 시시들이 맥주잔은 여자의 가녀린 손에 터무니없이 커 보였다. 여자는 한 손으로 받치기 힘겨운 듯 맥주잔을 두 손으로 들어올렸지만, 잔 비우는 속도가 그에게 뒤지는 것은 아니었다. 물빛 원피스에 얼금얼금 비치는 흰 볼레로, 그리고 잔을 채운 황금빛이 현란해서, 그는 자주 눈을 깜박거렸다.

여자는 휴대폰의 강씨부터 허씨와 홍씨를 거쳐 황씨까지, 이백여 명 되는 이름을 다 훑어보았다고 했다. 이름은 있지만 누군지는 기억나지 않는 사람이 많다는 걸 새삼스럽게 발견했을 뿐. 홍씨부터 다시 되짚어서 김씨와 권씨, 구씨를 거쳐봐도 마찬가지였다. 전화번호부의 맨 위에 생뚱맞게 올라앉은 '이름 없음'을 보고 여자는 갸웃했다. 이름 없음이라니, 누구지? 그때 그가 이름을 알려주고 여자가 저장했더라면, 그는 그냥 누구지? 하고 지나치는 이름 중의 하나가 되었을 것이다. "그럼 이제 내 이름으로 저장해두세요. 내 이름은……" 여자가 그의 말을 끊었다. "아저씨랑 통화하고 나서 내 마음대로 저장해놓았어요." "뭐라고 해놓았어요?" "배트맨." "배트맨?" "그날 절 구해줬잖아요. 앞으로도 제가 부르면 달려와서 절 구해줘야 해요. 알았죠?"

여자는 박쥐가 새벽에 동굴로 깃들듯, 주말이면 그의 집으로 찾아왔다. 전세보증금을 날리고 월세로 나앉을 판인 그에게, 영국으로 일 년간 연수를 떠나는 S가 문간방을 쓰며 집을 돌봐달라고 했다. 일 년이면 남에게 전세를 주기에도 어중간한 기간이었다. S가 안채의 두 방문을 잠가놓은 걸 본 그는 보일러를 켤 때 빼고는 안채 출입을 삼갔지만, 여자가 온 뒤로는 안채의 거실과 욕실을 사용했다. 첫날, 국 이름을 고작 세 가지밖에 못 댔던 여자는 음식을 만드는 일엔 젬병이었고, 그는 여자와 함께 있는 시간을 음식 만드는 일 따위로 낭비하고 싶지 않았다. 여자가 오면 밥을 시켜 먹었다. 주말이면 북촌 골목은 동네를 구경하는 사람들로 붐볐다. 빌딩숲인 서울 한구석의 한옥마을, 사람들은 한옥 담벼락이며 기와지붕의 선에 홀려 카메라 셔터를 누르며 골목을 누볐다. 문간에 가꿔놓은 손바닥만한 꽃밭조차 새롭게 느껴지는지, 어머, 감탄하는 소리가 담장을 넘어 들어오기도 했다. 함께 거실에 누워 설핏설핏 낮잠을 자다가 담장 밖, 지나는 목소리에 깨어나 여자의 부챗살 같은 속눈썹을 볼 때면, 세상이 멀찌감치 물러나는 듯했다. J와의 일이 여자를 만나기 위해 치러야 했던 통과의례처럼 느껴지기도 했다.

이맛전에 보송거리던 솜털이 물줄기에 젖어 간잔지런해졌다. 햇병아리 솜털처럼 보송거리는 그것에 눈이 가면 이따금 잔소름이 그의 등골을 훑었다. 여자는 고개를 뒤로 젖히고 눈을 감은 채 그의 손길을 기다렸다. 그는 손에 샴푸를 덜어 거품을 낸다. 손바닥에서 부얼부얼 피어오른 거품을 여자의 검은 머리에 바르고 손가락에 힘을 준다. 머리카락 뿌리 쪽의 촘촘한 결이 그의 지문 골골이 맞물리는 듯하다. 고객센터에서 전화를 받는 여자의 목덜미는 모니터를 노려보는 자세와 스트레스 때문에 늘 딱딱했다. 그는 거품 묻은 손으로 여자의 목덜미를 잡고 꼭꼭 힘을 주어 누른다. 여자가 가볍게 진저리친다.

여자의 맑은 이마에 달랑 남아 있는 거품 한 점이 애틋해서, 그는 그 거품을 핥는다. 여자가 날갯죽지 접는 새처럼 어깨를 치키며 몸을 뒤튼다. "뭐하는 거예요?" "가만히 있어. 거품이 남아 있어서 그래." "그걸 입으로…… 가만히 보면 변태야." "거품 좀 씻어주었다고 변태라니. 넌 무슨 말을 그렇게 하냐?" "그런데…… 무슨 맛이에요?" "너도 한번 먹어볼래?" 그가 혀를 내밀자 여자는 피식 웃으며 고개를 홱 돌린다. "그런다고 키스해줄 줄 알고요? 꿈 깨세요." 혀끝에 감도는 아린 기운을 그는 이 안쪽으로 혀를 굴려서 지워낸다. 끝내 그를 받아들이지 못하고 앙다물린 여자의 몸, 벌써 세번째다.

처음 여자가 아프다고 했을 때, 그는 놀람을 감추지 못한 채 물었다. "처음이니?" 옷을 벗길 때 여자의 몸에서 긴장이 느껴지지 않아서, 그는 여자가 이런 일에 익숙하리라고 추측했다. "아니에요. 저 많이 해봤어요. 그런데 아파요." "그래, 아프면 그만두면 되지, 뭐……" 여자의 몸속으로 들어가고 싶은 안달과, 여자가 아플지도 모른다는 걱정, 그리고 여자가 자기를 거부하기에 몸을 못 여는 거라는 어림짐작. 아쉬움으로 목줄이 타는 듯해 그는 마른침을 삼키며 여자의 몸에서 내려왔다. "난 괜찮은데…… 그냥 해도 되는데…… 다들 그러던 데……" 여자는 번번이 그렇게 말했지만, 그는 여자를 아프게 하고 싶지는 않았다. "그냥?" 그가 되물었다. "그냥, 내가 아프거나 말거나……" 더러운 것을 닦고 난 걸레를 대야에 내던지듯 자신을 방기한 목소리. 생담배연기를 훅 들이마신 것처럼 그의 속이 아렸다. "왜 그랬어? 아프면 아프다고, 하기 싫으면 싫다고 말하지." "그냥, 그렇게 되면, 그래야 하는 건가보다…… 그런 마음이 들어요. 그 순간에 말해봤자 듣지도 않고. 내 말 들어준 사람은 아저씨가 처음이에요." 그들은 여자의 말을 묵살하는 대가로, 그가 결코 주지 못할 무엇을 주었을 것이다. 그 또래 여자애들이 혹할 만한 무엇. 그가 결코 해줄 수 없는 그것. "있잖아요, 그날, 아저씨 처음 만나던 날요" 하면서 여자가 말했듯이.

그날, 여자는 친구와 삼청동에서 만나 점심을 먹고 카페에 들어가 수다를 떨었다. 계산을 마치고 나오는데, 여자의 친구가 갑자기 멈칫하더니 말했다. "와, 나 시작했나봐." 때가 지났는데 생리를 하지 않는다고, 콘돔을 죽어라 쓰기 싫어하는 자기 애인에게 악담을 퍼붓고 난 참이었다. 친구는 춤추듯 카페의 화장실로 향했고 여자는 계단 아래 길가에 나와 친구를 기다렸다. 길 저쪽에서 오는 키 큰 남자의 재킷이 낯익었다. M도 여자를 알아본 눈치였지만, 그러나 곁에 다른 여자가 있어서 어쩔까, 망설이는 듯했다.

여자가 M과 마지막으로 만난 날은 M이 와이너리를 방문하러 프랑스에 다녀온 며칠 뒤였다. 와이너리에서 몇십 유로짜리 와인은 일단 경매장에서 한번 몸값이 오른다. 그리고 수입중개상에게서 또 한번 뛴다. 한국에 들어오는 과정에서 관세를 매기느라 다시 몸값이 오르고, 와인바의 임대료, 인건비, 이윤을 감안해 값이 매겨진다. 결국 어떤 와인은, 와이너리에서 나올 때의 열 배쯤 되는 값으로 와인바의 리스트에 오른다. M은 와인바에서 한 병에 몇백만원이라는 와인의 이름을 들먹이다 말고 탁자 위로 쇼핑백을 내밀었다. 그 와인보다는 값나가는 걸 거야, 하며 내민 것은 샤넬 백이었다. 그 백이 뭘 의미하는지, 여자는 알고 있었다. M은 애널에 집착했고 여자는 그것만은 피해왔다. 백을 포기하든가 애널을 감당하든가 둘 중의 하나였다. 여자를 구해준 사람은 엉뚱하게도 M의 아내였다. 눈으로 먼저 여자를 벗기던 M은 아이가 다쳐서 병원 응급실로 가는 중이라는 아내의 전화를 받고, 다음에, 하면서 몸을 일으켰다. 그날부터 여자는 M의 전화며 문자를 무시했다. 그동안 M에게 몸으로 치른 것만으로도 그 대가는 충분하다고 생각했다.

뜻밖의 장소에서 M을 만나자, 그날이 먼저 떠올랐다. 여자는 잠깐, 그 자리에 그냥 있으려 했다. 다른 여자도 있는데 제가 어쩌겠어, 싶었다. 그러나 몸은 이미 홱 돌려진 뒤였다. 여자는 빠른 걸음으로 골목을 걸었고, 큰 골목에서 갈라진 작은 골목 안쪽, 대문이 열리며 누군가 나오는 것을 보았다.

"근데 왜 이런 이야길 하니? 이런 이야기 아무 남자한테나 하지 마라." "왜요? 날 걸레로 볼까봐서? 아니면 꽃뱀?" 매운 말을 내뱉을 때도 여자의 눈에선 독기가 느껴지지 않았다. "아니, 그건 아니지만……" "나 그렇게 바보 아녜요. 아저씨니까 이런 이야기 하는 거지." 천장을 보고 독백처럼 말하던 여자는 몸을 돌려 베개에 얼굴을 묻었다. 물기가 조금 남은 여자의 머리카락이 베개 위에 해초처럼 넘실거렸다. 살점 없이 날렵한 여자의 견갑골이 들먹였다. 우는 듯했다. 벗겨진 살갗에 독한 용액이 닿은 것처럼 그는 쓰라렸다. 어쩔 바를 몰라하던 그가 겨우 여자에게 손을 뻗치려 하는데, 키득거리는 소리가 들렸다. 여자는 웃고 있었다. "근데 그날…… 아저씨네 집으로 오던 날, 그러지 않아도 되는 거였어요." "그래도, 이별선물이라고 이름지은 것도 아닌데 비싼 백 선물 받고 연락 끊는 건 좀 그렇잖냐?" "아저씬 세상을 어떻게 산 거예요? 그러니까 친구한테 당하고 살지. 그 백이요, 짝퉁이었대요, 글쎄. 그야 숍에서 알았죠. 중고숍요. 샤넬은 중고로 팔아도 백만원은 넘게 받거든요. 기분 쭈글쭈글하던 날, 여름휴가 예약을 해버렸거든요. 휴가비 마련하려 갖고 갔는데…… 특A급이라도 짝퉁은 짝퉁이죠. 처음엔 창피했는데, 숍에서 나오니까 김이 모락모락 나는 거예요. 누가 실컷 씹다 뱉은 껌이 새 구두 밑창에 들러붙은 것 같은 기분…… 그래서 그날 아저씨에게 전화한 거예요." "그래서, 휴가는 갔어?" "휴가? 지금 휴가중이잖아요, 나. 여기, 아저씨네 집에서. 해변에서 마사지 받는 대신 아저씨가 씻겨주고. 내 평생 이렇게 마음 편한 휴가는 처음이에요."

딸을 리틀 미스 코리아에 출전시켰던 여자의 엄마는 주정뱅이 아빠와 이혼하고 다른 남자를 만나 재혼했다. 새남편에게 행사하던 자신의 매력이 닳아버리자, 그녀는 딸에게서 자기 대신 남자에게 힘을 행사할 수 있는 매력을 발견했다. 여자가 중학생이던 때부터, 엄마는 의

부에게 무언가를 부탁할 때면 직접 말하지 않고 여자를 시켰다. 바로 옆에 의부가 있는데도 그랬다. "아빠더러 엄마 겨울코트 사야 한다고 말씀드려라." "뭐라구? 탕수육이 먹고 싶다고? 웬 탕수육?" 식탁 앞에 앉아 있던 엄마가 여자를 보며 문득 크게 말해서 놀란 적도 있다. 여자는 탕수육 같은 건 떠올리지도 않고 있었는데. 엄마의 부탁에 토를 달던 의부는 여자가 말하면 흐물흐물해져서 허락했다. 의부에게 전하란 엄마의 말이 여자를 뜀틀 앞으로 내몰았다. 얕아서 넘기 쉬운 것도 있었지만 도저히 넘을 수 없을 만큼 높은 것도 있었다. 그 높이에 겁먹고 돌아서면, 엄마의 눈물 섞인 푸념이 여자를 적시고 때려 기진하게 했다. 집안에 있을 때도 여자는 리틀 미스 코리아 대회장의 무대를 걷는 기분이었다. 위에서 내리쬐는 조명처럼 여자의 일거수일투족을 자기 목적에 부합시키려는 엄마와 무대 아래 반짝이는 눈처럼 여자를 지켜보는 의부. 관절염을 앓으면서 흰 머리마저 생긴 엄마에게 자기를 지켜줄 힘도, 마음도 없다는 것을 여자는 알고 있었다. 살얼음판 딛듯 고등학교를 마치자마자 여자는 도시로 직장을 구해 집을 나왔다. 집을 나왔다고 해서 달라질 건 없었다. 여자를 보는 남자들의 눈빛은 한결같았다. 여자는 그저 욕망의 대상일 뿐이었다. 기껏 휴대폰을 바꿔주면서 커플폰 요금을 대줄 뿐인 이 남자만 달랐다. 그가 여자의 몸을 씻길 때면, 여자는 아기처럼 말갛게, 부끄럼도 없이 몸을 맡겼다. 자기를 씻기는 그의 손길 아래서 몸이 허물을 벗는 느낌. 여자를 보면 어째볼 생각부터 하던 다른 남자들의 눈길과 손길에 닳았던 몸에 남자의 지순한 손길이 닿으면, 거실에 누워 바라보는 천장의 들보로 쓰인 나무처럼 미끈하게 새살이 돋는 듯했다. 그 천장을 바

라보며 누워 있노라면 담장 너머 지나는 사람들의 발소리며 말소리가
귓전에 작은 파도처럼 잘박이고, 그 소리가 아득하게 물러나는 잠 속
에 스르르 빠졌다. 짧은 잠인데도 아주 오래 자고 난 듯 몸이 가벼워
졌다.

　조명이며 크레인 등으로 골목이 혼잡했다. 저녁을 먹고 동네 구석
구석에 박힌 액세서리가게며 소품가게 등을 구경하고 돌아오는 길이
었다. 모퉁이 그 집 앞이었다. 그 집의 유리문은 나무패널로 가려져
있었다. 드라마를 촬영하는 모양이었다. "어머, 문이 열렸네?" 여자
가 반색하더니 쭈뼛쭈뼛, 사람들 있는 데를 지나 출입문 쪽으로 향했
다. 출입문은 열려 있지만 안쪽은 어둑해서 보이지 않았다. 청춘물인
듯 거기 모인 사람은 다 이십대 초반에서 잘해야 삼십대 초반으로 보
였다. 누가 연기자인지 누가 스태프인지 구분이 가지 않았다. 문 안쪽
을 들여다보려다 실패한 여자는 물러나며 말했다. "알아볼 만한 얼굴
이 없는 걸 보니 케이블에서 찍는 건가봐." 말은 그렇게 하면서도 여
자는 그 앞을 떠나려 하지 않았다. "가자, 이러고 있다가 너 스카우트
당하면 어떡하냐? 저기 있는 여자애들보다 네가 더 돋보이는데." 여
자는 눈을 흘기면서도 싫지 않은 표정이었다. "꿈 깨요. 내 나이가 몇
인데." 여자는 꿈에서 벗어나려는 듯 몸을 집 쪽으로 홱 돌렸다.
　"근데 기분이 이상해…… 아끼느라고 방에서만 신어보던 새 구두
에서 흠집을 찾아낸 것 같은 기분이야." 대문을 닫고 돌아서는 그의
곁에서 여자가 종알거렸다. "뭐가?" "그 집 주인한테 허락은 받았을
거 아녜요. 그럼 그 집 주인은 먼 길 떠난 게 아닌가봐……" 여자의

마음이 그 집 언저리에서 서성거리는 게 보였다.

여자가 뭇 남자들에게 자기를 내던지기 시작한 건, 사랑하던 남자가 여자를 버리고 떠난 뒤였다. "그 사람이 차를 바꾼 지 얼마 안 되었을 때였어요. 응, 페라리. 차를 판 회사에서 고객들을 위한 파티를 열었대요. 나도 나름대로 차려입고 갔는데, 그런데 거기 오는 여자들은 정말 다르더라. 왜 무슨 영화제 시상식 있죠? 그런 때나 보던 드레스를 입고 온 거예요. 솔직히, 나보다 안 생긴 여자들도 많았어. 그런데도, 그 여자들 속에 있으려니까 기가 죽는 거야. 뭐랄까, 똑같은 피부인데, 때깔이 다른 것 같았어. 화장실에 가서 거울을 한참 들여다보았다니까. 그 사람도 그걸 느꼈나봐. 파티 다녀오고 난 지 얼마 안 돼서 그러더라고요. 아무래도 우린 안 어울리는 것 같다고." 그 여자들과 같은 때깔이 될 수만 있다면 무엇이든 할 수 있을 것 같았다. 여자는 남자들과 거래를 시작했다.

쾌감은커녕 통증만 느끼는 거래를 견디며, 여자는 내내 그를 기다린 것일까. 알지 못할 욕망이 와락, 그를 덮쳤다. 여자를 거실 바닥에 뉜 그는 여자의 발가락을 물었다. 여자를 삼키고 싶은 사나운 욕망이 잠깐 이를 드러냈지만, 그는 황급히 제 입술로 이를 덮어버렸다. 여자가 발가락 끝을 갈퀴처럼 오므렸다. 어린 새끼를 씻어주는 어미고양이처럼, 그의 혀는 여자의 몸을 구석구석 핥았다. 여자는 암고양이처럼 소리없이, 자기 몸에 닿는 감각에 집중했다. 어느 순간, 여자가 몸을 움찔했다. 그는 그 부분을 기억했다. 머릿속에서 여자의 몸을 그리고, 거기에 좌표를 기록했다. 여자가 반응을 보였던 곳을 그는 낱낱이 기억했다. 다른 곳을 돌아다니다 적당한 간격으로 여자가 반응했던 곳으로 돌아갔다. 여자의 반응이 격렬해질수록, 그의 몸은 자신감으로 한껏 부풀어올랐다.

아파서 내는 신음소리에 오히려 흥분하던 남자들, 그때의 그 남자들처럼 진저리치며, 여자의 몸 안에서 일던 진동. 격랑이 지난 뒤에도 여자는 뱃멀미 같은 어지럼증에서 벗어나지 못했다. "맙소사, 이렇게 젖은 걸 본 건 처음이야. 너도 느꼈니?" 여자는 손바닥을 펴서 자기 얼굴을 가리며 고개를 끄덕였다. 여자의 몸에서 진동이 사라진 뒤, 그가 아기를 안아올리듯 여자의 몸을 자기 배 위에 얹었다. 여자는 양 발을 개구리처럼 벌린 채 그의 몸 위에 엎어졌다. 다른 사람의 심장, 다른 사람의 복대동맥이 뛰는 게 느껴졌다. 태어나자마자 그랬던 것일까. 언젠가 한 번은 이런 자세로 있었던 듯한 편안함으로, 여자의 눈이 스르름스르름 감겼다.

집으로 돌아와 신을 벗던 그는 구두 뒤축에서 노르스름한 걸 발견했다. 짓이겨진 은행나뭇잎 쪼가리였다. 삼청동 길에서 묻었을 텐데 어떻게 골목을 걷는 동안에도 떨어지지 않은 것일까. 그가 손끝으로 톡 치는 순간 휴대폰이 울렸다. S였다. "뭐하냐? 응, 우린 예정대로 내년 초에 돌아갈 거야. 넌 어떻게, 잘되어가냐?" S의 물음은 거처를 구했냐는 뜻이었다. 창고로 쓰던 문간방에 그가 어영부영 붙어살까봐 걱정하는 것일지도 몰랐다. 의례적으로 묻고 난 S는 이내 본론으로 들어갔다.

"내가 말야, 얼마 전에 우연히 한국에서 온 배낭여행객을 만나지 않았겠냐. 한국 사람들, 여기까지 와서 뭉치는 게 싫어서 모른 척하고 지냈는데, 어쩌다보니 이야기를 트게 되었어. 나도 늙나봐. 아니면 그 각박한 한국 사회에서 벗어나서 지내다보니 마음에 여유가 생겼거나. 어쨌거나, 카페에서 그애들과 커피를 마셨는데, 그애들이 스페인에서 만났다는 민박집 주인 얘길 듣다보니 J 같은 거야. 걔가 원래 한 덩치 하잖냐. 이름 대신 자기를 홍만이 동생으로 불러달라고 했다는데, 구레나룻이며 없는 것 같은 목이며, 영락없어. 그래서 같이 찍은 사진 있냐고 물었더니, 이상하더라고. 저녁이면 맥주파티를 하고 이런저런 이야기 잘 나누는데도, 사람들과 사진 찍는 것만은 죽어라 피하더라는 거야. 워낙 덩치가 커서 프레임을 다 잡아먹는다고 우스갯소리를 하더라는데, 아이들이 보기에도 뭔가 일 저지르고 한국 뜬 사람 아닌가 싶을 정도로 카메랄 피하더래. 아이들끼리 찍는 사진 뒤편에 우연히 잡힌 옆모습이 꽁지머리이긴 하지만 영락없이 J야. 민박집 인터넷 카페 들어가보니 사진은 없고 예약 계좌 이름은 다른데 그거야 뭐. 지금 만나봤자 소용은 없겠지만, 그래도 너 한번 연락해볼래? 아직 다른 애들한텐 안 알렸어. J 그 자식, 다른 사람은 몰라도 너한텐 그러면 안 되는 건데…… 넌 어떻게, 이사할 집은 알아보고 있지? 어쨌든 내년 봄에 보자."

S는 쏟듯이 말하고 전화를 끊었다. 스페인? 투우사의 빨간 깃발이 그의 눈앞에서 펄럭였다. 그는 닫으려던 폴더를 다시 열어 통화기록을 살폈다. 방울이. 그의 휴대폰에 저장된 여자의 애칭이었다. 방울이와의 통화기록은 이틀 전이었다. 요즘 들어 여자의 휴대폰은 자주 꺼져 있었다. "배터리 갖고 나가는 걸 깜박했어. 내가 전화 안 받아서 속상했어? 에이, 삐치긴…… 이리 와요, 응?" 여자는 말간 얼굴에 미소

를 지으며 그를 향해 양팔을 활짝 벌리겠지만, 너 나한테 이러는 거 아니다, 터져나오는 말을 삼키려 그는 그 벌린 팔을 외면하게 될 것이다. 여자는 똑같은 레퍼토리를 되풀이하지만, 지난달 여자의 휴대폰 요금은 가파르게 상승했다. 그가 줄 수 없는 것을 여자에게 줄 수 있는 남자, 버림받은 여자가 막나가게 만든 남자가 돌아온 뒤부터다. "그 사람, 왜 돌아왔지? 아저씬 아세요? 난 남자들 마음 모르겠어." 여자는 그 사람이 돌아온 이유를 듣고 싶어했다. 자기의 때깔이 그 여자들과 비슷해진 것이라는 말을 듣고 싶었는지도 몰랐다. 여자의 환해진 얼굴을 보며 그의 가슴이 꺼멓게 무너져내리는 걸 여자는 몰랐다. 바로 앞에 있는 사람이 무너지는 것도 모르는 주제에 떠났다 돌아온 남자의 마음을 어찌 알겠냐, 는 외침을 삼키며 그는 이기죽거렸다. "그래서? 어사 출두했으니 우리 춘향인 이제 그리로 가야겠네?" 여자는 처음 그의 집 문턱을 넘어서던 때처럼 말간 눈으로 그를 바라보았다. 그것도 잠깐이었다. "더 모르겠는 건 내 마음인데, 그렇게 아프게 한 사람인데 그래도 그 사람이 좋은 거예요. 미안, 아저씬 아무리 봐도 설레지는 않거든요. 뭐 어릴 적부터 같이 큰 사촌오빠 같은걸. 그러니, 아저씬 아저씨대로 만나고, 그 사람은 그 사람대로 만나면 안 될까? 그 사람, 아저씨가 나한테 해준 것처럼은 절대로 할 수 없는 사람이거든요. 나 그러고 싶어. 그러면 안 될까."

여자를 끝내 자기 옆에 붙잡아둘 수 없다는 걸 처음부터 알고 있었다. 그래도 이렇게 빨리 조롱을 열고 나갈 줄은 몰랐다. 그에게 털어놓은 뒤로 여자는 자주 전화를 받지 않거나 꺼놓았다. 배터리가 닳아서 꺼졌을 때의 신호음과 일부러 꺼놓았을 때의 신호음이 다르다는 것을, 그는 알고 있었다. 그런데도 자기가 알고 있다는 사실을 여자에게 말하지 않았다. 빤한 거짓말을 말간 얼굴로 늘어놓는 여자에게 그 말을 하고 싶어서 근질거리는 입을 다무느라, 턱이 아플 지경이었다. 빠져나갈 구멍을 주지 않으면, 여자가 비상하는 새처럼 허공으로 솟구쳐 다시는 조롱으로 돌아오지 않을까봐서.

  겨울비는 우산을 받쳐도 차갑게 느껴졌다. 들들들들, 새로 산 여행 가방의 바퀴가 콘크리트 바닥에 끌렸다. 삼청동 길 쪽으로 내려오던 그가 잠깐 멈췄다가 방향을 틀었다. 가로등이 비추는 축대의 화강암은 비에 젖어 더 차갑게 반들거렸다. 어느 날 갑자기, 유리문을 에워싸며 들어찬 축대. 아래쪽은 화강암이고 위쪽은 검정 벽돌로 다섯 층을 쌓아서, 이 동네 어디서나 볼 수 있는 담장과 비슷한 모양새가 된 그 축대 귀퉁이에, 한 사람이 겨우 드나들 만한 문이 나 있었다. 그 문을 열고 들어가면, 하나하나 뜯어보면 가치있어 보이지만 함께 모임으로써 조악해진 물건들 틈에, 그리움에 절어 미라가 된 무엇이 있을 것만 같았다. 다른 남자를 만나느라 전화기를 꺼놓았다 돌아온 여자를 씻길 때, 목덜미에 얹은 손아귀에 힘을 주고 싶은 걸 억누르느라 팔이 뻣뻣해졌다. 여자의 가는 목뼈는, 여자를 기다리는 동안 높아진 내압으로 단단해진 그의 악력 아래 쉽게 분질러질 것이다. 제멋대로 날아다니는 새의 날갯죽지를 부러뜨리듯 그렇게. 제멋대로 뻗쳐나가는 상상 때문에 그는 피가 마르는 기분이었다. 뒷머리가 땅바닥에 질질 끌리는 여자를 안고 빗길을 내려가, 축대 안쪽 어딘가에 여자를 안치해두고, 그 곁, 어둠에 잠긴 여자를 순연한 그리움으로 환히 지켜보는 그 자신. 한 겹 축대 옆으로 사람들은 무심히, 셔터를 눌러가며 지날 것이다.

그는 휴대폰을 꺼냈다. 전원이 꺼져 있어 소리샘으로 연결되며…… 전원이 꺼져 있다는 사실을 알려주게 되어서 기쁘다는 듯 낭랑한 안내 멘트를 지치도록 그에게 들려주던 휴대폰. 보관함을 열어 그가 여자에게 보낸 애원과 협박의 문자, 질긴 그리움을 싹 삭제했다. 사진보관함에 든 여자의 사진마저 삭제하려다, 그냥 폴더를 닫았다. 여자가 지나다녔던 길목까지는, 여자를 데리고 가고 싶었다. 공항으로 가는 리무진 버스 안에서도 얼마든지 지울 수 있을 테니.

그리고, 축제

휴대폰 액정에는 다시 또 진의 이름이 떠 있다. 옛 직장 동료인 진은 사흘째 날마다 전화를 걸어왔고, 음성메시지와 문자를 남겼다. 늘어나는 부재중전화 기록을 보면서도 나는 전화를 받지 않았다. 진을 마지막으로 본 건 석 달 전이었다. 해장국을 먹고 헤어질 때 진은 내 어깨를 툭 쳤다. 그 가벼운 손길에 실렸던 정다움을 떠올리자 더는 외면할 수 없었다.

"당신 왜 그렇게 전화 안 받냐? 난 또 무슨 일 났나 했네. 아픈 거야? 아니면 어디 여행이라도 다녀왔냐?"

아무에게나 당신이라는 호칭을 사용하는 진의 껄렁껄렁한 목소리에 염려가 무서리처럼 옅게 깔려 있다.

"아니, 그냥. 전화 받기 좀 그래서."

"왜 그래. 요즘 같은 세상에 천하의 강지선이 그만한 일로 은둔하고 그러냐. 나와서 술도 사달라고 하고 좀 그래봐라. 요즘 어떻게 지

내? 바빠?"

"그냥 그래."

"그래, 잘됐다. 바쁜 일 없으면 어디 좀 갔다 와라. 당신, 전에 날 버리고 어학연수 간 데가 인도네시아 맞지? 발리 한번 다녀오지 않을래?"

내 목소리가 바람 빠지는 풍선이거나 말거나, 진의 목소리는 열병식하는 군인들의 발걸음 같다. 상대방의 반응에 아랑곳하지 않는 진의 일방적인 말투는 대체로 무례한 구석이 있지만, 때로는 달궈진 살갗에 바르는 맨소래담처럼 산뜻하게 느껴지기도 한다. 성희롱의 수준을 넘어서는 말도 진의 입에서 나오면 끈적이기는커녕 잘 마른 콩처럼 데구르르 구를 뿐이었다. 상명하복을 신조로 삼는 마초 중의 마초인 진과 '사람 위에 사람 없고 사람 밑에 사람 없다'는 식으로 위아래 구분 없이 수평을 만들어버리는 내가 친하게 지내는 걸 직장 후배들은 불가사의로 여겼다. 패션감각은 꽝인데다 화장으로 나이를 커버하려는 노력마저 안 하는 나를 더없이 여성적이라고 믿는 유일한 남자가 진이었다. "니들은 아직 어려서 강지선의 페인팅 모션에 넘어가지만 난 안 속는다. 내가 보기엔 강지선이야말로 여자 중의 여자다." 그러면서 눈이 부시다는 듯 나를 바라보았다. "진선배, 우리도 강선배를 좋아하긴 하지만 강선배가 여자답다니 그건 심히 오번데요?" 후배들의 타박에도 시종일관 꿋꿋했다. 진이 후배들 군기 잡는답시고 사무실에 살얼음을 깔 때, 나에겐 있는 대로 깃털을 펼치고 으스대는 수공작의 가련한 허세와 그 바닥의 불안이 보일 뿐이었다. 극과 극은 통한다더니 정말 그런가보다, 라는 게 진과 나의 친분에 대해 후배들이 내린 결론이었다. 십여 년 전, 내가 직장을 그만둘 때 가장 걱정해준 사람도 진이었다. "계란 한 판 채운 여자가 대책 없이 때려치운다니, 폼은 난다. 그래도 난 걱정된다. 나야 그만두면 마누라한테 눈칫밥이라도 얻어먹겠지만, 당신은 먹여살려줄 남자도 없잖냐. 정 그러면 한두 달 쉬다 오든가. 내가 어떻게든 땜방하며 버틸 테니." IMF로 얼어붙은 시절, 제 처지도 위태로운 판에 큰소리 탕탕 치는 게 우스웠지만, 고맙고 든든했던 것만은 사실이었다.

"발리? 〈발리에서 생긴 일〉 끝난 게 언젠데 이제 와서 발리야. 휴가철도 다 지났구만. 그리고 나 이제 머리 쥐어뜯으며 기사 같은 거 안 쓰는 거 알면서. 내가 유한마담으로 지내는 게 그렇게 배 아파?" 말하는 순간, 떠올랐다. 석 달 전, 진에게 일감을 찾게 될지도 모른다고 흘리듯 말한 건 나였다. 여느 때 같으면 그 사실부터 상기시키며 빈정거렸을 진이 어쩐 일인지 건너뛰었다.

"지금 나에게 필요한 게 바로 그 유한마담이라네. 우리 잡지 독자가 딱 당신처럼 먹고사는 걱정 없고 시간은 남아도는 여자들이잖아. 발리에서 작가 페스티벌이 열리는데, 그게 『하퍼스 바자』에서 세계 6대 문학 페스티벌 중의 하나로 치는 거래. 재미있을 거 같지 않아?"

진은 지금 상류층 주부들을 대상으로 하는 멤버십 잡지를 만들고 있다. 고급 호텔의 정보 같은 걸 주로 싣는, 럭셔리를 지향하는 잡지였다. 『하퍼스 바자』에서 언급하지 않았더라면 작가 페스티벌 같은 걸 다룰 일은 없었을 것이다.

"작가 페스티벌이면 작가들 나와서 인생이란 어쩌고 하면서 골치아픈 이야기 하는 거잖아. 거기 독자들은 애들 사교육이며 성형수술,

재테크만으로도 뇌용량 초과일 텐데?"

"어허, 우리 독자쯤 되면 그런 건 다 뗐다네. 이제 휴양지에서 문화와 교양을 듬뿍 누리는 데나 관심있을까. 당신은 그래도 거기 말도 하잖아. 페스티벌은 영어로 진행되겠지만, 깊이 들어갈 것 없이 스케치 정도면 될 거고."

"오래돼서 그쪽 말 다 잊었어. 그게 아니더라도, 어디 갈 마음 없어, 지금은."

"봐줘라. 사실은 가기로 했던 애한테 사고가 났어. 다른 애들 가고 싶어서 난린데, 마감도 제대로 못 지키는 것들이 노는 데만 목매다는 게 미워서."

진은 금방 깃을 접었다. 있는 대로 허세를 부리다가도 들켰다 싶으면 얼른 머리 박고 꽁지를 환히 드러내는 게 진의 미덕이었다. 마초 기질로 무장한 진이 꼬리를 내리면 나는 또 그만큼 물러졌다.

"지금 사무실에서 전화하는 거 아냐? 말 함부로 하는 버릇은 여태 못 고쳤네?"

"괜찮아, 다들 나갔어. 안 그래도 요즘은 아랫것들이 상전이라 눈치보며 살아. 당신하고 일할 때가 천국이었지. 이메일 주소 그대로지? 지금 메일 보낼 테니까 바로 확인하고, 여권 번호랑 영문 이름 챙겨 보내. 여권 기한 남았나 확인하고."

내가 가는 걸 제멋대로 기정사실로 만들고 진은 전화를 끊어버린다. 드문드문 쓰던 잡지 원고를 안 쓴 지 일 년도 넘었다. 그 사실을 모를 리 없는 진이 등을 떠밀고 있다.

왕궁 입구엔 전통의상을 입은 여인들이 두 줄로 서 있다. 레이스 소재의 몸에 딱 붙는 블라우스와 엉덩이 윤곽이 선명히 드러나게 꽉 끼는 긴 치마가 교태롭다. 푸른 기운 감도는 먹빛 눈동자를 빛내며, 여인들은 동남아 여자들에게서 흔히 볼 수 있는 침착한 미소로 손님을 맞는다. 정작 왕궁의 출입문은 굳게 닫혀 있다. 채 입장하지 못한 사람들이 그 앞에서 서성인다. 잠시 후 문이 열리더니, 제복을 입은 경찰이 앞에 선 두 사람을 안으로 들이고 다시 문을 닫는다. 뜻밖의 풍경이다. 전 세계에서 모여든 작가들의 페스티벌, 그 전야제 격인 '갈라 페스티벌'이 벌어지는 왕궁 입구의 삼엄함은, 적지 않은 돈을 주고 산 티켓이 무색할 지경이다.

차례가 되어 들어가자 가장 먼저 맞는 것은 스캔 검색대다. 검색대를 통과한 뒤엔 가방을 열고 소지품을 보여야 한다. 화장품 파우치, 수첩, 볼펜, 빗, 티슈…… 앞사람의 소지품이 탁자에 널려 있다. 그제야, 과민하다 싶은 경계의 바닥에 깔린 무엇이 짚인다. 불안, 두려움. '신들의 낙원', 휴양지의 대명사로 손꼽히던 섬은 클럽과 공항 등에서 폭탄이 터지는 참사를 겪은 뒤, 자기 처지에 맞게 손님 맞는 방식을 바꾼 것이다. 큰일을 겪고 나서 하루아침에 철들어버린 천둥벌거숭이를 보는 안쓰러움으로 나는 기꺼이 가방을 열어 보인다.

검색대 맞은편엔 긴 탁자에 뷔페식으로 음식이 차려져 있다. 음료를 마시며 이야기를 나누는 사람들을 페스티벌 리플릿에 실린 작가 사진과 겹쳐보려다 그만둔다. 문예지도 아닌 멤버십 잡지의 독자가 알아볼 만한 작가는 없는 듯했다. 진이 바라는 기사도 페스티벌에 국한된 것은 아니었다. 이미 알려질 만큼 알려진 발리 섬, 해양 스포츠

나 시푸드, 해변의 호텔에 식상한 사람들에게 섬 안쪽 마을 우붓을 알리고 색다른 축제를 소개하는 정도, 사진 위주의 지면이 될 것이다. 마당 안쪽 무대에 있는 전통악기 가믈란 연주자들, 전통의상을 입고 손님을 접대하는 남녀, 서로 이야기를 나누는 흑백황인종 작가들을 몇 컷 찍는다.

식이 시작된다. 발리 섬 전통의상을 입은 서양 여인이 마이크 앞에 서서 페스티벌 관계자들을 호명하며 감사의 말을 전한다. 서양 여자치고는 작은 키에 보랏빛 레이스 블라우스와 현란한 무늬의 바틱 치마가 잘 어울린다. 리플릿 첫 면에서 사진으로 보았던 페스티벌 총책임자 앨리스다. 줌으로 끌어당기자, 총명한 눈매에 부푼 돛처럼 치들린 코가 강인해 보이는 얼굴이 다가든다. 옴 샨티 샨티 샨티 옴. 진언으로 인사를 마감한 앨리스에 이어 다른 사람이 다시 단에 오른다. 옴 샨티 샨티 샨티 옴. 반복되는 진언. 몇 사람의 인사가 끝나자, 누에가 잣는 실처럼 가늘고 높게 뽑아내는 여가수의 목소리에 섞여 가믈란 음악이 쟁쟁 울리며 활기를 띤다. 사진은 그만하면 되었다. 나는 카메라를 집어넣고 상이 차려진 곳으로 간다. 한 사내가 청주잔만한 작은 잔에 유백색 액체를 따라 늘어놓고 있다. "아락, 발리 전통주예요. 한번 마셔보세요." 잔을 건네는 사내의 미소가 짓궂다. 알코올 함량이 꽤 높은 편이라서 그럴 것이다.

아락은 기포가 혀끝을 톡 쏘는 듯 자극적인 술이다. 낮술이라선지, 아니면 알코올 도수 때문인지, 이내 피돌기가 빨라지는 느낌이다. 높은 담장으로 둘러싸인 왕궁의 좁은 마당에 북적이는 낯선 사람들. 영어와 인도네시아어로 나누는 소소한 대화, 그 목소리 사이로 섞이는 음악과 우렁우렁 울리는 댄서의 대사, 선과 악의 대결로 치닫는 바롱 댄스. 저물기 직전의 서먹한 환함 속에서 슬금슬금 젖어오는 취기가 오래 입은 면티셔츠처럼 익숙하게 달라붙는다.

　대나무의 웅숭깊은 소리와 금속의 쟁쟁한 울림이 느슨하게 흐르던 피를 휘저었다. 호텔 로비에서 연주하는 가믈란 가락을 흘려들으며, 나는 입술에 묻은 맥주 거품을 핥았다. "지선, 넌 여기가 안정되면 다시 올 거지?" 미야코가 물었다. "글쎄, 잘 모르겠어. 넌?" "난 돌아올 거야." 미야코는 단호했다. 동그스름한 얼굴에 도톰한 입술, 건드리기만 하면 눈물을 쏟아낼 듯 커다란 눈이 순정만화 주인공처럼 보이는 미야코는 겉보기와 달리 당찼다. 일본에서도 외진 편인 작은 섬 출신인 미야코는 '평생 섬에 갇혀 살 생각하니 암담해져서' 스물여섯 살 생일날, 앞뒤 재지 않고 떠났다고 했다. 자바 섬의 작은 도시에 있는 대학 부설 어학원, 유일한 한국인이던 나를 학급원의 절반이 넘는 일본인 틈으로 끌어당긴 사람도 미야코였다. 내 어설픈 일본어를 미야코만큼 참을성 있게 들어준 사람은 없었다. 나는 가끔 미야코를 놀렸다. "섬이 싫었다면서, 유럽 대륙도 있고 러시아도 있고, 가까운 곳에 중국처럼 너른 땅도 있는데 그걸 다 놔두고 또 섬으로 왔어?" 하면서. 불안정한 정국에 어쩔까 망설이는 나를 병아리 모는 씨암탉처럼 발리 섬으로 이끈 사람도 미야코였다.

　달러화를 바꿀 때마다 현지 화폐의 액수가 많아져서 공연히 부자가 된 듯하던 것도 잠깐, 치솟는 물가에 생활고를 견디지 못한 현지인들이 시위에 나섰다. 한국에서라면 언성부터 높일 교통사고에도 웃으며 악수를 나누고 헤어지는 순한 사람들. 그 속에 차곡차곡 쌓인 분노는 용암 같았다. 장기 집권과 부정부패로 나라 살림을 엉망으로 만든 정부에 대한 분노가 뜨겁게 분출했다. 상권을 장악하고 물가를 쥐락펴락하는 화교들 또한 그 불길을 피하지 못했다. 방화와 약탈이 자행되었고, 강간당한 화교 여성 이야기가 떠돌았으며, 사람이 죽어나가기 시작했다. "지선, 너도 대사관에서 연락받았니? 어서 떠나라고 난리인데." 미야코가 어째야 할지 모르겠다는 표정으로 물었다. 내가 머물던 소도시는 상대적으로 조용했다. 한국 교민은 열 손가락으로 꼽을 정도인데다, 나는 그들과 교분이 없었다. 연락 같은 게 올 리 없었다. 그 조용한 도시에서마저 시위 도중 사람이 죽었다. "대사관에서 최후통첩을 해왔어. 이번 주까지 떠나지 않으면 안전을 보장할 수 없대. 자카르타는 위험하니까 거치지도 말래. 발리로 나가라는 거야. 같이 가자." 그나마 친분 있는 일본인들이 짐을 꾸리자 두려워졌다.

섬에서 섬으로 건너온 것뿐인데, 발리는 딴 세상인 듯 평화로웠다. 마음도 덩달아 느슨해졌다. 언제 다시 돌아올지 기약이 없었다. 돌아오고 싶은 마음도 없었다. 주요 외국어도 아닌 인도네시아어 공부에 미련이 남은 것도 아니었다. 남은 현지 화폐가 종이쪽처럼 여겨졌다. 이전에는 엄두도 못 내던 비싼 레스토랑에서 식사를 하고 호텔 바에서 대낮부터 맥주를 마셨다. '별'이라는 상표의 맥주에 알딸딸해져서 풀린 눈으로 밖을 내다보면, 눈이 멀 듯 하얗게 부서지는 햇살 아래 열대의 초록 잎이며 그 사이 돋은 꽃들이 요요했다. 공항으로 가는 택시에선 적지 않은 거스름돈을 팁으로 주고, 공항의 기부금 함에 지폐며 동전을 남김없이 털어넣고 비행기에 올랐다. 통로를 사이에 두고 세 사람씩 앉게 되어 있는 비행기는 다른 지역을 거쳐 온 듯했다. 드문드문 이미 자리에 앉은 사람들 사이로 어수선한 기미가 있었다. 내 좌석은 맨 끝, 두 사람이 앉는 자리였다. 창 쪽 좌석에 앉은 남자는 창에 붙다시피 밖을 내다보고 있었다. 짐을 선반에 얹고 자리에 앉자 그가 오랜 잠에서 깨어난 듯 부스스한 표정으로 물었다. "오늘이 며칠인가요?"

페스티벌 프로그램은 다양하다. 5박 6일에 걸친 페스티벌 기간 동안, 레스토랑과 은행 라운지 두 곳에서 행사가 벌어진다. 각각 세 명의 작가가 한 가지 주제를 놓고 진행자와 이야기를 나누는 형식이다. 일정표를 펼치고 진의 독자들에게 흥미로울 세션을 뽑아본다. '거울을 통해'라는 주제로 아동문학가들이 나누는 이야기, '아시아, 그녀들은 썼다'라는 제목으로 세 나라의 여성 작가가 자기들의 삶에 대해 말하는 세션을 우선 표시해놓는다. 대담이 벌어지는 동안에도 다른 장소에선 각종 워크숍이 열리는가 하면, 저녁엔 곳곳에서 연극이며 음악, 춤 공연이 있다. 대담은 한두 개 보면 될 것 같고, 워크숍 스케치, 나머진 우붓 거리 풍경이며 맛있는 음식점, 개성있는 공예품점을 소개하는 박스기사로 채우면 될 것이다.

뭔가를 오래 읽기엔 불빛이 침침한 편이다. 일정표를 접어두고 밖을 내다본다. 호텔로 돌아가던 길, 바나나 굽는 냄새에 이끌려 들어온 식당은 조촐하나 정감이 느껴진다. 지붕은 있으나 벽이 없어서, 툭 트인 벌판이 내다보인다. 탁자 여섯 개가 놓인 홀 안쪽엔 마루처럼 돋워서 신을 벗고 앉을 수 있는 자리가 있다. 일본인으로 보이는 노인 둘이 그 자리에 앉아서 맥주를 마시며 이야기를 나누고 있다. "요시모토 씨는 곧 돌아간다고 하더군요." "그렇습니까? 전 또 다이무라 씨처럼 아예 눌러사는 거 아닌가 했는데……" "다이무라 씨는 자식이 없었으니 여기서 임종을 할 수 있었지요. 그렇지만 요시모토 씨는 자식이 있으니 돌아가야겠지요." 손님이라고는 그들과 나뿐이어서, 듣지 않으려 해도 그들의 대화가 귀에 들어온다. 뜨덤뜨덤 머릿속에 박히는 일본어 단어들. 어느새 어둠에 잠긴 벌판으로, 작은 빛이 휙, 휘익 스친다.

"반딧불이예요."

볶음밥과 바나나구이를 가져온 종업원이 묻지도 않았는데 말해준다. 제 몸으로 빛을 내며 날아다니는 반딧불이가, 바람결에 실린 듯 빠르게 날며 빛을 더 키운다. 작은 섬도 밤바다의 등대 불빛도 보지 못한 채 오래 바다를 떠도는 배처럼 막막한 항해가 몸에 밴 사람들. 일본인들이 잠시 말을 끊고 벌판을 내다본다. 어쩌면 미야코도 이들처럼 늙게 될지 몰랐다. 정세가 안정된 뒤 다시 자바 섬으로 돌아갔던 미야코는 피지를 거쳐서 지금 이 년 기한으로 도미니카 공화국에 가 있다. 미야코의 꿈속에 어떤 언어들이 등장할지, 나는 가끔 궁금했다.

십 년 가까이 쓴 적이 없는데도, 응우라 라이 공항에 내리는 순간부터 잊고 있었던 인도네시아어 단어들이 툭툭 비어져나왔다. 떠듬떠듬 떠올렸던 단어들은 첫 밤이 지나자 문장이 되어 나왔다. 몸의 어딘가에 오랫동안 잠복해 있다가 이 땅에 내리는 순간, 되살아나기라도 한 것처럼. 어쩌면 나도 이곳으로 다시 돌아와 더 많은 단어를 내 몸에 새길 수도 있었을 것이다.

정국이 안정된 뒤에도 나는 이 나라로 돌아오지 않았다. 비행기에서 만난 남자와 일곱 시간 동안 수다를 떤 여파였다. 빠른 속도로 통화요금이 올라가는 액정화면의 눈치를 보며 한국으로 전화를 걸 때에나 써보던 모국어였다. 그 한국어로 말하자니 파득파득 생기가 돋는 듯했다. 그가 나보다 다섯 살이나 어리다는 걸 알게 되자 동생을 대하듯 스스럼없어졌다. 일곱 시간 동안, 나는 예쁜 도마뱀과 엄지손가락만한 바퀴벌레와 풍덩 빠져들 것처럼 매력적인 열대 여인들의 눈빛을 이야기했다. 그는 어린 시절, 독일로 이민했을 때의 기억을 꺼냈다. "좋은 곳으로 간다고 생각했는데, 차가 자꾸만 산속으로, 집도 없는 산속으로 들어가는 거예요. 노래에 나오는 그 로렐라이 언덕 있잖아요. 부모님이 거기 자리잡고 식당을 했어요. 해외여행 자유화 뒤로 어쩌다 한국 손님이 오시면, 부모님은 그 사람들 곁을 떠나지 못했어요." 그는 유럽의 본사에서 연수를 마치고 부임지로 가는 길이었다. 한국의 지사에서 근무하게 되었지만 자주 유럽에 오갈 거라는 그는 앞으로 이 긴 비행시간을 어떻게 감당할지 막막하다고 했다. "누나나 여동생 있어요?" "네? 여동생이 한 명 있긴 한데……" "여동생에게 뜨개질 배우세요. 그럼 덜 지루하게 다닐 수 있을 거예요." 어리둥절하던 표정 위로 미소가 번졌다. 물 위에 작게 번지는 파문처럼 순한 웃음이었다. 도착할 즈음, 그는 앞좌석 등받이에 고개를 묻고 곰곰이 생각에 잠겼다. 공항에선 그의 짐과 내 짐이 나란히 컨베이어벨트에 실려 나왔다. 그가 자기 가방을 올린 카트에 내 것을 실으며 말했다. "같이 나가죠. 아무리 생각해봐도 여동생이 뜨개질하는 걸 본 적이 없어서요." 순하던 얼굴에 얼핏 떠오른 단호함이 마음에 들었다. 그에게 뜨개질을 가르쳐주는 대신, 나는 출장간 그가 돌아오기를 기다리며 이따금 뜨개바늘을 집어드는 여자가 되었다.

'아시아, 그녀들은 썼다' 세션의 첫 질문은 '아시아의 여성 작가는 무엇에 책임을 느끼는가?'이다. 천장엔 실링 팬이 탈탈탈 돌아가고 있다. 말레이시아계 화교인 캐슬린이 먼저 대답한다. 캐슬린은 가족애가 깊은 대가족 집안에서 자랐다. 캐슬린을 유난히 예뻐하던 할머니와 할아버지는 어디를 가든 그녀를 데리고 다녔다. 그때 보고 들은 이야기가 어느 날 기억 속에서 뛰쳐나오기 시작했다고, 캐슬린은 말한다. 작은 새처럼 경쾌한 캐슬린의 수다는 청중 사이로 비눗방울처럼 가볍게 떠다닌다. 읽은 적은 없지만, 캐슬린의 소설은 이런 전언을 담고 있을 것만 같다. 헤이, 인생은 짧아. 우리를 태운 이 열차는 고속으로 달린단 말야. 중간에 내릴 수도 없어. 그러니 달콤한 열매가 달린 나무가 보이거든 얼른 손을 뻗어 열매를 따. 이봐, 망설이는 사이에 열차는 지나가버린다니까! 손질을 마친 지 한 시간도 채 되지 않았을 듯 깔끔하게 다듬어진 짧은 파마머리에 손가락마저 재재거리는 듯한 손놀림. 세상에 걱정할 게 뭐 있냐는 듯 재잘거리면서도 청중의 반응을 예민하게 감지하고 말의 강약을 조절하는 그녀의 소설이 대중적인 인기를 얻는 것도 무리가 아니다. 캐슬린의 소설은 대개 해피엔드로 끝날 것이라고, 어렵지 않게 짐작할 수 있다. 행복한 유년시절을 촬영하는 세트장처럼 완벽한 캐슬린의 유년이 내게는 어쩐지 미심쩍다. 우리 애가 지선이 반만 닮았으면 좋겠어요. 사람들이 엄마에게 그런 말을 할 때, 그냥 수줍어서 몸을 비틀던 나. 그런 내가 언제부턴가, 속으로 사악한 미소를 지으며 혀를 낼름 내미는 걸 사람들은 알지 못했다. 날 닮았으면 좋겠다구요? 내가 어떤 아이인지 알면 그런 말 못 할걸요? 청중의 박수에 화답하듯 미소짓는 캐슬린, 한쪽 입꼬리가 조금 비틀린 미소다. 완벽한 유년의 그늘에서 캐슬린이 혼자 지었을 표정이 얼핏 스치는 것 같다.

"내가 시인이 된 건 일종의 사고였어요. 시인이 될 거라고는 생각도 안 했거든요. 어쨌거나 시인이 된 뒤, 나는 내 시로써 이슬람의 교조적인 관습과 맞설 수 있게 되었어요. 다행히, 나는 내가 하는 일을 이해하고 나를 도와주는 남편을 만났어요. 그러나 이 사회에서 대부분의 여성들은 아직도 남편의 조력자일 뿐이지요. 그들은 남편의 뒷바라지를 하면서 자기 생을 소모해요."

인도네시아 시인 이다가 입을 열자, 캐슬린이 동동 띄워놓은 비눗방울은 슬그머니 내려앉는다. 이다의 목소리는 나지막하면서도 단단하다. 가무잡잡한 살갗에 잘 어울리는 단단함이다. 종교와 국가가 결합한 거대한 권력에 맞서느라 외모 같은 건 신경쓸 여력이 없다는 식의 진지함. 이다의 검고 숱 많은 머리는 푸석하지만, 옹이가 많이 진 나무의 단단함이 느껴진다. 태풍이 불어와도 쓰나미가 몰려와도, 그 바람과 물결에 맞서 끝끝내 싸우리니. 이다 같은 사람은 제 상처에 걸려 넘어지지는 않을 것이다. 아니, 그 상처를 무기 삼아 세상과 맞설지도 모른다. 남편의 지지가 자기에게 큰 힘이 되었다고 말하는 이다, 남편과 등지게 된다면? 이다가 그때도 지금처럼 의연할 수 있을까, 문득 궁금해진다.

세번째는 필리핀 작가 로사리오다. 적당히 윤이 나는, 그러나 공들여 만지지는 않은 것 같은 단발머리. 여럿이 찍은 사진 속에선 한참 찾아야 할 것처럼 특징 없는 얼굴. 캐슬린과 이다가 각각 시소의 양끝에 서 있다면, 로사리오는 그 중간의 무게중심쯤에 있다.

"어릴 적, 내가 살던 마을에서 살인사건이 났어요. 사람들은 모두 알고 있었지요. 마을에서 가장 세력이 있는 사람이 남을 시켜서 살해한 것이라는 사실을요. 살해당한 사람은 빈민촌에서 살던 나 같은 아이들을 따뜻하게 대해주던 사람이었어요. 그 사람 역시 가난했지만, 아이들이 엄마에게 야단맞고 길에 나와 울고 있으면 가만히 어깨를 다독여주곤 했지요. 그런 사람이 죄 없이 죽었는데도 세상은 멀쩡했어요. 그 부자는 마을에 행사가 있을 때면 여전히 관공서의 기관장들과 나란히 앞자리에 앉고요. 그걸 보면서 나는 속으로 말했어요. 살인자! 사람들이 불의를 그렇게 쉽게 받아들이고 잊는다는 게 이해되지 않았어요. 나라도 그 사람을 잊지 않아야겠다고 생각했지요."

물처럼 무심하던 로사리오의 표정은 말하는 동안 단단한 얼음이 되더니, 말을 마치고 나자 어느새 다시 고요한 물로 돌아간다. 그 고요함은 그러나, 어쩐지 치명적인 무엇을 거친 뒤에 나온 듯하다. 다음 질문을 받은 캐슬린이 다시 재재거리며 실내를 휘젓기 시작한다. 페스티벌에 참가한 작가들의 책을 파는 곳에서 로사리오가 쓴 책을 찾아보리라 마음먹는다.

어둑한 실내에서 밖으로 나오니 눈이 시리다. 볕이, 무엇이든 닿는 것마다 그 숨구멍에서 물기를 증산시키고, 그렇게 바싹 마르게 해서 잔 바람결에도 바스라지게 만들 것 같은 볕이 삼엄하다. 길 쪽을 돌아

보면 눈이 멀 듯 빛이 환한데 카페 안의 그늘은 또 그만큼 짙다. 고개
만 돌리면 환한 햇살인데, 그 한 발짝을 내딛지 못해 그늘에 갇혀 있
어야 하는 날들이 있다.

그날, 나는 꽃샘추위에 스카프를 여미며 사촌동생의 결혼식장에 갔
다. 더도 말고 덜도 말고 지선이 네 신랑만한 사람을 만나게 해달라고
기도했단다. 결혼 사실을 알리며 숙모가 귀띔했지만, 정작 기준이 되
었던 내 남편은 유럽 출장중이라서 참석할 수 없었다.

내가 결혼한다는 소식을 전했을 때, 진은 이기죽댔다. "연하라니,
난 당신이 그렇게 능력 있는 줄 몰랐네. 당신이 직장 그만둔다고 했을
때 말야, 난 내가 남도록 떠나준 거라고 감격했는데 이제 보니 나름대
로 속셈이 있었구만." 옆에서 다른 후배가 타박했다. "선배, 이제 강
선밴 유부녀야. 남의 여자 보고 당신이라니, 그러다 칼 맞는다?" 그
러던 후배들이 언제부턴가, 일 년에 한두 번 모일 때면 나를 구박하기
시작했다. "선배, 연하라 귀엽게 보이는 건 이해하겠는데, 결혼한 지
몇 년 지나고도 남편 보면 설렌다는 닭살 모드는 선배가 처음이야."
설렌다는 말은 짐짓 한 과장이었지만, 남편 복 있다는 주위의 중론에
는 나도 수긍할 수밖에 없었다.

남편은 굴절된 데가 없는 사람이었다. 남편이 나와 친정식구들에게
잘하니 나 또한 그런 사람을 낳고 키워준 시부모에게 잘하고 싶은 마
음이 일었다. 시부모가 멀리 떨어져 있어서 신경쓸 일도 없었다. 나이
차 적지 않은 연상이라는 게 시부모 마음에 들진 않았겠지만, 불만이
내 귀에 들어온 적은 없었다. 아이가 안 생기는 것에도, 정 안 되면 유

럽식으로 하자, 이쪽 사람들 입양해서 키우는 거 보니 그럴 수도 있겠더라, 며 감싸준 시부모였다. 남편 복, 에 대해 말할 때면 나는 겸손한 표정을 지을 수밖에 없었다.

식을 마치고 하객들이 웅성거리며 일어나 피로연장으로 갈 때였다. 몸을 일으키다가 숙부 옆에 있는 사람을 본 순간, 머릿속에 찌릿, 전류가 흘렀다. 누군가가 내 머리 뚜껑을 열고 잘게 부순 얼음조각을 쏟아붓는 것 같았다. 갓 잡혀 파닥파닥 뛰다가 얼음더미에 묻혀 기절하는 물고기처럼 나는 얼어붙었다. 나는 그 얼굴을 한눈에 알아보았다. 옆으로 빠져나가던 사람들이 내게 걸려서 멈칫거렸다. 그 순간, 숙부와 그 얼굴이 내 쪽을 향했다. 숙부가 나를 불렀다. "지선아, 너 여경이 외삼촌 알지? 너 어릴 때 고시 공부하느라 우리 집에 와 있던." 마음은 펄쩍 뛰어 달아나는데, 몸은 주춤주춤 숙부 앞으로 가 고개까지 숙이고 있었다. 그는 중동에 가 있는데 휴가라 잠시 들어와 있다고 했다. "그래, 연하 신랑 만나서 잘살고 있다는 이야긴 내 들었어. 그래서 그런가, 여경이랑 친구라고 해도 믿겠구먼." 그렇게 말하는 그야말로, 이십몇 년 전의 모습 그대로인 듯했다. 그 나이면 검버섯도 생길 만한데, 대패로 막 깎은 나무토막처럼 매끈한 얼굴엔 여유롭게 사는 사람의 윤기가 잘잘 흘렀다. 그 뽀얀 얼굴이, 잘못 간수한 굴비봉지를 열었다가 본 구더기떼를 생각나게 했다. 생선살을 파먹으며 뽀얗게 살 오른 구더기들. 나는 그 자리를 벗어나자마자 화장실로 뛰었다. 욱욱, 멀건 신물을 토해내는 동안 내 머릿속에는 단 한 가지 생각밖에 없었다. 대체 내가 왜 도망친 거지? 내가 뭘 잘못했다고?

집에 도착하자마자 샤워기의 물을 뜨겁게 틀어놓고 때밀이 타월로

벅벅 문질렀다. 숨구멍마다에서 구더기가 기어나오는 것처럼 살갗이 가려워 견딜 수 없었다. 문득 정신을 차리고 보니, 팬티도 벗지 않은 채였다. 젖어버린 팬티를 말아 내리다가 하필 흉터가 있는 정강이에서 걸려버렸다. 나는 바닥에 주저앉았다.

처음 밤을 보낸 날, 정사의 여운을 즐기며 내 몸을 어루만지던 남편의 손가락이 그 흉터를 감지했다. "어쩌다가 생긴 흉터예요?" 그때까지도 그는 내게 존댓말을 썼다. "어릴 적, 자전거 타다가 넘어져서……" 나는 얼버무렸다. 하지만, 얼어붙은 쇠붙이를 물기 있는 맨손으로 잡은 것처럼, 내 마음은 흉터에 쩍 달라붙었다. 중학교 때 가정시간, 처녀막은 격한 운동으로도 파열될 수 있다는 얘기를 들은 뒤 나는 자전거 타기를 배웠다. 되도록 험한 길을 골라 있는 대로 속력을 내어 달리면서, 어린 날의 여름방학, 도시에 사는 숙모 집에 간 아이, 비밀에 눌린 채 옷에 묻은 피를 혼자 비벼 빨던 아이를 지우고 자전거를 타다가 피를 흘리게 된 아이를 머릿속에 심으려 애썼다. 그러나 그 끈적이던 여름날은, 문을 열어줘도 자꾸 새장 구석으로 처박히는 작은 새처럼 마음에서 떠나지 않았다. 미친 듯이 페달을 밟다가 가로수를 받고 길가로 퉁겨났다. 돌에 쭉 찢긴 정강이의 상처는 끝내 흉터로 남았다.

출장에서 돌아온 남편이 나를 안았을 때, 내 몸은 열리지 않았다. 남편의 손길이 닿으면 잇몸까지 드러내며 환히 웃는 아이처럼 반응하던 그곳은 내 의지와 무관하게 꽉 다물려 있었다. "나도 피곤해서 그런가봐. 잘 안 되네." 사려 깊은 남편은 그렇게 넘겼다. 그다음 번에도 마찬가지였다. 내 의지를 배반하는 몸에 스스로 놀란 나머지, 남편이 손을 뻗쳐오면 지레 긴장했다. "그러니까 꼭 처음 하는 여자 같아." 새롭게 자극을 받은 듯하던 남편은 어느 날 "나한테 뭐 화났어? 대체 왜 그래?" 하고 물었다. 좀더 긴 간격을 두고 전보다 현저히 떨어진 열의로 다시 시도했던 날엔 드디어 말했다. "병원에라도 가봐야 하는 거 아냐?" 다음날, 나는 남편의 회사 근처로 갔다. 그 이야기를 집에서 털어놓으면, 집안이 온통 화산재 같은 불결함으로 뒤덮일까봐. 나는 단숨에 털어놓았다. 다 잊었다고, 당신을 만나 극복했다고 믿었는데, 구더기처럼 말간 그 얼굴을 본 순간, 아무에게도 말하지 못하는 비밀에 짓눌린 열두 살짜리로 돌아갔다고. 그러니 당신, 기다려달라고.

중국인으로 보이는 한 무리의 사람들이 왁자하게 몰려와 레스토랑 안뜰로 내려선다. 얼핏 보기에도 스무 명은 되어 보인다. 그들은 주변의 시선에 아랑곳없이 이방의 즐거움에 흠뻑 젖어 있다. 연못에 핀 연꽃을 각자 카메라에 담고, 신상을 모셔둔 벽면 앞에서 기념사진을 찍는다. 단체사진의 정석대로 뻣뻣이 서서 찍더니, 사진 찍는 사람의 지시에 따라 자유로운 포즈를 취한다. 한 팔을 들고 한 다리를 뻗치는가 하면, 익살스러운 표정을 짓기도 한다. 왁자하게 웃어가며 사진을 찍은 그들은 한 남자를 헹가래친다. 그냥 단체 관광객이 아니라 일가친척, 대가족인 듯한 친밀감이 그들을 감싸고 있다. 앨리스도 나도 말을 멈춘 채 그들이 일으킨 즐거운 소란을 바라본다.
"중국인들인가보죠?"
"대만에서 온 사람들 같네요. 요즘은 대만인들이 많이 오거든요."
앨리스는 다시 그쪽으로 눈길을 돌리며 말한다.

"생각해보세요. 그 비극에서 죽은 사람들도 저렇게 즐거운 한때를 보내고 있었어요. 사랑하는 사람을 다시 못 보게 되리라고는 짐작도 못했겠죠."

몇 해 전, 해변의 클럽에서 있었던 연쇄 폭탄 테러를 앨리스는 테러라든가 폭발사건이라고 말하지 않고 비극, 이라고 했다. 즐거움을 텀벙텀벙 퉁기는 관광객에게 눈길을 주었지만, 앨리스의 심상에 맺히는 건 '그 비극'이다.

로사리오의 책을 찾다가 앨리스의 책을 집어든 건 우연이었다. 얼핏 보기엔 발리 섬의 전통 요리책처럼 보였다. 앨리스는 이곳에서 식당을 경영하며 관광객에게 발리 전통요리를 가르치는 쿠킹 스쿨을 열고 있었다. 오래전, 어학원 아이들과 어울려 다니면서 즐겨 먹던, 코코넛과 향신료를 많이 쓴 그 음식들. 요즘은 동남아 요리 재료를 인터넷으로 판다니 언제 한번 시도해보리라 하고 집어들었는데, 조리법보다는 앞쪽에 긴 서문처럼 실린 앨리스의 삶에 더 빨려들었다.

호주 태생인 앨리스는 이십대의 어느 날, 친구와 함께 발리에 놀러왔다. 그들은 레스토랑에서 두 명의 발리 남자와 합석하게 되었다. 그중 한 사람이 낀, 유백색 돌이 박힌 반지가 앨리스의 눈길을 끌었다. 학교에서 보석 세공을 배운 적이 있는 앨리스는 손을 뻗치며 말했다. "반지 좀 보여줄래요?" 뻐드렁니를 환히 드러내는 웃음이 선량해 보이던 남자는 반지를 빼주면서 말했다. "조심해요. 이 반지는 그냥 반지가 아니라 주술이 담긴 반지예요. 이 반지를 끼는 여자는 날 사랑하게 된답니다." 빤한 작업 멘트라서, 앨리스는 코웃음쳤다. 남자의 친구는 '난 이 이야길 백번도 더 들었다네' 하는 표정을 짓고 있었다. 남자의 어머니가 물려주었다는 그 반지에 정말 주술이 담긴 것일까. 오년 뒤, 그들은 결혼했다.

"나의 남편은 발리가 어느 한 나라의 섬이 아니라 세계에 속한 섬이라고 믿고 있었어요. 그만큼 열려 있는 곳이었지요. 그런데 그런 일이 벌어진 거예요. 그 비극이 있은 뒤로 내 아이들은 학교에 가는 것도 겁냈어요. 우붓 어디에선가도 폭탄이 터질지 모른다고요. 우리 막내는 그때 겨우 유치원생이었어요."

앨리스의 눈에서 빛나는 건 분노인가 슬픔인가. 나는 길 쪽으로 시선을 돌린다. 마음이나 몸 깊은 곳에서 부글부글 끓는 용암. 차마 터져나오지 못해 차갑게 굳어버린 그것. 집안 모임에서 외교관으로 세계 각지를 주유하는 그의 이야기를 듣게 되면, 내 안에 오그렸던 작은 새는 온몸에 불이 붙어 파닥였다. 그 외교관이 어느 오지에서 오염된 물을 마시길, 그리하여 몸 안에서 벌레가 생겨 살갗을 뚫고 나오는 병에 걸리기를 은밀히 빌었다. 제아무리 형편이 어려운 나라에서 살더라도 외교관은 오염된 물 따위를 먹을 리 없다는 걸 알게 된 뒤로는, 독직사건을 벌여 숙모네 일가친척이 입에 올리기에도 부끄러운 사람이 되기를 바랐다. 아무 일도 벌어지지 않은 채 세월이 흘렀다. 시험의 압박에 짓눌린 젊은 남자를 생각하면 잠깐 이해할 수 있을 것 같기도 했다. 그렇게 마주치기 전까지는.

"아이들은 한동안 밤잠을 설쳤어요. 유령이 보인다고도 했지요. 아이들은 또 알고 있었지요. 관광객이 확 줄어들었다는 것, 그건 이곳 사람들의 삶이 더 어려워지는 것을 뜻한다는 것도요."

페스티벌은 그 비극 이듬해에 시작되었다. 인터뷰 요청을 받아들이며 앨리스는 토를 달았었다. 자기 이야기보다는 페스티벌에 초점을 맞춰달라고. 그럼 당신들은 그 슬픔을 위로하기 위해 축제를 조직했나요? 아니면 관광객을 유치하기 위해? 머릿속에서 말을 고르는데, 앨리스가 활짝 웃으며 몸을 일으킨다. 탁자 사이로 지나가던 여자가 앨리스의 웃음에 답하고 있다.

"아시? 어떻게 지냈어요? 아이들은 잘 커요?"

"그럼요. 큰애가 가끔 앨리스 이야길 해요. 오랜만이네요. 언제 한번 찾아가야지, 하면서도……"

아시라는 여자는 이름만큼이나 아삭아삭 소리가 날 듯한 인상이다. 이곳 여인들치고는 작고 쌍꺼풀도 엷은 편인 눈이 오히려 섬세해 보인다.

"바쁠 텐데요, 뭘. 여긴 웬일이에요?"

"일 때문에 약속이 있어서요. 언제 아이 데리고 놀러 갈게요. 얼마나 컸는지, 보면 놀랄 거예요."

앨리스는 안쪽의 다른 탁자로 향하는 아시의 등판을 눈으로 바랜다. 슬픈 기억으로 딱딱해졌던 앨리스의 눈빛이 어느새 잘 익은 과육처럼 말랑말랑하다.

"그 비극 때, 폭탄이 터졌던 클럽에서 가장 먼저 시체로 발견된 바텐더의 아내예요. 그때 아시는 스물세 살이었어요. 세 살짜리와 오 개월 된 아이가 있었어요. 비극이 벌어지자마자 우리는 자원봉사대를 조직해서 병원 일을 거들고 음식을 장만했지요. 넋이 빠진 아시에게 뭘 도와줄까, 하고 물었더니 그러더군요. 유치원 보조교사로 일하고 있는데, 대학에서 이 년 동안 교육받으면 정식 교사로 일할 수 있을 거라고. 그러면 아이들을 자기 혼자 힘으로 키울 수 있다고요. 남편이 돈을 더 벌면 그렇게 해주마고 약속했었대요. 아시는 일 년 반 만에 그 과정을 마치고 정식 교사가 되었어요. 한동안 보지 못했는데 이렇게 만났네요."

아시 이야기를 하면서 앨리스의 얼굴은 환해진다. 비극에 대해 말하는 동안 가라앉았던 목소리에 새삼스러운 활기가 어린다. 홀로서기에 성공한 아시에 대해서라면 몇 시간이고 말할 수 있다는 듯이.

남편은 역시 칭찬받아 마땅한 남자였다. 그는 작은 새처럼 웅크린 나를 억지로 끄집어내려 하지 않았다. 어쩌면 청소년기를 외국에서 보내서 좀더 관대할 수 있었는지도 모른다. 흉터의 연원을 알게 된 그가 정강이를 쓰다듬을 때 그의 손가락에서 흘러나오던 연민이 어찌나 짙던지, 흉터가 울 수만 있다면 눈물을 철철 흘렸을 거라는 생각이 들었다. 성공한 외교관으로 승승장구하는 숙모의 동생 이야기를 남편도 친정식구들의 모임에서 들은 적이 있었다. "그때마다 자기, 힘들었겠다." 나는 말없이 고개를 끄덕였다. "외국에선 피해자가 성인이 된 날로부터 공소시효를 잡는대." 파렴치한 사람이 공직에서 판을 치는 나라에 대한 혐오를 남편은 감추려 하지 않았다. 지금이라도 그 인간을 법정에 세우고 싶다는 듯한 얼굴, 내 편인 그 얼굴이 새장 구석에 오그린 새의 깃을 쓰다듬었다.

그 여름, 집으로 돌아온 나는 학교에서나 집에서나 여전히 성실하고 의젓한 아이 노릇을 했다. 날갯죽지 찢긴 작은 새는 얌전히 깃을 접고 웅크렸다. 어른들의 눈도 보이는 것만 본다는, 그 너머에 있는,

가슴 욱죄는 것들을 보지는 못한다는 서늘한 깨달음. 나는 그 작은 새를 꽁꽁 숨겼다. 비 온 뒤 텃밭의 토란잎 위에 오롯한 물방울이 꼭 나처럼 느껴졌다. 팽팽한 표면장력으로 오롯한 물방울을 굴려 합치면서, 나는 누군가와 내 비밀을 공유하고 싶었다. 이 일은 너와 나만의 비밀이야. 다른 사람에게 말하면 큰일날 거야. 귓전에서 울리던 탁한 목소리를 물방울 속에 가둬서 굴려 떨어뜨리고 싶었다.

관솔처럼 홀로 단단해졌던 기억은, 그 기억에 동참한 남편의 체온으로 눅어 송진이 되었다. 녹아내린 송진이 끈끈했다. 그토록 여유롭던 그 남자의 표정이 머리에서 떠나지 않았다. 그는 나를 잊은 것일까. 내게 그토록 엄청난 일이었는데, 그에겐 아무것도 아니었을까. 그렇지 않고서야 어떻게 그렇게 태연자약할 수 있는 걸까. 어쩌면 여경이도? 검질기게 달라붙는 궁금증에 시달리면서 나는 무력해졌다. 온몸의 기운이 아래로 쑥 흘러내리는 기분이 들면, 손등에 가볍게 도드라졌던 혈관은 이미 다 살갗 아래로 숨어버린 뒤였다. 그럴 때면 어김없이 심장의 동계(動悸)를 느꼈다. 평소보다 두 배쯤 빠르게 뛰는 심장을 의식하면 숨이 가빠지면서 손끝 발끝이 다 저릿해졌다. 남편은 구급차를 불렀다. 응급실에서 온갖 검사를 했지만 이상이 없었다. 다음날 내과에서 다시 검사를 받아보았지만 결과는 깨끗했다. 뇌세포의 어느 한 구석, 모래알갱이처럼 박혀 있던 기억이 튀어나오며 내 몸을 교란하는 듯했다. 신경과에서 준 약을 먹으면 낮술을 들이켠 것처럼 약기운에 취했다. 바싹 마른 입안에선 약 때문일 광물질 냄새와 단내가 났다. 가슴의 두근거림은 시도 때도 없이 찾아들었다. 밤에 잠자리에 누웠다가, 마트에 장을 보러 갔다가, 그냥 집안에 가만히 앉아 있다가. 그것은 나를 길들였다. 그것이 올 조짐이 보이면, 나는 약과 술 사이에서 갈등했다. 재빠른 속도로 술을 마시면, 술기운이 나를 점령하면, 그러면 그것을 의식하지 않아도 되었으니까.

두고 간 서류를 가지러 남편이 오후에 들렀던 날도 나는 술기운에 몽롱해져서 소파에 누워 있었다. "그냥 누워 있어, 바로 나갈 거야." 방에서 서류를 꺼내들고 나서던 남편이 되돌아와 소파에 앉았다. "그 자식을 본 게 당신에게 힘든 일이었다는 거 알아. 그렇지만 그건 그냥 지난 일이야. 그깟 일, 훌훌 털어버릴 때도 되었잖아." 적반하장이라는 말을 입에 올릴 만큼 얕은 사람은 아니었지만, 남편의 표정은 그 단어를 말보다 더 진하게 명시하고 있었다. 그깟 일이라니, 나를 견뎌내는 남편을 보며 가뜩이나 서먹하던 내 마음은 소리없이 펄쩍 뛰어 남편으로부터 물러났다. 남편은 만회하려 했다. "나도 알아. 그게 어린애에게 얼마나 힘든 일이었을지." 다른 때라면 위로가 되었을 말이 왜 마음에 없는 말로 느껴진 걸까. 내가 아무 말 하지 않자 남편은 나를 다독이듯 말했다. "나도 알아…… 그때 누구에게든 말할 수 있었으면 좋았을걸……" 그 순간, 나는 새된 소리를 내질렀다. "안다구? 알긴 뭘 알아? 당신이 뭘 아냐구!" 내 목에서 그런 쇳소리가 날 수 있다는 걸 나는 처음 알았다. 남편은 어리둥절하다가, 더는 참을 수 없다는 듯 벌컥 화를 냈다. "내가 뭘 어쨌다고 그래? 해도 너무하는 거 아냐?" 그날 밤, 남편은 침실이 아니라 서재로 쓰는 작은 방으로 들어갔다. 남편이 들어간 방문 앞에서 오래 서성거렸지만, 나는 그 방문을 노크하거나 열지 못했다. 어쩌면 남편도, 내가 웅크린 방문 앞에 오래 서 있었는지도 모른다. 다른 사람이 나처럼 굴었다면 나도 말했을 것이다. 적반하장 아냐? 내 마음에조차 안 드는 나를, 남편이 견디지 못하는 건 당연했다.

자정의 공항은 뜻밖에 붐빈다. 내가 탈 비행기는 새벽 세시에 출발한다. 체크인 카운터에서 짐을 부치고 보세구역으로 들어선다. 진에게 그리고 남편에게 무언가를 선물하고 싶은데, 면세점은 시장 안의 민예품점이나 다를 바 없이 허술하다.

낮에, 선물을 사러 나가긴 했었다. 은으로 세공한 라이터를 고르는데 다시 그것이 왔다. 기운이 쑥 빠지면서 동계가 느껴졌다. 그대로 쓰러질 것만 같았다. 허둥지둥, 집어들었던 라이터를 놓고 거리로 나왔다. 길거리에 앉아 "택시? 택시!"를 외치던 운전수들도 하필 그 거리엔 없었다. 마침 옆가게에서 나온 여자가 오토바이의 시동을 걸고 있었다. 나는 그녀에게 호텔까지 데려다달라고 부탁했다. 까부라지는 정신의 끝자락을 붙들듯 낯선 여자의 허리춤을 잡고 호텔로 왔다. 에어컨 덕분에 실내는 서늘했다. 약이 든 통을 향해 손을 뻗다가 거둬들이며 침대에 몸을 누였다. 다시 약이나 알코올에 기대면, 그러면 다시는 남편에게 돌아갈 수 없으리라. 금방이라도 떨어져나갈 듯 벌렁대는 가슴을 지그시 누르며, 나는 전화기를 바라보았다. 지금이라도 수화기를 들면 구급차를 부를 수 있다. 누구든 나를 도와줄 사람이 있다는 생각에 집중하는 동안, 벌렁거리던 가슴은 조금씩 가라앉았다. 나는 남편의 이름을 가만히 불러보았다. 그 물 같은 무심함으로 나를 안아주었으면 싶었다. 남편 전에도 남자가 없었던 건 아니지만, 그처럼 편안한 느낌을 준 사람은 없었다. 결혼한 뒤, 나는 잠든 남편 곁에서 속으로 말하곤 했다. 당신이 내게 와줘서 고마워. 그랬는데……

"한국 사람?"

청소부들이 입는 파르스름한 제복을 입은 사내가 불쑥 나타나 앞을 가로막는다.

"네."

"돈을 좀 바꿔줄 수 있나요? 루피아도 좋고 한국 돈도 괜찮아요."

사내가 내민 것은 죽 찢어낸 비닐조각에 싼 동전들이다. 얼핏 보기에도 끈적이는 게 묻어날 듯 꼬질꼬질한 오백 원짜리 동전이 고무밴드로 친친 동여맨 비닐 속에 들어 있다. 여러 번 거절당한 사람의 소심함과 그럼에도 버릴 수 없는 미련이 남은 얼굴.

"이 동전이 다 어디서 났어요?"

"친구가 호텔에서 일해요. 거기서 나온 동전이에요."

아마도 한국인 투숙객이 흘린 것이거나 기념품으로 주었을 동전들. 동전은 스무 개다. 그가 바라는 건 한국 돈 만원 혹은 십만 루피아다. 얼마나 오래 갖고 있었던 걸까. 비닐에선 눅진한 기운이 느껴진다. 십만 루피아를 제하고도 커피값 정도는 남는다. 인천 공항에 도착하자마자 이 꼬질꼬질한 동전을 바꿔야겠다고 마음먹으며 가방에 집어넣는다. 사내는 고맙다고 거듭 말한다. 그가 고맙다고 말하는 횟수가 꼭 그가 거절당한 횟수인 것만 같다. 숱하게 거절당한 기억을 삼키며 다시 사람에게 다가갔을 그가, 그에게서 벗어나는 나를 눈으로 바래고 있다.

내 몸이 남편을 거듭 무안하게 하던 어느 날, 나는 진에게 술을 사달라고 했다. 동료이던 시절, 진은 여럿이 있는 자리에서 내게 말하곤 했다. "당신 말이야, 옆구리 시리면 언제든 연락해. 내가 다른 건 몰라도 몸으로 때우는 건 해줄 수 있으니." 그때마다 나는 코웃음으로 받았다. "예쁜 부인 동반해서 스리섬이라면 모를까, 댁같이 뻣뻣한 남잔 내 취향 아니라네" 하면서. 내가 빠른 속도로 취해가자, 술잔을 드는 진의 손놀림이 표나게 굼떠졌다. "당신, 무슨 일 있냐? 남편 봐도 이젠 가슴 안 뛰냐?" 내가 진 앞에서 몸을 가누지 못할 만큼 취한 건 처음이었다. 집에 데려다주겠다는 진을 나는 모텔로 이끌었다. 다음날 아침, 마주 앉아 해장국을 먹을 때 진은 내 앞에 깍두기 보시기를 밀어주며 생색내는 걸 잊지 않았다. "내 평생, 차려놓은 밥상 그냥 물린 건 처음이다." 나도 너스레를 떨었다. "반찬이 마음에 안 들었나 보지 뭐. 사실 재료가 좀 시들긴 했지." 진은 손사래를 쳤다. "무슨 소리야, 내가 어제 참느라 얼마나 고생했는지 알아?" 내 허벅지에 단단하게 느껴지던 진의 욕망, 꼭 끌어안고 밤을 지내면서도 진은 끝내 옷을 벗지 않았다. "우리가 전에 야근하면서 같이 보낸 밤이 좀 많았냐. 그 후유증인가봐. 어째 영 근친상간 같아서……" 길게 변명을 늘어놓는 진이 귀엽고 고마웠다. 진은 차려놓은 밥상을 물리친 이야길 술자리에서 떠들어댈 것이다. 그러나 그 상대가 나라는 걸 밝히지는 않으리라는 믿음이 있었다. 나는 숟갈로 선지덩어리를 떠올리다 말고 불쑥 말했다. "나, 조만간 아르바이트 자리 정식으로 부탁하게 될지 몰라." 진이 밥술을 놓고 캐물었지만, 그 이상은 말하지 않았다.

남편에게 나 스스로 소름끼치는 쳇소리를 내는 순간, 나는 돌이킬 수 없는 일이 벌어졌다는 것을 깨달았다. 고작 한마디였을 뿐이다. 그러나 타오르는 불길 위에 손가락을 댔을 때 느끼는 통증만큼이나 선

명한, 돌이킬 수 없다는 느낌. 폭탄을 투척하듯, 불붙은 새를 남편에게 던져버렸다는 느낌. 나는 공들여 뜨던 스웨터에서 뜨개바늘을 뽑고 결연하게 코를 풀듯 가방을 꾸렸다. 눈앞에서 폭탄이 터지는 걸 보기라도 한 듯 망연자실한 남편을 두고 원룸으로 옮겼다. 그 모든 게, 어찌해볼 길 없는 나쁜 꿈속에서 벌어진 일인 것만 같다.

"그 일이 있고 나서 발리 사람들은 신께 용서를 비는 의식을 치렀어요. 그렇게 엄청난 일이 까닭 없이 일어날 리는 없다고 생각한 거지요. 거기엔 그럴 만한 이유가 있을 테고, 우리가 신을 노하게 한 것이 있을 것이라고요. 어째서 이 평화롭던 섬에 그런 일이 벌어졌는지, 곰곰 생각했지요. 그러고 보면 조짐들이 있었어요. 그 비극이 벌어지기 몇 달 전, 꾸따 남쪽 해변에서 종교의식이 거행되었거든요. 그런데 그때, 트랜스 상태에서 한 사람이 예언을 했지요. 조만간 발리에 아주 나쁜 일이 벌어질 거라고요. 그리고 그 비극이 벌어졌지요."

그때 예언을 새기지 못한 회한이 앨리스의 말에 묻어났었다. 예언을 새겨들었단들, 폭탄을 품에 두르거나 차에 싣고 뛰어드는 이들을 막을 방도는 없었을 테지만.

여름방학을 맞아 도시에 사는 숙모네 집으로 떠나던 아이는 설렘만 안고 있었다. 숙모네 식구들이 영화를 보기로 한 날, 홀로 남아 혼곤히 잠들게 했던 여름감기는 그냥 우연이었을까. 열대의 클럽에선 술에 취한 관광객이 음악에 맞춰 발끝을 까닥이고 있었다. 그날, 누군가는 그 클럽에 들어가려다 시끄러워서 다른 곳으로 옮겼을 것이다. 오래전, 이 공항에서 비행기에 오를 땐 내가 옆자리의 남자와 결혼하게 되리라고는 상상도 하지 못했다. 그 모든 불가항력을 딛고, 떠나온 곳으로 나를 데려갈 비행기의 탑승 안내방송이 울린다. 보딩패스를 건네는데, 난데없이 내 입술이 가볍게 달막인다. 옴 샨티 샨티 샨티 옴. 갈라 페스티벌에서 인사말을 하던 사람들마다 마무리할 때 쓰던 진언. 그 뜻을 알려준 사람은 앨리스였다. "옴 샨티는 '모든 인류에게 평화'를 뜻해요. 그걸 세 번 반복하는 건, 정신의 고통과 육체의 고통, 그리고 우리로서는 어쩔 수 없는 자연재해 때문에 생긴 고통에서 풀려나 마음의 평화를 얻으라는 뜻이지요."

* 본문 중 발리 테러에 관한 내용의 일부는 Janet De Neefe의 책 『fragrant rice』에서 도움을 받았습니다.

감히 핀 꽃

응, 그러잖아도 빨래 널고 너한테 전화하려고 했는데. 주말인데 혼자 뭐하고 지내나 하고. 일한다고? 출근했니? 뭐하러 집에까지 일감 끌고 와. 소도 겨울엔 쉰다는데, 주말은 쉬라고 있는 거야.

애들은 학원 갔고, 네 형부는 아까 사우나 간다고 나갔어. 사우난 핑계고 그냥 내 얼굴 보기 싫으니까 나간 거지. 내가 다른 건 몰라도 늬 형부 속 들여다보는 데는 엑스레이 기계 벌써 넘어서 시티기 수준이다. 아니, 아직 엠알아이까지는 못 갔고. 싸우긴, 괜히 속 시끄러우니까 혼자 성질부리는 거지. 그럴 일이 있었거든.

형부 아버지가 집으로 돌아오셨어. 그래, 시어머니 집으로. 처자식 팽개치고 집 밖으로 떠돌다 늙고 병들면 조강지처 찾는 게 몇십 년 전에나 있었던 일이 아니더라. 그러게…… 남들은 황혼이혼이다 뭐다 하는 판인데 강씨 집안에 열녀문 설 일이지.

엊그제 시누이가 전화했어. 시어머니가 토요일에 모여서 점심 같이 먹자고 하신대. 나야 괜찮지만 네 형부는 요즘 주말마다 돈 봉투 들고 예식장 쫓아다니느라 바쁘잖니. 그래서 물어보고 연락하겠다니까 그게 아니라 무조건 모여야 한대. 그것도 시어머니 댁이 아니라 그 근처의 버섯전골집인지로. 우리 시어머니 별명이 왕소금 아니니. 그러니까 집 한 채에 상점 하나 갖고 혼자 자식들 가르치면서 건물 샀지. 그럼, 거기서 받는 세만 해도 쏠쏠할걸. 자식들한테 손 벌리신 적 없으니까. 그런 시어머니가 집도 아니고 음식점으로 모이라고 하니까 뭐 큰일인가 싶었지. 혹시 무슨 큰 병이 있으신 건 아닌가 하고. 워낙 통뼈이신데다 당신 건강은 알아서 잘 챙기시지만, 그래도 칠순 넘은 노인네여서 말야.

그래서 아까 모였어. 시아주버니네랑 시누이네, 우리. 다들 은근히 긴장했지. 무슨 일이냐고 물어도 시어머니가 밥부터 먹자, 하시는 바람에 눈치보며 밥만 먹었어. 그 집 버섯샤브샤브 맛있더라. 새로 생긴 집이라는데 산 아래 있어서 전망도 괜찮고, 밑반찬도 조미료 안 써서 맛이 깨끗했어. 꼭 옛날 동치미처럼 얼음이 송송 떠 있는 백김치가 얼마나 맛있던지. 언제 시간 되면 같이 가자. 샤브샤브 먹고 나니까 칼국수도 끓여주고 죽도 끓여줘서 배 터지게 먹었어. 후식으로 나온 오미자차 마실 때쯤 시어머니가 드디어 입을 여시더라. 어쩌겠냐, 그래도 자식들 있는 데서 죽겠다고 돌아왔으니 받아들여야지, 하고. 워낙 뜬금없는 소리라서, 난 처음에 우리 시어머니 치매 온 줄 알았다. 그렇게 떠돌다 객사했다는 소식 들을까봐 속으로 은근히 마음 졸였다고, 그렇게 되면 다른 것보다도 너희들 체면이 뭐가 되겠냐고, 여우도 죽을 땐 고향으로 머리 둔다더니 그나마 집이라고 잊지 않고 찾아들어왔으니 고맙다고나 해야 할지, 그러시는 거야. 사흘 전에 돌아오셨대. 자리에서 일어나시긴 어려울 것 같고, 죽을 자리 찾아드신 모양이래. 말씀은 그렇게 하시는데, 시어머닌 신통방통하다는 표정이었어. 우리? 워낙 느닷없는 일이어서 다들 먹은 버섯이 속에서 곤두서는 듯한 표정이었지 뭐.

왜 아니겠니. 나 결혼식 때 본 게 마지막이었지. 그전엔 상견례 때 한 번 보고. 그때 속은 생각하면 지금도 분해. 그전에 이미 시어머니하고는 끝났지만 막내아들 결혼식이니 어쩔 수 없이 나오신 거였대. 난 그것도 모르고 신혼여행 다녀와서 인사드리려 했더니 시아버지가 보이지 않아서 얼마나 황당했는지. 건축업이라 지방으로 도신다는데 그래도 좀 상식 밖이다 싶었지. 그해 추석이 되어서야 네 형부가 실토하더라. 그래, 네가 알고 있는 그대로. 여기저기 떠돌다보니 여자가 여럿이었고 결국 집 떠났다고. 그 말 듣고 나니 남의 일 같지 않더라. 보고 배운 게 그거니 네 형부도 나중에 여자 문제로 속 썩일지 모르잖아. 그래서 더 화가 났을 거야. 어떻게 그런 걸 속일 수 있냐고, 속아서 결혼했다고 팔팔 뛰었지. 네 귀퉁이가 반듯한 집인 줄 알고 들어왔는데 알고 보니 겉보기만 멀쩡할 뿐 서까래 썩고 구들장 내려앉은 집이었으니 화가 날 만도 했지. 말이 나왔으니 말인데, 우리 집에서 알았으면 결혼이나 할 수 있었겠니? 네 형부는 그러더라. 아버지 안 계시다고 해서 우리 사는 데 불편한 거 하나도 없다고. 맞는 말이긴 하지. 그래도 나중에 애들 생기면, 애들이 할아버진 돌아가셨냐고 물으면 어떻게 대답하느냐고 다그쳤지. 돌아가셨다고 해도 되고 일 때문에 외국에 계시다고 해도 되고. 네 형분 아예 달관한 사람 같더라. 그렇다고 결혼을 무를 수도 없고, 어쩌겠니.

어머, 네 형부 들어오는 것 같다. 저 인간도 양반 되긴 글렀어. 끊
자. 내일 전화할게.

뭐하니? 일은 다 마쳤어? 그래, 담부턴 집에까지 끌고 오지 마라.
주말인데 쉬지도 못하고…… 저녁은 먹었어? 그럼.

어제 어디까지 얘기했지? 형부? 어제부터 '나 건드리면 찻길에 나
가서 뛰어놀래', 하는 아이 모드야. 말도 못 붙인다야. 온종일 초상
집 분위기 조성하더니 저녁 먹고 바람 쏘이고 온다고 나갔어. 아무래
도 심사가 복잡하겠지. 네 형부가 애들 어릴 때부터 다른 일은 안 해
도 목욕 갈 땐 가기 싫어하는 아이 꼭꼭 챙겨갔잖아. 어릴 때, 아버지
하고 목욕 가서 아버지 등 밀어보는 게 소원이었대. 별 이상한 소원도
다 있지? 아빠가 워낙 밖으로만 돌면 아들이 더 효자가 되는 건가봐.
그럴까? 아버지 정을 못 받아서 더 주린 걸까. 나도 며칠 가출해볼까?
그러면 이 강가네 식구들이 나 귀한 줄 알까. 형부도 애들도 날 만만
의 콩떡으로 보니. 대체 집 나간 아버지 돌아왔으면 돌아온 거지 왜
공연히 나한테 심통을 부리는지 모르겠다. 뭐 뀐 놈이 성낸다더니.

어제, 다들 시어머니 집으로 가는데 공연히 내가 민망해 죽겠는 거
야. 대체 시아버질 어떻게 바라볼 수 있을지 싶어서. 몇십 년을 자기
멋대로 살다가 늙고 병드니까 집으로 기어든 거잖아. 인생이 딱하기
도 하지만 그보다는 뻔뻔스럽다는 생각이 더 드니까, 만나면 내 얼굴
이 지레 화끈거릴 것 같더라. 신혼여행 갔다가 친정집 들어갈 때 생
각이 다 나더라니까. 이제 식구들 어떻게 보나 걱정돼서 그랬지. 특히

아버지 볼 생각 하니까. 울 아버지가, 처녀는 남자하고 자고 나면 얼굴에 표가 난다고 그랬잖아. 너 못 들었니? 웃지 마…… 난 그때 걱정한 생각하면 지금도 가슴이 울렁거린다. 그럼, 믿었지. 그게 그렇게 재밌어? 너야 책도 많이 읽고 그랬으니까 알았을지 몰라도, 난 정말 아무것도 모르고 결혼한 거였어. 그럼, 당연히 첫날밤이 처음이었지. 내 친구 명선이가 소개해준 거잖아. 걔가 나 소개하기 전에 네 형부한테 신신당부했대. 우리 집이 워낙 엄해서, 잘못되면 소개한 자기가 죽어날 테니 처신 조심하라고. 그런 애가 왜 형부네 집안 사정은 몰랐는지 몰라. 어쨌든 네 형부는 우리 집 엄하다는 말이 그렇게 좋았다나 봐. 나중에 생각하니, 자기 집이 콩가루였으니 그랬던 거야. 그래선지 결혼 전에 우린 그야말로 손만 잡았어.

웅, 민망해할 틈도 없더라. 시아버지 계신 방으로 한꺼번에 우르르 몰려들어갔으니까. 그 인물 어디 가시겠니. 내 결혼식 끝나고 너 엄마한테 그랬다며? 형부가 어머니 닮지 않고 아버지 닮았으면 얼마나 좋았을까, 하고. 정말 시아주버니하고 다식판에 찍은 것 같더라. 시아주버니가 이십 년 뒤에 저런 모습이겠구나 싶었어. 시아주버니만 아버지 닮았잖아. 네 형부랑 우리 시누이는 안타깝게도 시어머니 닮았고. 머리는 반백이신데, 그 멀끔한 인상은 그대로인 거야. 그렇게 떠돌며 자기 마음대로 살았으면 얼굴에 표라도 날 것 같은데, 얼굴만 보면 공사장 돌아다닌 분이 아니라 선비도 그런 선비가 없어. 아픈 사람한테 절하는 거 아니라고 해서 절도 못 했지. 웅, 투석 받으러 다니신대. 눈도 망막증 와서 잘 안 보이시나봐. 그럼, 우리 아버지야 당뇨라고 해도 워낙 철저히 몸 관리하셨으니까. 사람들 현미밥 잘 알지도 못하던 때부터 우린 현미밥만 먹었잖아. 어쩌다 외식 좀 하자고 해도 다녀와라, 난 안 갈란다, 해서 결국 엄마가 입을 댓발 내밀고 부엌으로 들어가게 만들고. 그땐 아버지가 좀 미웠는데, 지금 생각하니 그게 현명한 일이었더라고. 그렇게 관리를 하셨으니까 지금까지 별 탈 없으시지. 그래도 대물리기 쉽다니 너도 나도 조심은 해야지. 형분 괜찮은데, 시아주버닌 당이 조금 있나봐.

시아버지가 먼저 그러시더라. 면목 없다고. 이렇게 못난 당신을 받아준 시어머니한테 고맙고, 아비 보러 와주어서 고맙고, 다들 자리 잡고 살아주어서 고맙다고. 그냥, 면목 없다, 고맙다는 말만 계속하시는데, 나중엔 좀 안되어 보이더라. 그러다 시어머니 손까지 덥석 잡으시는데, 그땐 좀 민망했어. 자식들 앞에서 그러시는 거 보니 이 양반이 꾼은 꾼이었겠구나 싶고. 더 웃기는 건 우리 시어머니야. 그 여장부 같은 분이 그냥 손을 맡기고 계신 거야. 그걸 보니 시어머니도 어쩔 수 없이 여자더라. 시누이랑 네 형부가 단독주택은 불편하니 팔고 아파트로 이사하시라고 해도 영 안 들으셨잖아. 아파트에선 답답해서 살기 싫다고. 이제 생각하니 시아버지 돌아오길 기다리신 모양이야. 지금이야 동사무소 가서 컴퓨터만 두드려도 어디 사는지는 나오지만. 그래도 노인네 마음이 그게 아니었던가봐. 응, 그 생각 하면 짠하지. 대체 그게 뭔가 싶고. 투석 받으려도 그냥 두 분이 다니실 수 있다고, 니들은 그냥 너희들 일이나 하라고 하시더라고. 우리 시어머니, 워낙 자식들한테 기대지 않는 성품이잖아. 간 김에 시누이랑 구석방 치워드리고 왔어. 병자가 안방 차지하고 있는 게 미안하다고 시아버지가 굳이 그 작은 방을 쓰시겠다고 하신대. 좁긴 한데 안쪽이라 좀 호젓한 느낌은 들거든. 그래서 그러셨나봐. 다 치우고 나오려고 인사드리는 데, 그분이, 아니 우리 시아버지가 나더러 아가야, 고맙다, 이러시더라. 좀 닭살 돋더라. 내가 첫사랑에 실패만 안 했어도 사위 볼 나이 다 되지 않았니. 근데 아가야, 라니. 신부일 때? 그거야 그렇지. 그때 보고 처음이긴 한데, 그래도 아가야 소리가 그렇게 자연스럽게 나올까. 난 역시 다르다고 생각했는데, 뭐랄까 좀 근질거리는 느낌이 들었어. 선입견이라구? 그럴지도 모르지.

애들? 응, 아무래도 알려야 할 것 같아서 엊저녁에 말했어. 걔들, 어릴 땐 정말 할아버지가 외국에 가 계신 줄 알았잖아. 선물 기다리고. 그러다 사촌들 정보망 통해서 누가 말 안 해줘도 지들끼리 알아차리고. 그래도 애들이 확실히 유연하긴 하더라. 할아버지가 할머니에게 돌아오셨다, 많이 편찮으시다, 조만간 너희도 인사드리러 가자고 네 형부가 또 있는 폼 없는 폼 다 잡으면서 침통한 표정으로 말하지 않았겠니. 그 기세에 눌려서 애들도 어디가 편찮으시냐, 할머닌 괜찮으시냐 하면서 제법 철든 것처럼 챙겨묻더니 웬걸, 제 아빠가 방으로 들어가자마자 나한테 묻는 거야. 큰아빠가 할아버지랑 꼭 닮았다며? 아직도 그렇게 잘생기셨어요? 왜 아빠는 얼짱이라는 할아버지 안 닮고 하필 할머닐 닮았냐, 그러니 내 얼굴이 이 모양이지 하고 엉뚱한 탓이나 해대더라니까. 내가 못 들은 척하고 텔레비전 보니까 지들끼리 숙덕거리는 말이 더 가관이야. 종기 왈, 할아버지가 많이 편찮으시다니 할머니 재산 다 축내는 거 아냐? 거기 우리 몫도 좀 있을 텐데, 이러질 않나, 종원인 할아버지 돌아가시면 학교 결석이 며칠까지 되는 거지? 하고 제 형에게 묻지 않나. 내가 애들 잘못 키웠나 싶더라니까. 아무리 요즘 애들이 그렇다고 해도, 제 아빠의 아빠인데 그렇게 무심할까.

너 내일 출근하려면 일찍 자야 하는 거 아니니? 그래, 그만 끊자. 잘 자.

응, 병원에 와 있어. 아니, 시아버지. 잠깐 입원하셨어. 넘어지셨대. 투석 받고 나오시다 병원 계단에서 헛디디셨대. 눈도 잘 안 보이시고 발 감각도 둔해지셨으니까. 그래도 어머니가 지탱해서 초상 치를 일은 막았나봐. 피가 안 통해서 수족 제대로 못 쓰고, 잘못하면 다리 절단까지 간대. 무섭지? 그런 일까지는 겪지 않으셔야 할 텐데. 젊었을 적부터 워낙 술에 담배에 맛난 음식 좋아하셨대. 우리 시누이가, 남자 단물 빼먹을 줄만 알았지 건강 같은 건 챙기지도 않는 여자들만 만난 모양이라고 하니까 시어머니가 그러시더라. 누가 말려도 듣지도 않았을 거라고. 내일 죽어도 오늘 누릴 건 다 누려야 하는 분이라고. 맛있는 걸 어찌나 좋아하시는지, 한창땐 저울에 올라가면 저울 바늘이 한 바퀴 돌았다고. 옛날 쌀가마니 달던 저울은 눈금이 백 킬로그램까진가였대. 근데 시아버지 올라서시면 저울 바늘이 한 바퀴 팽 돌았다니 백 킬로그램이 넘었다는 거지.

아니, 병원에서 나오다가 그냥 싱숭생숭해져서 혼자 커피 마시고 있어. 전철역 근처야. 바람이 차갑기도 하고 해서 그냥…… 시아버지 곁 꼭 지키고 있는 시어머니 보니 마음이 좀 그래서. 나야 원래 시어머니하고 무심하게 지내는 편이잖아. 우리 형님처럼 소 닭 보듯 하는 사이도 아니고 시누이처럼 껍딱지같이 달라붙는 사이도 아니고. 솔직히 우리 시어머니, 우리 엄마 생각하면 여자도 아니야. 좀 거친 데가 있잖아. 호랑이처럼 생긴 시어머니 보니까 처음엔 여자인지 남자인지 이상하더라. 하긴 그러니까 여자 혼자 장사하며 살림해서 건물 사놓고 그랬지. 그런데 시아버지 곁에 붙어 있는 시어머니 보니까 천상 여자인 거야. 늙고 병든 남편이라도 돌아와줘서 고맙다, 이런 분위기야. 여태 그렇게 환한 모습 본 적이 없거든.

안 그래도 병원에서 나오면서 네 생각 했다. 난 네가 결혼 안 하고 사는 거, 한편으로는 걱정되면서도 때로는 잘한 일이다 싶었거든. 무자식 상팔자라는데 속 썩이는 자식 없어, 더 속 썩이는 막내아들 같은 남편 없어, '시'자 붙은 층층시하 일족 없어, 휴가 때면 마음대로 해외여행 가, 속 편하겠다는 생각도 들고. 그런데 아깐 네가 아파서 입원이라도 하게 되면 어떡하나, 허깨비 같은 남편이라도 곁에 있어야 하는 거 아닌가 싶더라. 너 지난번 차사고 났을 때 그랬잖아. 잘못은 그쪽이 했는데, 그쪽 여자 전화 한 통에 남편이 득달같이 달려와 척척 해결하는 거 보니까 공연히 네가 잘못한 것처럼 기가 죽더라고. 이제라도 다시 생각해봐. 남들이 다 짝지어 사는 건, 그게 아무래도 혼자 사는 것보다는 낫기 때문에 그런 거 아니겠니. 아까, 시어머니 보니까 늙고 병든 남편이라도 남편이 있다는 게 저렇게 당당하게 만드는 거구나, 싶더라니까.

그런데 왜 전화했어? 아픈 건 아니지? 누구 기다리는 중이야? 그래. 이거 휴대폰이잖아. 너 전화요금 많이 나오겠다. 끊어. 나도 집에 가서 밥해야지.

뭐하니? 이번 주말에 뭐해? 전복 졸인 거 있는데 나중에 좀 갖다줄까 하고. 응, 내가 원래 마음만 먹으면 럭셔리하잖아. 요즘 전복 싸거든. 마트에 갔더니 만원에 세 개씩이더라. 잘긴 한데, 그래도 전복 아니니.

우리 먹으려고 산 건 아니야. 아버님 죽이라도 쒀다드릴까 하고 사는 김에 우리 식구 입도 입이지 싶어서 조금 더 샀어. 아니, 벌써 퇴원하셨지. 병원에 계셔봤자 뭐 더 손쓸 일도 없나봐. 그게 원래 합병증이 골고루 오면서 질질 끄는 거래. 형부? 아직은 괜찮아. 그래도 아버님 그렇다니까 나도 그이 음식엔 신경쓰여. 마누라가 신경을 쓰든 말든 여전히 술 퍼마시고, 운동이라고는 숨쉬기운동밖에 안 하지만. 네 맘대로 하세요, 하고는 있는데 나중에 아프기만 해봐라, 그냥 보따리 싸서 내보낼 거야. 그러잖아도 작정하고 눈 밖에 날 일만 해요, 네 형부가.

지난주엔 뜬금없이 여행을 가자는 거야. 회사 동료가 충주호 근처에 있는 콘도를 빌려주기로 했대. 당신 물 보는 거 좋아하지, 바다도 좋지만 그쪽은 우리 못 가봤잖아, 하고 분위기까지 잡으면서. 나야 코에 바람 쏘여준다니 신났지. 애들은 학원 때문에 두고 가기로 하고. 우리 집 머슴애들이 좀 먹니? 엄마 없는 이틀 동안 배곯았단 소리 안 들으려면 장 봐다 먹을 거 만들어야지. 저녁 먹고 같이 마트에 갔는데 글쎄 이 인간이 자꾸 더 사라는 거야. 토요일에 시어머니 댁에 가서 점심 같이 먹고 오후에 출발하자며. 왜 아니겠니, 나더러 가서 점심상 차려드리라는 거였지. 그것도 모르고 속없이 좋아한 걸 생각하니 어찌나 화가 나던지. 아예 처음부터 토요일에 어머니 집에 다녀오자고 했으면 좋잖아. 그러게, 못다 한 효도 한꺼번에 하고 싶은가본데, 효도야 하고 싶으면 얼마든지 하라고 그래. 왜 자기 효도를 날 시켜서 하려고 하냐고요. 그렇기야 하겠지. 나도 알아. 자기도 감정이 아주 삭지는 않았겠지. 충주호? 왜 가, 그 검은 속셈을 알기 전이라면 모를까. 그냥 시어머니 댁에서 파출부만 하고 돌아왔지.

그래도 며칠 지나니까 마음이 그렇더라. 그 꽉 막힌 인간이 오죽하면 그런 잔꾀를 다 냈을까 싶기도 하고. 내가 하기로 마음먹으면 또 좀 하잖아. 응, 어째 날갯죽지가 근질거리네. 이놈의 날개는 감추려 해도 감춰지지가 않아. 날개 돋는 김에 시어머니에게 전화했지. 미리 알려드리면 한 끼니 준비 안 해도 되잖니. 그랬더니 전복일랑 아비나 해주고 여긴 신경 안 써도 된다, 그러시는 거야. 토요일에 갔을 때 속으로 불퉁거린 걸 알아차리셨나 하고 켕겼지. 근데 그게 아니라 간병인을 쓰신대. 그러니 이젠 신경 안 써도 된다고. 왕소금 시어머니가 어지간히 힘드셨나보다 했더니 그게 아니더라고. 시아버지가, 어머니 고생하신다고 간병인 쓰라고 하시더래. 간병비는 당신이 대시겠다고. 시아버지 병원 계실 때 다녀간 친구분이 소개하셨다나봐. 사흘 전부터 오신대. 요새 간병인은 환자 식생활까지 담당하나봐? 당뇨병 환자에게 맞는 조리법이 따로 있다면서, 환자용 음식은 자기가 할 테니 시어머니더러 장이나 봐다달라고 하더래. 응, 간병인 겸 파출부지. 시어머니가 그 덕분에 호강하신다고 하더라. 신세 피셨지. 가뜩이나 시아버지 돌아오신 뒤로 얼굴에 화색이 돌았는데. 요샌 호랑이가 아니라 귀여운 고양이야, 고양이. 이러다 헬로 키티 되시겠어. 아무튼, 그래서 전복은 우리가 먹게 됐어.

내가 토요일에 너희 집에 들를까? 그럼 일요일은? 일요일도? 간장에 졸인 거라 며칠은 뒤도 되는데, 그래도 너무 오래 두면 안 될 텐데. 그렇게 쉬는 날도 없이 일만 하면 어떡하니. 그럼, 친구 만나니? 일요일에 만날 친구도 있어? 뭐, 정말? 야, 이거야말로 사건이다. 난 네가 일만 하다 죽을 거라고 생각했는데. 누군데? 그럼, 나 같은 아줌마야 듣고 돌아서면 잊어버리잖아. 누구? 아, 어렴풋이 생각난다. 너 대학교 때 첫 미팅에서 만났다고 했잖아. 그때 그 사람, 네가 결혼할 생각 없다니까 우리 고향에까지 내려왔었잖아. 아버지 만나서 허락받겠다고. 넌 또 그 사람이 집에까지 찾아올까봐 전전긍긍하고. 지금 생각하면 십구세기 이야기지. 근데 그 사람 아직 결혼 안 했어? 미쳤니, 네가 결혼한 남자를 왜 만나? 언제부터 만났어? 얘 좀 봐, 큰일나겠네. 그렇게 오래됐단 말야? 근처 회사가 아니라 같은 회사에 다닌다고 해도 그렇지. 너 말야, 남편이 바람 피우는 게 결혼한 여자에게 어떤 건지 아니? 그런 게 아니라니, 그럼 뭐야? 얘! 네가 몰라서 그러는데, 결혼한 여자 입장에서 말하자면 그건 더 나쁜 거야. 차라리 한번 자고 마는 사이가 낫지, 그렇게 오래 만나고도 손만 잡았을 뿐이라면…… 그건 더 못 참을 일이야. 그럼, 내가 그 마누라라고 해도 더 분하겠다. 이건 그야말로 순정이라는 얘긴데, 마음은 딴 데 두고 누군 흑싸리 껍질로 아는 건가 싶을 거 아냐. 아무튼 난 잘 모르겠다. 응, 좀 놀라긴 했어. 왜 하고많은 사람 가운데…… 어쨌든 일요일에 약속 있다니 어쩔 수 없고, 다음에 보자. 그래, 끊는다.

나야. 뭐하니? 이번 주말엔 집에 있니? 아니면 저녁에 한번 갈까?

아니 그냥, 내가 요즘 좀 한가하잖아. 시어머니 댁에 갈 일도 없고. 응, 그 간병인 덕분에. 시어머니 복인지 시아버지 복인지 모르겠지만, 사람 참 괜찮더라. 올해 환갑이라는데 계속 일을 해선지 나이보다 훨씬 젊어 보이고, 병에 대해 아는 것도 많고. 정말 마음에서 우러나서 하는 사람 같아. 애들 고모네가 녹차 즐겨 마신다는 이야기 듣더니 얼른 부탁하더라구. 녹차 찌꺼기 좀 모았다가 달라고. 당뇨로 가려울 땐 녹차 우린 물로 목욕시켜드리면 훨씬 덜 가렵대. 그 바람에 큰집이고 우리 집이고 할 것 없이 녹차 바람이 불었잖아. 응, 많이 가려우시대. 처음 오실 때부터 그랬는데 점점 심해지시나봐. 어머닌 모르고 손으로 긁어드렸는데, 간병인이 질색을 하더래. 그러다 손톱 때문에 작은 상처라도 나면 안 된다고. 그러더니 어디서 삼베를 구해다가 때밀이 수건처럼 만들어서 그걸로 긁어드리더래. 그러니까 우리 아버님이 그렇게 시원해하시더란다. 응, 그런 것도 노하우가 필요한 거 같아.

음식은 또 어떻고. 당뇨엔 잡곡밥이 좋다는 게 상식이잖아. 원래 우리 시어머닌 잡곡밥 즐기시고. 그런데 간병인이 펄쩍 뛰더래. 투석 받는 단계에선 잡곡밥이 독약이나 다름없다고, 쌀밥이어야 한다고. 알고 보니 잡곡밥에 있는 무기질 같은 걸 신장에서 거르지 못해서, 영양가 있는 밥은 안 된다네. 시아버지 드실 채소는 물에 꼭꼭 삼십 분씩 담가놓는대. 그것도 영양분이 빠져나가야 신장에 부담이 덜 간다고. 데친 나물도 시아버지 건 따로 물에 담가놓았다 무치고. 우리 시어머니가, 자긴 남편이라도 저렇게는 못 한다며 감탄하시더라. 우리 시어머니가 남 칭찬하는 일엔 좀 인색한 편인데 요즘은 사람이 달라진 것 같아. 그래서 설날엔 다들 간병인 선물까지 챙겨줬잖아. 응,

홀몸이시래. 젊어서 혼자되고 자식도 없고. 자식 없어서 그렇게 젊어 보이나봐.

그럼, 목욕이며 대변 뒤처리까지 간병인이 맡았지. 어머니도 거드시지만. 변기까진 모셔다드리면 가실 순 있는데, 뒤처리는 직접 하실 수 없나봐. 애들 큰아버지가 비데를 놓아드리긴 했는데, 그래도 사람 손이 가야 한대. 무슨 살뜰한 정이 있다고 시어머니가 대변 뒤처리까지 하고 싶으시겠니. 그리고 병원 같으면 보호자 없이 간병인만 있는 거니까 원래 다 간병인이 할 일이지.

그런데…… 넌 어떠니? 요즘도 그 사람 만나니? 그냥 네 일이니까 네가 알아서 잘하겠지 싶으면서도 걱정돼서. 그 사람은 또 왜 그런대니? 너한테 마음 접고 가정 이뤘으면 잘살아야지 왜 밖으로 나돌아? 애들도 있을 거 아냐? 그렇다고 가정 포기할 것도 아니면서…… 뭐? 그 사람이 그런다 해도 넌 결혼할 마음 없다구? 그럼 더더구나 뭐하러 만나? 아무튼 나 같은 아줌마로선 이해가 안 된다.

잘해주기야 하겠지. 그래, 너도 혼자 오래 지내서 그런 게 필요하긴 했을 거야. 어릴 때 만났으니 그때 생각도 날 테고 만나다보니 정도 들었을 테고. 좋기야 좋겠지. 그래도 남의 가슴 아프게 하는 일이라서 난 영 마음이 그렇다. 요즘 세상이 하도 이상해서, 가정주부들도 애인 하나 있었으면 하는 이야기 거리낌없이 하더라만. 그렇다니까, 평생 자기 아이들하고 남편밖에 모를 것 같던 여자들까지도 덩달아 그런다니까.

사실 내가 생각해도 대체 평생 한 사람만 바라보고 살라는 게 말이 안 된다 싶을 때도 있어. 그럼, 나만 해도 그런데. 우리 동네 슈퍼에 일하는 총각이 새로 왔는데, 얼마나 깨끗하게 생겼는지, 보면 가슴이 다 설렌다. 얘가…… 누굴 목석으로 알아. 이건 비밀인데, 내가 간장한 병을 사려고 해도 더 가까운 슈퍼 두고 그리로 간다는 거 아니니. 그 총각 얼굴 보고 나면 꼭 드링크제라도 한 병 마신 것처럼 기분이 좋아지거든. 게다가 싹싹하기도 해요. 괜히 말이라도 한번 더 붙여보고 싶다니까. 나 같은 아줌마도 이런데…… 그래도, 그냥 속으로 설레는 것뿐이지 어쩌겠니. 그 마음을 드러내고, 마음 가는 대로 움직이기 시작하면 그때부터 탈이 나는 거지.

그럼 너 바쁜 거 지나고 한번 보자. 내가 맛있는 거 사줄게. 일단 뱃심이 있어야 일을 하든 연애를 하든 뭘 해도 하는 거니까. 그래, 시간 날 때 전화해.

뭐하니? 왜 목소리에 힘이 없어. 그냥, 너랑 통화한 지도 꽤 된 것 같아서. 형분 늦는다고 했고, 애들은 학원에서 아직 안 왔어. 바쁜 건 좀 지났니? 그렇구나…… 열심히 일하는 것도 좋지만 몸 생각도 해야지. 그래도 너 결혼 안 한 거 정말 잘한 일 같다. 그거야 안 해본 사람들이나 하는 소리고, 해본 사람들은 다 너처럼 사는 애 부러워할걸. 그래…… 또 내가 모르는 어려움이 있겠지만. 아플 때? 딸이라도 있으면 모를까, 우리 집처럼 아들만 있으면 아플 때 하나도 도움 안 돼. 내 몸이 숯가마니처럼 끓어도 밥은 제때 챙겨 바쳐야 하니까. 아프긴, 그냥 해본 말이지.

그 사람은 어떻게 됐어? 지난번에 내가 너무 놀라서 좀 그랬지? 지나고 생각하니, 네가 말 통하는 사람이랑 수다라도 떨면서 스트레스

푸는 정도라면 그것도 괜찮겠다 싶더라만…… 그럴 생각이었어? 그
래, 그렇게 마음먹어서 네가 더 기운 없나보다. 그럼, 네가 이제라도
결혼할 사람 만난다면 나야 대환영이지. 그래도 너, 이 이야기 들으면
결혼하는 거 다시 생각하게 될걸?

내가 우리 시어머니네 간병인 들였다는 이야기 했지? 그 간병인 덕
분에 시어머니도 편하고 우리도 마음 부담 덜었다고. 복 많은 과부 넘
어져도 가지밭이라더니 우리 시아버진 참 두루두루 복도 많으시다,
그랬거든. 그런데 그 솜씨 좋고 아는 것 많던 간병인 아줌마가 누구였
게? 얘는, 요새가 어느 시댄데 간첩 타령이야. 그 간병인이 글쎄, 시
아버지랑 같이 살던 사람이래. 그래, 그러니까 우리 시어머니 시앗,
막말로 첩년.

그러게…… 기가 막히고 턱이 빠질 일이지. 세상에, 그것도 모르
고 우린 그저 시아버지한테 고마워했잖아. 그동안 지은 죄 돌아가시
기 전에 다 갚으려고 마음을 저렇게 쓰시나 하고. 환자랑 같이 지내면
건강한 사람도 병난다고 구석방 쓰시겠다고 하지, 시어머니 힘들다고
간병인 들였지, 우리가 어쩌다 찾아가면 고맙다, 고맙다 하시지. 지금
생각하면 시어머니네 집에 들어오실 때부터 함께 들어오기로 작정하
신 거 아닌가 싶어. 내 말이…… 그게 무슨 경우니. 간이 얼마나 부으
면 그럴 수 있다니. 떨리지도 않았을까. 한집에서 그러고 지내는 거.
난 지금 생각만 해도 가슴이 떨린다.

알고 나서 생각하니 이것저것 수상하긴 했어. 환자 수발하는 사람
치고는 옷차림이 아주 깔끔했거든. 화장도 꼭꼭 했고. 머리도 틀어올
려서 핀으로 단정히 묶었는데, 그냥 틀어올린 게 아니라 은근히 부풀

린 머리였거든. 우린 그걸 직업의식이라고 받아들였지. 그것도 전문적인 일이니까, 그런 자세까지 좋게 보았어. 단체로 눈 번히 뜨고 속은 거지. 지난번에 시누이가 간병인 교육은 어디서 받으셨냐고 물었을 때도 좀 미심쩍긴 했어. 시누이네 시어머니도 간이 안 좋으셔서 가끔 입원하시는데, 이 아주머니 교육받은 데서 같이 배운 사람이라면 믿을 만하겠다는 생각이 들었나봐. 그랬더니 뭐 똑 부러진 대답을 안 하더라고. 그럼 같은 일 하는 다른 분들하고도 연락이 되냐고 물었더니 뭐 자기가 활달하지 못해서 아는 사람이 별로 없다나. 활달하지 못해? 알고 보니 내숭이 구 단이었구먼. 우리 시누인 속으로 그랬대. 나중에 자기네 시어머니 입원하시게 되면 이 아주머니에게 연락해야겠다고.

아직 그건 몰라. 아무리 늙어도 여자는 여자니까, 시어머니 직감 아니었겠니. 뭔가 낌새가 있었겠지. 어떻게 알게 되셨는지 궁금해 죽겠는데, 무슨 구경난 것처럼 물어볼 수도 없고. 시누이도 말을 잘 안 해. 시누이도 얼이 빠진 것 같더라. 누가 뭐래도 자기 부모나 자기 자식한테 잘하는 사람이 제일 고마운 법이잖아. 얼마나 고마웠겠어. 우리가 간병인 선물 사다드릴 때 시누인 아예 돈봉투 드리더라구. 얼핏 보기에도 꽤 두툼했어. 아버지가 그랬으니, 아무래도 한 치 건너 두 치인 며느리보다 딸이 더 기가 막히겠지. 그럼, 우리 시어머니 성질에 그걸 어떻게 봐. 바로 그 자리에서 내쫓았대. 우리 시어머니, 그야말로 선불 맞은 호랑이였을 텐데 그 여자 성한 몸으로나 나갔는지 모르겠다. 우리 시어머니 덩치에 비하면 한줌거리도 안 되어 보이던데. 나라도 분해서 그냥은 못 보냈을 것 같아. 아니, 시아버진 계신다나봐. 그걸 보면 울 시어머니가 통이 크신 거야. 나 같으면 둘 다 내쫓았을 텐데. 충분히 그러고도 남지. 생각하면 치가 떨릴 텐데. 당분간 아무도 얼씬 말라는 시어머니 엄명이야. 자존심이 엄청 상하신 모양이야. 왜 안 그렇겠니. 등잔 밑이 어둡다고, 바로 코앞에서 남편이랑 시앗이 노닥거리는 걸 눈 번히 뜨고 몰랐으니. 겨울이니까 방문 닫고 그 안에서 뭘하고 있었는지 모르지. 하기야, 당뇨 오래 앓으면 그것도 못한대. 어쨌거나 울 시어머니, 사람이 참 됐다고, 저렇게 참한 사람이 어째 혼자 늙었는지 모르겠다고까지 하셨으니까. 나라도 아들이고 며느리고 볼 마음이 없을 것 같아. 안되셨지.

응, 공연히 내가 다 맥이 풀려서. 부부로 산다는 게 뭔가 싶어져서. 등 돌리면 남이라지만 그래도 어떻게…… 아무리 정이 없었다고 해도 시어머니하고 애를 셋이나 낳고 산 세월이 있는데 어떻게 그렇게까지 할 수 있는지. 그럴 거면 그냥 그 집에서 돌아가시지 뭐하러 시어머니네 집으로 기어들어오셨는지. 무슨 생각으로 그런 건지 모르겠어. 그러게, 정말 사람으로서 할 짓이 아니지. 이건 자기 부인에 대한 모욕 정도가 아니야, 엽기야 엽기. 〈세상에 이런 일이〉에나 나올 법한 일이지. 형부? 덩달아 죽상이야. 말은 안 해도 나 보기 창피해 죽겠을 거야. 그럼, 자기 아버진데. 내가 이렇게 징그럽게 느껴지는데 자긴들 오죽하겠어. 슬쩍 시어머니 집에 다녀온 눈친데, 말을 안 해. 지금 물어보면 그야말로 불난 데 기름 들이붓기니까 나도 꾹 참고 있어.

내 얘기만 했다. 하도 황당한 일이라서. 이런 일 겪고 나니까, 혼자 사는 게 차라리 낫지 싶더라. 혼자 살면서 말 통하는 사람 가끔 만나고, 그러는 게 좋겠다 싶은 거야. 그럼, 대화 안 통하는 사람이랑 살

맞대고 사는 것보다는 그게 낫지. 그랬니? 그랬구나…… 잘했다. 어차피 누군가 가슴 아프게 하는 인연이라면 길게 갈 건 아니지. 그래도 한동안 허전하겠구나. 말도 안 되는 일이라고 생각하면서도, 어떤 땐 그런 사람이라도 있으니 네가 좀 든든하겠다 싶기도 했는데. 그래, 네가 해주고 싶은 대로 다 했으면 됐어. 그럼, 그래도 돌아서면 못 해준 거만 생각나는 거, 그게 정이지. 그놈의 정이 무섭지. 그런데 너…… 우는 거니? 아니 난 네가 우는 줄 알았어. 하긴 너야 워낙 강하니까 잘 넘길 거야. 이제 새 사람 만나면 되지, 뭐. 그럼, 그렇고말고. 그래, 쉬어라.

전화했었니? 응, 바람 쐬러 나갔다 왔어. 날씨 정말 좋다. 응, 산에 알록달록 진달래 피기 시작했어. 정신을 어디다 뒀는지 핸드폰도 놓고 갔지. 몸은 괜찮아. 요샌 상조회 도우미들이 다 하니까, 우린 뒷방에서 쉬었지. 그래, 바쁜데 너까지 올 거 뭐 있어. 아버지랑 엄마 오셨으면 됐지.

그냥 납골당에 모셨어. 시어머닌 납골당도 필요 없다고 강이든 어디든 뿌려버리라고 그러시는데, 자식들이 있는데 그게 되나. 안 우시더라. 그걸 보면 우리 시어머니가 강하긴 어지간히 강한 분이야. 분해서라도 우실 것 같은데.

그렇게 빨리 가실 줄은 몰랐어. 그분 쫓겨나고 급속도로 나빠지셨대. 그래, 그랬을지도 모르지. 어떻게 아셨는지, 시아버지 나가 사시던 데서 몇 분 오셨더라고. 상복 입기 전이었으니까 내가 며느린 줄 모르고 도우민 줄 알았나봐. 돌아가실 거 알게 되자, 시아버지가 그분 고생시키지 않겠다고 어머니 댁으로 오신 거라고 수군거리시더라. 그쪽에서 보자면 대단한 사랑인데, 이쪽에서 보자면 기가 막힌 일이지. 정든 여자 고생하는 거 보기 싫어서 마누라한테 그 고생 떠넘기려고 왔으면 그냥 계실 일이지. 그랬으면 당신도 대우받고 어머니 마음도 홀가분하고 자식들도 마음 편하고 두루두루 얼마나 좋았겠니. 근데 그새를 못 참고 어머니 댁으로 불러들이신 건 뭐야. 그분 만나 사신 게 십 년도 넘었다는데 그 정 끊기가 그렇게 힘이 들었나봐. 그 아주머니 쫓겨나고 삼 주도 안 되어 돌아가신 거니까, 나름대로 상심이 크셨나봐. 병 가진 노인 목숨이야 바람에 날리는 짚검불이나 마찬가지라지만, 그래도 꽤 오래 견디실 줄 알았는데. 우리 형님은 그러더라. 아닌 말로, 어머니가 굶겨서 돌아가시게 했는지 그냥 무작정 내버려둬서 돌아가셨는지 알 게 뭐냐고.

그 아주머니? 어딜 나타나. 무슨 험한 꼴을 보려고. 아버님 사시던 쪽에서도 문상을 왔으니까 소식이야 들으셨을 텐데. 어쩌면 장례식장 귀퉁이에 숨어서 지켜보셨는지도 모르지. 그렇게 극진하셨대, 두 분이. 시아버지 생각에는 당신 병이 깊어지면 그 아주머니 혼자 감당하기엔 어렵겠다 싶으셨겠지. 이쪽엔 그래도 자식들이 있고 하니까 아무래도 이쪽이 좀 수월하겠다 싶었을 테고. 그래서 막상 오긴 했는데 또 혼자 남겨두고 온 그분이 눈에 밟혔을 테고. 그래서 그런 잔꾀 부린 거 아닐까.

어쨌든 끝나니까 홀가분하긴 하다. 한 일 없는데도 큰일 치렀다고 자꾸 몸이 처지려 해서 나갔던 거야. 여긴 괜찮아. 평일에도 할머니 할아버지며 등산하는 사람 많아서 혼자 가도 위험하진 않아. 벤치에 시어머니 또래로 보이는 할머니들이 모여서 깔깔깔 웃고 계시는데, 저 할머니들은 뭐가 저렇게 즐거울까, 궁금해지는 거야. 내 표정이 좀 그랬나봐. 할머니들이 앉아서 쉬다 가라고 붙잡으시는 거야. 그래서 그 옆에 앉았는데, 날 앉혀놓고 또 자기들끼리 수다를 떠는 거야. 노래도 불러가면서. 그러다 문득 나한테 말씀하시더라. 나중에, 일흔 살 넘어서 그건 별거 아니었는데…… 하는 생각이 들 일이라면 별거 아니니 그냥 넘어가라고. 그때쯤 되면, 세상없이 속 썩이던 인간도, 어째 마음을 그것밖에 못 썼을까, 하고 딱하게 여겨진다고. 응, 내가 남편 때문에 속 썩는 여자로 보였나봐. 왜, 형부도 속이야 썩이지. 속 안 썩이는 남편 둔 여자 있으면 어디 얼굴이나 좀 보자고 그래. 사인이라도 받아두게. 서로 다른 사람들이 한 공간에서 복닥거리고 사는데 어떻게 안 부딪치겠니. 그냥 그게 사는 건가보다 하고 접고 사는 거지.

너 요즘 산에 가본 적 있니? 시간 내서 회사 근처 공원에라도 나가봐. 누런 낙엽 사이로 초록빛이 뾰족뾰족 돋고 있어. 냉이도 있고 쑥도 있고 철 이른 꽃들도 피고. 엊그제까지만 해도 춥다 춥다 했는데 그새 봄인 거야. 요즘 산수유 핀 거 보았니? 산에서 내려오는데, 낙엽이 수북이 쌓인 길섶에 노란 꽃이 보이는 거야. 뭔가 하고 들여다보았더니 산수유야. 글쎄, 어른 손가락 길이만한 산수유나무가, 사람 발길만 스쳐도 푹 꺾일 것 같은 그 쬐그만 게 노랗게 꽃을 피우고 있는 거야. 꼭 손가락만했어. 기가 막혀서 쪼그리고 앉아서 한참 보았단다. 그게 왜 그렇게 애틋하던지.

그래? 심은 지 삼 년쯤 지나야 꽃이 핀다고? 그럼 누가 꽃 핀 가지를 꺾어다 꽂아놓은 모양이네. 꼭 거기서 피어난 것 같던데. 이상하다 싶긴 했어. 누가 그렇게 꽂아놓았을까. 예뻐서 꺾었다가 다시 심어놓은 걸까. 난 그것도 모르고 참 죽을힘을 다해서 꽃을 피웠구나, 했지. 그래도, 그런 경우도 있지 않을까. 어쩌다 철부지 같은 어린 싹이, 다들 꽃 피우니까 저도 안간힘을 다해서 꽃부터 피울 수도 있지 않을까.

몰라, 봄이라 그런지 싱숭생숭 그런 쓸데없는 생각들을 자주 하게 되네. 전에 없이 안 보이던 것들도 눈에 들어오고. 산에서 내려오다간 또 늙은 소나무 둥치에 돋은 새순 때문에 시간을 보냈단다. 다른 소나무는 안 그런데, 그 나무만 줄기를 쳐낸 아래쪽, 내 눈높이쯤에서 거죽을 비집고 어린잎이며 순이 비죽비죽 나오고 있더라. 그래봤자 그게 가지가 되어 벋을 것 같진 않았어. 미리 나왔다가 누렇게 말라 죽은 잎들이 있는 걸 보면. 웅? 리기다소나무? 내가 보기엔 그냥 소나무하고 똑같았는데. 그 옆에 있는 다른 소나무들은 안 그렇던데…… 그렇구나. 다음에 가면 다시 봐야겠다. 맞아, 전에도 봤을 텐데 그땐 그냥 나문가보다, 하고 무심히 지나쳤겠지. 어쨌든, 리기다소나무든 뭐든 그 딱딱한 거죽 뚫고 나올 땐 저도 마음껏 가지 벋어보겠다는 부푼 꿈을 갖고 있었을 거 아냐.

늬네 그 사람도 안됐다 싶네…… 너 만나러 올 때, 너한테 뭔가 선물하려고 마음먹고 물건 고를 때, 그럴 때 그 사람 참 많이 행복했을 것 같아. 형부 친구들이 그런다더라. 마누라 줄 선물 살 땐 꼭 잡은 고기 먹이 챙겨주는 기분이라고. 그러다가 마누라 아닌 다른 여자 주려고 뭔가 고른다고 생각해봐. 얼마나 설렜겠어. 안 그럴 줄 알았는데 마음이 좀 그러네. 네가 그 사람마저 없이 지내야 하겠구나 생각하니 널 생각해도 그렇고 그 사람 생각해도 그렇고…… 이거 다, 대단한 시아버지 둔 후유증 같아.

　사실 얼마나 말이 안 되는 경우였니. 그런데, 그런데 말야. 그 말도
안 되는 경우를 곰곰 생각하다보면, 다른 사람의 마음 따위 전혀 안중
에도 없이 서로를 위하는 그 마음은 또 뭔가 궁금한 거야. 적어도 시
아버지와 그 여자 사이에 오간 마음만은 진실하고 애틋했을 거 아냐.
그러니까 그렇게까지 했겠지. 그런데 그 두 사람을 벗어나서 시어머
니나 다른 사람 입장에서 보면 그게 단박에 기막힌 일이 되고 마는 거
고. 막상 그 두 사람 사이에 오간 마음만 생각하면 또 그대로 이해될
것 같기도 하고. 그게 뭔지 궁금해 미칠 것 같아. 나 이러다 바람나는
거 아닌가 몰라. 나 좀 말려줄래?

금빛 날개

화장이 곱게 먹어든 얼굴, 회색과 검정으로 일관한 모노톤의 세련된 옷차림에 은은한 향수의 방향도 여자의 옷에 밴 담배 냄새는 가리지 못한다. 목의 통증과 발열, 잔기침과 가래를 호소하는 것도 무리가 아니다.

 "기관지염이네요. 일단 주사 맞으시고, 사흘 치 약을 처방해줄 테니 그후에 경과를 봅시다. 실내에 가습기 꼭 틀어놓고요."

 담배는 안 됩니다. 짚고 넘어갈까 하다가 그는 그만둔다. 여자도 모르지는 않을 것이다. 이봐요, 지금은 아직 젊어서 기관지염에 그쳤지만, 폐렴에 폐암도 머지않을걸? 당신이 폼 잡느라 들이마시는 담배 연기, 거기에 유해요소가 몇 가진 줄 알아? 기껏해야 니코틴이나 타르 정도라고 생각하겠지? 어쩌면 폐가 망가지기 전에 다른 부위를 먼저 칠지도 몰라. 위장이며 후두는 물론이고, 자궁이나 유방도 안전하지 않거든? 차라리 독을 마시는 게 깔끔하지.

조용하던 대기실에서 갑자기 소란이 먼지처럼 피어오른다. 글쎄, 끝났다니까요. 튀어오르는 박의 목소리를 탁한 음성이 자근자근 밟는다. 제길, 여기서 나가다 맹장이라도 터지면 아가씨가 책임질 거야? 술독에 빠졌다 나온 듯 혀끝이 말려 있다.

그는 양미간을 찌푸리며 여자에게서 눈을 돌려 모니터를 바라본다. 여자가 일어나 고개를 숙이고 나간다. 늘씬한 뒷모습이 단정하다. 들어갈 데는 들어가고 나올 데는 나온 그 예쁜 몸 안에 고름이 차오르고 있다. 그러다 어느 순간, 아무도 알지 못하는 순간에 성질이 돌변하여 몸 안의 생기를 빨아들이는 암덩이가 된다. 그때가 되어서야 후회하고 가슴을 치겠지. 눈앞에 들이대 보여주기 전까지는 감지하지 못하는 우매한 사람들.

여자가 나가는 문으로 박이 들어선다. 그의 눈길은 박을 스쳐 벽에 걸린 시계로 향한다. 일곱시 이 분 전.

"죄송해요. 워낙 막무가내라서요. 의료원 응급실로 가라고 해도 못 움직이겠다고 소파에 누워버리는 바람에⋯⋯"

박의 목소리가 안으로 기어든다. 저렇게 덜 누른 두부처럼 무르니 취한 인간들 말에도 휘둘리지. 박이 일을 못하는 건 아니다. 맡은 일은 성실하게 해낸다. 지각을 하거나 근무중에 자리를 비운 적도 없다. 그러나 그 성실함에는 뭔가가 이 퍼센트 정도 빠져 있다. 야무짐이랄까 당찬 기운 같은 것. 성이라면 진료 마감 시각에 들이닥친 술 취한 사람쯤 어떻게든 다루어 내보냈을 것이다. 그의 병원에서 팔 년째 근무 중인 성은 일곱시 정각에 진료실을 나서는 그의 습관을 꿰고 있다. 성은 어떻게든 그전에 진료를 마칠 수 있도록 환자 접수를 조정하곤 했다. 유치원에 간 아이가 다쳤다는 연락을 받은 성을 일찍 퇴근하게 했더니, 기어이 자리 비운 티가 나는 것이다. 들고 온 차트를 어쩌지 못한 채 무르춤히 서 있는 박을 말없이 바라본다. 짐짓 울상이던 박의 표정은, 그의 시선과 침묵으로 점점 굳는다. 윗니로 아랫입술을 자근자근 깨물던 박이 입술을 달막이려는 순간, 그가 중지로 책상 위를 두 번 친다. "들여보내." 살았다는 듯, 박이 차트를 올려놓고 얼른 꽁무니를 뺀다.

사내들이 진료실로 들어서자 숨을 틀어막을 듯 강력한 냄새가 끼쳐온다. 삼겹살, 소주와 담배, 게다가 마늘과 온갖 양념, 비릿한 피냄새까지. 불판 위에 올려진 새우처럼 허리를 고부리고 배를 감싼 사람이 환자일 것이다. 길둥근 머리통의 성근 머리카락은 바람만 불어도 우수수 뽑힐 듯 힘이 없다. 둥글게 쌍꺼풀 져서 여자 같은 눈매, 눈알은 좌판에서 며칠 묵은 생선처럼 멀겋게 풀어져 있다. 군청색 점퍼 앞섶에 생긴 지 얼마 안 된 듯한 얼룩이 번져 있다. 행색만 보면 육십대인데, 차트에 기재된 나이는 오십일 세, 그보다도 젊다.

"이쪽으로 앉으세요. 어디가 불편하신지?"

멀건 남자가 엉거주춤 의자에 몸을 부리는 동안, 옆에 있는 사내가 말을 쏟아낸다.

"그게요, 우리가 요 옆의 길벗식당에서 밥을 먹고 있었단 말입니다. 이 친구랑 오랜만에 만나 삼겹살을 구워 먹는데, 술도 고기도 잘 먹던 이 친구가 갑자기 배를 끌어안고 뒹굴더니 나와서 토하는데 결국 피까지……"

마늘 냄새가 탁하게 끼친다. 그는 슬쩍 고개를 돌려 그 냄새를 피한다. 배우지 못하고 능력도 없어서 먹이사슬의 맨 밑바닥에 깔린 사람들. 그들은 말할 기회를 얻기만 하면 불필요한 말을 공연히 길게 늘어놓는 경향이 있다. 진단에 필요한 증상, 사실 전달만 하면 되는데 끓는 찌개 위에 뜨는 거품처럼 장황한 군더더기 말이라니. 그는 거품을 걷어내듯 말을 끊는다.

"어디 한번 봅시다. 피가 많이 나왔나요?"

"그건 아닌데요, 그래도 피가 섞이니까……"

메리야스는 한 번도 삶은 적 없는 듯 누렇다. 몸에 물 묻힌 게 언제인지 살갗엔 살비듬이 허옇다. 위가 부어 있다.

"위염이네요. 우선 주사 한 대 맞고, 약 드시고, 나가다 내시경 예약 잡으세요."

"내시경은 무슨…… 그냥 약이나 지어주쇼."

환자가 불퉁스럽게 웅얼거린다. 입안에 침을 가득 머금은 듯 말이 흐리다. 가뜩이나 탁해진 공기에 역겨운 냄새가 더해져 저절로 상이 찌푸려진다.

"약이야 드리겠지만, 그래도 내시경은 해봐야 합니다. 피가 나왔다면서요. 그 정도면 단순한 위염이 아니라 궤양까지 갔을 수도 있어요. 전에도 증상이 있었을 텐데요?"

"전부터 속이 안 좋다고는 했어요. 선생님 말씀대로 해."

보호자 격인 사내가 거들지만 환자는 막무가내다.

"한가하게 그럴 시간이 어딨어. 기왕 검사를 받아야 한다면 차라리 큰 병원에 가서 제대로 받는 게 낫지."

환자는 그 멀건 눈으로 진료실을 돌아보고 그에게 말한다.

"내 막냇동생이 강남 S병원에 있습니다. 아시죠? 우리나라에서 최고라는 그 병원요."

멀겋게 풀어져 있던 얼굴이 반짝 빛난다.

"동생이 있어도, 종합병원에 가려면 여기서 진단서 떼어가야 할 텐데. 그럼 이참에 아예 진단서 부탁드리든가."

보호자로 온 친구가 얼버무리며 그에게 민망하다는 듯 웃음을 지어 보인다. 진단서와 소견서를 혼동하긴 하지만, 최소한 환자가 그에게 무례를 범했다는 것쯤은 알고 있는 눈치다. 거기 비하면 환자는 막무가내다.

"일단 오늘 밤 지나보고 나서. 내 몸은 내가 안다구."

"그럼 약만 지어드리겠습니다. 주사는 맞기 싫으면 그냥 가셔도 좋습니다."

더 말할 가치도 없다. 네 몸을 네가 안다면 알아서 하라. 그는 모니터로 고개를 돌리고 처방전을 입력한다. 탁한 냄새로 오염된 진료실을 빨리 벗어나고 싶다. 나가다 박에게 다짐을 두어야 할 것이다.

수도꼭지의 조절기를 온수 쪽으로 더 민다. 샤워기에서 쏟아지는 물살에 살갗이 따가워진다. 여느 때라면, 체온을 아주 조금 웃도는 정도로 물 온도를 맞췄을 것이다. 뜨거운 물은 피부를 상하게 한다. 그러나 숨구멍을 파고들었을 탁한 냄새들을 씻어내려면 모공이 열리도록 뜨거운 물이 필요할 것 같다.

동생이 서울의 유수한 병원에 있다고 자랑하던 환자의 그 맑고 탁한 눈망울이며 온갖 것들이 섞여 부패하는 듯하던 숨결이라니. 사내가 말한 그 동생은 그 집안에서 가장 출세한 인물일 것이다. 방사선 기사거나 임상병리사? 아니면 치기공사? 어쩌면 원무과 직원이거나 경비원일지도 모른다. 개천에서 용 난 의사였다면, 벌써 무슨 과 의사라고 떠벌렸을 것이다. 그 막냇동생은 아마도 일가붙이들로부터 끊임없이 시달릴 것이다. 서울 종합병원의 좀 알려진 의사라면 예약날짜가 최소 몇 달에서 일 년 넘게 밀려 있기 일쑤다. 그걸 좀 앞당기려고, 사돈의 팔촌까지 그에게 전화를 걸어 아쉬운 소리를 해댈 것이다.

어디에나 그런 인간들이 있다. 머리카락만큼 가는 끈이라도 있으면 잡고 오르려 하는 사람들. 혈연이나 지연을 붙잡고 늘어지는 끈끈이주걱 같은 인간들. 제 힘으로 스스로를 일으켜세울 생각은 안 하고 남의 노력에 묻어가려 드는 그런 부류들. 그는 물을 잠그고 목욕용 해면에 보디클렌저를 붓고 쥐었다 폈다 하면서 거품이 일게 한다. 거품이 충분히 일자 손끝부터 발끝까지, 빈틈없이 문지른다. 오십대가 되었지만 그의 몸엔 군살이 거의 없다. 쉬는 날이면 골프를 치거나 산행으로, 그도 여의치 않을 땐 헬스장에서 몇 시간이고 움직여 땀으로 몸을 씻어내린 덕이다. 내 몸은 내가 안다는 말은, 그만큼 자기 관리를 한 뒤에나 할 수 있는 말이다. 되는대로 막사는 주제에 터진 입이라고 떠들어대긴.

"네가 대견하구나. 너는 주위에 힘이 되어줄 사람이 아무도 없으니, 너 혼자 일어서야 한다. 너의 부모는 앞날을 내다볼 줄 모르는 사람들이고, 네 형들도 다식판에 찍은 듯이 빼닮았으니, 오직 너 혼자뿐이라는 걸 명심해라."

큰고모는 그에게 탕수육 접시를 밀어주며 말했다. 상에는 탕수육뿐 아니라 고기를 경단처럼 뭉친, 그가 먹어본 적 없는 요리도 놓여 있었다. 큰고모는 그의 일가친척 가운데 가장 윤택하게 사는 사람이었다. 산동네 구멍가게 뒷방에서 자란 그가 명문 고등학교에 합격했다는 소식을 들은 큰고모가 그에게 밥을 사주겠다고 하자 그의 아버지는 입고 나갈 자기 양복부터 챙겼다. "당신도 같이 가지그래. 가게는 애들 보고 보라 하면 되니까." 중학교나 고등학교를 겨우 마치고 공장에 나가다 말다 하는 두 형이 집에서 빈둥거렸다. 그의 어머니는 한복 치마를 펼쳐놓고 다림질을 했다. 큰고모는 외출복 차림으로 길가에 서서 기다리던 그의 부모를 보고 혀를 찼다. "장사하는 사람들이 가게 비우는 걸 그리 쉽게 생각하니……" 한껏 들떴던 그의 부모는 그 말에 머쓱해져서 그를 남겨두고 돌아섰다.

이농한 뒤 인천으로 흘러든 그의 부모는 생기는 대로 낳은 자식들을 중고등학교까지 다니게 하는 걸로 부모 노릇은 다 했노라고 자부심을 느끼는 사람들이었다. 먹고 죽은 귀신은 때깔도 좋단다. 사람마다 저 먹을 건 타고난단다. 그의 부모가 늘 입에 달고 사는 말이었다. 구멍가게의 매출보다는 식구들이 먹어치우는 게 더 많았다. 등록금 마감기한이 지나서 그의 속이 타들어가도 아랑곳하지 않았다. 어떻게든 되겠지 하는 태도로 텔레비전 앞에 빙 둘러앉아서 코미디를 보며 깔깔거렸고 연속극을 보면서 훌쩍였다. 좋게 말하면 낙천적이었으나, 그의 영민한 눈에는 대책 없어 보이는 사람들이었다.

그의 부모가 아이들 학비를 핑계로 일가친척 모두에게 많든 적든 돈을 빌렸다는 것, 그중 누구에게도 돈을 갚아본 적이 없다는 것을 그는 그날 큰고모를 통해 알았다. 그는 친척 모임에서 자기 가족만 겉

도는 게, 그의 부모가 가난하기 때문이라고만 생각했었다. 남모르게 앙심도 품었다. 사람 그렇게 대하는 거 아니다, 싶었던 것이다. 차라리 몰랐던 게 나았을 것이다. 자기들끼리 화기애애하다가도, 그의 식구들만 들어서면 문득 말을 돌리던 친척들. 명절 때면 자식들을 죽 거느리고 큰집으로 향하고, 상머리에 맨 마지막까지 앉아서 걸터듬는 부모와 형제들. 그는 친척 모임에 가는 게 싫었지만, 그의 부모는 똑똑한 막내아들을 장식품처럼 달고 다니려 들었다. "재복이야 타고나는 것이니 어쩔 수 없다지만, 그럴수록 남들보다 열심히 일해야 하는데……" 큰고모는 말끝을 흐렸다. 친척들을 화나게 한 건 돈도 돈이었지만, 아예 갚을 생각도 없는 듯 되는대로 살아가는 부모의 태도였다. 돈을 빌리면서도 텔레비전은 남들보다 먼저 사고, 벚꽃철이나 단풍철이면 부부동반으로 어김없이 관광버스에 오르는 부모. 그나마, 자식들 보는 앞에서 빚 독촉 안 한 것만도 친척들로선 나름대로 배려한 것이었다.

파삭한 튀김옷을 입고 새콤달콤한 소스에 버무린 탕수육은 입에 감겼지만, 그는 어질거리는 머리와 딴딴해진 배, 차가워진 손으로 집에 돌아왔다. 환기를 잘 시키지 않는 방에서 나는 쿰쿰한 냄새가 새삼스럽게 역겨웠다. 그는 몸을 옹송그리고 벽을 향해 누웠다. 형들은 맛있는 거 혼자만 먹고 와서 티낸다고 타박이었다. 그의 어머니는 퍼석퍼석한 머리에 득득 긁은 바늘로 그의 엄지손가락 끝을 쿡 찔렀다. 검은 피가 방울처럼 맺히며 커지더니 주르륵 흘렀다. 멍이 들 대로 든 심장에서 바로 흘러나오는 피 같았다.

잊고 지내다가도 어느 순간, 역류하는 하수처럼 울컥하며 치받는 기억. 그는 물을 튼다. 불쾌한 냄새며 끈적이는 기억이 거품에 씻겨 하수구로 쓸려내려간다.

소파에 앉아 텔레비전을 보던 큰아들 용민이 몸을 일으킨다. 저녁 상은 이미 차려져 있다. 그는 타월로 머리에 묻은 물기를 털어내며 상 앞에 앉는다. 아내가 국을 떠놓는다. 느타리와 표고, 팽이버섯이 골고 루 든 버섯들깨탕이다. 간이 딱 맞는다. 그의 아내는 주부가 인스턴트 식품을 상에 올리는 걸 수치로 여긴다. 아이들이 좋아하는 라면을 끓 여도 냄비 두 개를 써가며 면에서 기름기를 빼낸다. 나이보다 스무 살 은 젊어 보이는 그의 몸매는, 그의 노력도 노력이지만 아내의 식단에 힘입은 바 크다.

"우리 올케는 결혼한 뒤 몇십 년이 지나도록 남편 밥을 끼니마다 저울에 달아서 내놓아요. 집에 식모 있어도 남편 밥만은 꼭 자기 손으 로 챙기고. 그러니 우리 오라버니가 환갑 넘기고도 젊은이 못지않게 체력이 좋지. 볼이 볼그스름한 게, 동생인 내가 봐도 젊은이 못지않다 니까요. 게다가 우리 오라버니가 멋쟁이라서, 여름엔 꼭 모시옷을 입 어요. 의사선생님은 남자라서 잘 모르겠지만, 모시옷이 어디 손이 좀 가나. 음식 잘해, 살림 야무져, 그런 엄마 밑에서 보고 자란 딸이니 뭘 더 바라겠어요. 게다가 가정과 출신이니 이론까지 더했을 거고."

면장 부인은 과묵하고 성실한 공중보건의를, 대학을 나와서 여자중 학교 가정선생으로 갓 부임한 조카의 남편감으로 점찍었다. 면장 부 인이 내민 사진 속의 여자는 수수한 듯 단정해 보였다. 갸름한 얼굴에 쌍꺼풀 진 동그스름한 눈이 순진해 보였다. 장래가 보장된 의사와의 결혼이 '열쇠 세 개'라는 말로 사람들 입에 오르내리던 시절이었지만, 그는 벼락처럼 떨어지는 행운보다는 자신의 노력으로 일구는 쪽을 택했다. 자신이 기울인 노력을 생각하면 열쇠 세 개로도 모자란다고 생각했지만, 그 세 개의 열쇠가 뒷날 족쇄가 될 수도 있다는 걸 그는 모르지 않았다.

여자 형제만 여섯, 아들이 귀한 집의 막내딸이라는 게 잠깐 마음에 걸리긴 했다. 하지만 아들 넷에 딸 하나인 그의 집안을 생각하면 아들 걱정은 안 해도 될 것 같았다. 아내의 집안은 십몇 대가 한 지역에서 살아온 본데 있는 집안이었고 땅부자였다. 잘 키운 딸과 저마다 한 가락 하는 사위들로 시샘 섞인 부러움을 사는 집안이었다. 사위 가운데 공무원이 가장 처지는 축이었다. 변호사가 있는가 하면 대기업에서 승승장구하는 회사원이 있었고 자기 아버지가 하던 중소기업을 물려받은 사람도 있었다.

아내는 임신하자마자 그가 바라는 대로 학교를 그만두고 살림에만 전념했다. 그의 건강을 확실하게 챙기는 식단, 그를 닮은 두 아들과 아내를 닮은 막내딸, 그의 말에 토 달지 않는 유순함까지, 그의 선택을 후회하지 않게 만드는 아내였다.

"오늘 용민이 친구들이 환송회 해준다네요. 저녁 먹고 바로 나갈 거래요."

불고기 접시를 용민 쪽으로 고쳐 놓아주며 아내가 말한다. 입대를 앞두고 휴학한 용민에게 군대 가면 그리워할 먹을 것 챙겨주는 게 요즘 아내의 주된 일과였다.

"아직 보름도 더 남았는데 벌써부터 환송회야? 입대하기 전에 몸부터 축나면 어쩌려고."

"저 술 잘 못 마시잖아요. 그냥 자리만 지키면 돼요. 밤에 알바 뛰
는 애들 있어서 시간 맞추기가 좀 그랬나봐요. 저도 주말엔 대학 친구
들이 환송회 해준대서 서울에 가야 하고요."

"그래도 훈련소에서 견디려면 체력을 좀 만들어놓아야 할 텐데."

"남들 다 하는 건데요, 뭐."

큰애는 군대를 기간이 조금 긴 MT쯤으로 여기는 듯했다. 큰애가
현역으로 입대하겠다고 했을 때, 그는 말렸다. 그의 재력과 아내 쪽의
인맥을 활용하면 방위로 뺄 수도 있었고, 병역 대신 외국에서 근무하
는 협력요원 제도를 활용할 수도 있었다. "아빠, 이 나라에서 군대 안
다녀오면 남자 축에 끼지도 못하는 거 아시죠?" 어쩌다 지역사회 유
지들의 모임에서 군대 이야기가 나오면 그는 입을 다물어야 했다. 공
중보건의로 대체근무한 그에게 사람들은 말했다. "조오았겠습니다.
우리가 무릎이 나가도록 빡빡 기고 있을 때 심원장은 시골 처녀들 마
음이나 설레게 하고 있었을 테니." 큰애에게 알게 모르게 있는 유약
한 성품은 군대에서 단련될 것이다. 자대 배치 때 손을 써서 후방으로
빼는 정도로 마음을 정했지만, 고된 훈련이 걱정되는 건 사실이었다.

"그러게. 남들 다 다녀오는 군댄데 당신은 뭘 그렇게 걱정해요. 당
신이 그러니까 정민이가 큰오빠만 편애한다고 난리치지. 지금 그 말
들었으면 정민이 그게 또 한소리했겠다."

아내가 지나치지 않고 그를 타박한다. 당신이 용민이만 편애해서
태민이도 정민이도 더 튀는 거예요. 아내가 타박하면 그는 짐짓 혀를
찼다. 그게 무슨 소리야, 열 손가락 깨물어 안 아픈 손가락이 어디 있

다고. 그렇지만 속으로 켕기는 바가 없지 않았다.

양막이 허옇게 달라붙은 큰애의 작고 발그레한 몸을 처음 보는 순간, 그는 사랑에 빠졌다. 아내를 소개받기까지 제대로 된 데이트 한번 해본 적 없는 그로선 첫정이나 다름없었다. 오뚝한 콧날이며 쌍꺼풀 없이 기름한 눈매, 야무진 입매까지 영락없이 그 자신을 빼닮은 아기를 보며 그는 비로소 자기가 왜 그렇게 열심히 달려왔는지 깨달았다. 이 아기가 모욕의 비에 젖는 일이 없게 하리라. 우산을 펼쳐주는 것만으로는 그의 성에 차지 않았다. 볕이 화사하게 들고, 공기가 순환되고, 쾌적한 온도가 유지되고, 나무들이 피톤치드를 내뿜는 가운데 향기로운 꽃이 사철 피어나는 그런 유리 온실을 마련해줄 것이다. 던적스러운 사람들이 들어설 수 없는 안전하고 아늑한 세상. 그 온실엔 사철 은은한 음악이 흐를 것이다.

그를 클래식 음악에 눈뜨게 해준 사람은 대학 동기인 명한이었다. 집안에 음악을 듣는 용도로만 쓰이는 방을 가진 사람도 있다는 걸 명한을 통해 처음 알았다. 도청소재지의 명망 높은 개원의였던 명한의 아버지는 피란길에 음반부터 챙긴 사람이라고 했다. 음악실을 꾸밀 땐 서울의 음향전문가를 초빙할 정도였다. 그런 분위기에서 자란 명한은 음악 없이는 살 수 없다고 했다.

명한의 하숙집은 주인집이 쓰는 안채와 문간의 별채가 있는 구조였다. 툇마루로 이어진 별채의 방 두 개에 각각 하숙생이 두 명씩 들어 있었다. 명한의 하숙방은 볕 잘 드는 별채가 아니라 안채 뒤쪽에 달아낸, 볕이 잘 안 드는 좁은 방이었다. 명한이 비싼 독방 하숙비를 내면서도 볕 잘 드는 문간방이 아닌 뒤채의 그 방을 택한 것은 음악 때문이었다. "음악을 마음 편히 들을 수만 있다면, 이쯤이야." 볕이 안 들어 어쩐지 한낮에도 축축하게 느껴지는 방에서 볼륨을 한껏 올려놓고 명한은 더없이 만족스러워했다. 누추함이 어떤 사람에게는 가리고 싶은 치부가 아니라 신기한 것일 수도 있다는 걸 그는 처음 알았다. FM 라디오 한 대만 있어도 부자가 된 듯하던 시절이었다.

"한번 들어봐." 그가 처음으로 명한의 하숙집에 간 날, 명한은 재킷에서 음반을 꺼내더니 턴테이블에 조심스럽게 얹었다. 곧이어, 그로선 현악기와 관악기라고만 짐작되는 악기의 연주가 시작되더니, 우렁찬 합창곡이 흘러나왔다. 벽에 등을 기대고 앉아 듣는 동안, 온몸의 피가 그 음악을 향해 쏠리는 느낌이었다. 전에 없던 일이었다. 슬픈 듯 장중한 합창이 그의 몸에 스며들고, 그의 심장을 울렁이게 했다. 연주가 끝나고도 여운에 짓눌려 있던 그가 입을 열었다. "한번 더 들어보자." 명한은 미소지었다. "네가 이 곡을 좋아할 줄 알았어. 왠지, 그럴 거라는 생각이 들었거든." 다시금 흘러나오는 선율은 좁고 볕이 잘 안 드는 방에 은은한 기품마저 부여했다.

그 곡이 오페라 〈나부코〉 가운데 〈히브리 노예들의 합창〉이라는 것, 사랑하는 가족을 잃고 실의에 빠진 베르디가 그 오페라를 작곡해 성공하면서 재기했고, 오스트리아의 압제를 받던 이탈리아인들에게 국가처럼 불렸다는 사실을 명한은 조곤조곤 이야기해 주었다. 그 말을 들으며 그는 궁금해졌다. 그런데 명한은 왜 내가 이 곡을 좋아할 거라고 확신한 걸까. 그러나 묻지는 못했다.

그가 대학에 합격한 순간, 가족들과 그 사이에 나 있던 실금은, 가품 만난 논바닥처럼 쩍 벌어졌다. 그의 집 오남매 가운데 그는 유일하게 대학에 간 사람이었다. 그것도 명문 의대에. 그의 합격은 당장 친척들 사이에서 그 부모의 위상을 높여주었다. 그의 부모가 해준 것이라고는 형들과 같은 방을 쓰며 공부에 몰입할 수 없었던 그가 고3 내내 묵었던 독서실 비용을 댄 것뿐인데도. 머리 좋은 막내아들을 자랑하는 부모의 목소리에서 그는, 부모가 자기를 든든한 보험으로 여긴다는 걸 알아차렸다. 큰고모의 경고가 떠올랐다. 그 말 때문에 체하긴 했지만, 오래 곱씹다보니 큰고모가 나름대로 그를 위해서 해준 말이라는 생각이 들었다. 공부할 시간이 모자란다는 핑계로, 대학생이 된 그 봄에 집을 떠나 학교 앞으로 옮겼다. 과외로 생활비를 벌고 장학금으로 학비를 지탱해야 했으므로, 잠들 때조차 이를 악문 듯한 기분이었다. 아무에게도 말한 적 없는 그의 형편을 명한은 짐작한 것일까.

'초대받지 않은 손님'이라는 느낌을 받지 않는 그런 존재가 되는 것, 남들이 함부로 대할 수 없는 자리에 오르는 것. 그는 오직 그 하나에 집중했다. 존재 자체가 남에게 폐가 되는 삶을 살다보면, 그 삶이 자기를 파고들어 그나마 남아 있는 무언가를 갉아버린다. 부모에게서, 부모를 보는 친척들에게서 그는 그걸 느꼈다. 졸업식날, 부모와 형제들이 몰려왔지만, 그는 강 건너에서 바라보듯, 그들을 바라보았다. 과외와 장학금, 두 마리 토끼를 잡기 위해 그가 각성제를 복용하며 코피를 쏟을 때 아무도 그 피를 닦아주지 않았다. 애가 애 같지 않고 저렇게 지독해서야, 어릴 적 듣던 식구들의 수군거림은 그를 일찌감치 밀어냈다.

공중보건의로 부임한 그가 가장 먼저 한 일은 월부로 전축을 장만

하고 음반을 사들인 것이었다. 공중보건의 임기를 마치고 결혼할 때, 아내는 그가 듣던 것보다 훨씬 좋은 전축을 혼수로 얹어왔다. 그는 서울도 인천도 아닌, 아내의 친정에 가까운 Y읍에서 개업했다. 결혼식장에서 현격하게 차이나던 두 집안의 가세를 생각하면 결단을 내리는 데 시간이 오래 걸리지 않았다. 그의 부모는 서운한 마음을 제대로 드러내지도 못했다. 이미 격이 달라진 아들 앞에서 지레 꼬리를 내렸다. 권력을 갖지 못하면 그렇듯 비루해진다는 걸, 그는 부모를 통해 처절히 깨달았다. 고욤나무에 접붙이듯, 그는 결혼함으로써 처가 쪽에 자기를 접붙였다. 그가 접붙은 나무는 거름진 토양에서 자란, 뿌리가 실한 나무였고 그에 걸맞게 누구나 탐내는 실한 열매를 맺었다. 큰애가 걸음발을 탈 때부터, 그는 음악을 들을 때면 큰애를 무릎에 앉혔다. 아이는 수선 부리지 않고 음악에 귀를 기울였다. 두 살 터울로 태어난 둘째를 안고 나서야, 그는 큰애가 클래식 음악에 특별한 감수성을 가졌다는 걸 뒤늦게 깨달았다. 둘째는 가만히 앉아서 오 분도 못 견디고 몸을 뒤틀었다. 어떻게든 핑계를 대어 밖으로 나가려 했다. 셋째인 딸 또한 마찬가지였다. 음악 레슨에 열성을 보인 것도 큰애뿐이었다. 둘째는 실내보다는 밖에 나가서 운동을 하거나 친구들과 쏘다니는 걸 좋아했고, 딸은 어릴 적부터 멋 부리는 데에나 신경을 썼다. 바이올린을 켜고 플루트를 연주하는 의사, 그가 큰애에게 공공연히 품고 있는 꿈이었다. 전교에서 손꼽히는 성적이니, 그다지 어려울 것도 없어 보였다.

아빠, 모차르트 〈레퀴엠〉의 〈상투스〉가 끝난 뒤 잠깐의 정적에 큰애의 목소리가 섞였다. 그는 지그시 감았던 눈을 떴다. 음악에 심취해 있는 큰애의 단정하고 부드러운 옆얼굴을 볼 때면, 그애가 원하는 것은 무엇이든 해줄 수 있는 자신에 대한 자부심으로 가슴이 뻑뻑해졌다. 너르게 펼쳐진 초록 위에서 골프채를 휘두를 때나, '고품격'을 강조하는 여행상품으로 떠난 열대의 리조트에서 느긋하게 쉴 때보다 더, 아등바등했던 나날에 보상을 받는 기분이었다.

세든 건물을 벗어나 병원과 살림채를 겸한 건물을 올릴 때, 그가 가장 공들인 공간은 서재 겸 오디오룸이었다. 책을 읽고 음악을 듣는 공간. 대학시절 다른 세상으로 여겨졌던 그곳에 그가 있었다. 어쩌다 〈히브리 노예들의 합창〉 선율에 몸을 맡길 때면 명한이 떠올랐다. 명한은 왜 내가 이 곡을 좋아할 거라고 그렇게 확신했을까. 몸은 비록 노예로 잡혀와 강제노동에 시달리지만, 생각만은 금빛 날개를 타고 돌아가리라는 그런 노래를. 모교의 예방의학교실에 몸담고 있는 명한에게 이 방을 보여주고 싶다는 생각이 들었다. 자신이 명한에게 경쟁의식을 가졌다는 걸 그는 그제야 인정했다. 그가 죽어라 애써야 얻을 수 있는 걸 이미 다 누리고 있는, 그게 얼마나 귀한 것인지 모르는 명한의 무심함에 늘 느끼던 경탄, 그 바닥에 장구벌레처럼 오글거리던 건 분노였던가. 어쩌면 명한은 높다란 누대에 올라, 그를 마당에서 종종거리는 하인 내려다보듯 한 게 아니었을까.

큰애는 그의 얼굴을 보고, 침을 꿀꺽 삼켰다. "아빠 저, 인문계 선택했으면 해요." 이번엔 그의 목울대가 움직였다. 그가 이룬 성채, 2층엔 병원이, 4층엔 살림채가 있는 건물에 걸린 간판 '심내과'. 그 전통을 잇는 것이, 읍 단위에도 종합병원 비슷한 것이 생기기 시작한 이

즈막엔 값없는 일이 되었다는 걸 그도 알고 있었다. 그러나 부자가 대를 이어 의사인 집안을 이루는 꿈까지 포기한 건 아니었다. 실습 나간 의대생만 해도 환자들로부터 '선생님' 대접을 받는다. 둘째나 셋째는 애저녁에 포기했지만, 큰애의 성적이라면 충분히 가능한 일이었다. 그런데…… 발밑이 꺼지는 듯했지만, 그는 천천히 리모컨을 들어 오디오의 볼륨을 낮추었다. "그게 무슨 말이냐? 의사가 아니면 뭐가 되고 싶다는 거냐?" "사실은…… 음악을 하고 싶어요. 바이올린은 너무 늦었지만, 플루트라면 열심히 하면 어떻게든 될 것 같아요." 연주자? 맙소사! 그는 리모컨을 들어 벽에 던졌다. 물론 마음속으로만. 큰애 앞에서 그는, 좋은 모습만 보이고 싶은 연인의 심정으로 일관해왔다. "네가 음악을 워낙 열심히 듣다보니 그런 생각이 드나보다. 그래도 음악은 취미로 즐기는 것만으로 충분하다." 그쯤에서 입을 다물 줄 알았던 큰애가 뜻밖에 고집을 부렸다. "음악 때문이 아니라요…… 제겐 자연계가 어울리지 않아요. 아빠 모르시겠지만, 저 피만 보면 속이 울렁거리고, 피냄새 맡으면 토 나올 것 같아요. 그런데 제가 무슨 의대에 가겠어요?" 워낙 남 아픈 것도 못 보는 마음 여린 아이라서 그도 조금 염려하긴 했다. "아빠가 첫번째 해부학실습시간 이야기해준 적 없지?" 교수가 전기톱으로 배를 갈랐다. 피부가, 그 아래 지방층이 벌어지며 내장기관들이 드러났다. 학생들은 바싹 긴장한 눈으로 해부대에 집중했다. 정육점에 걸린 소간처럼 벌건 간을 들어올리는 순간, 여학생 한 명이 흑, 흐느끼면서 뛰쳐나갔다. 그러자 그 곁에 있던 여학생도 덩달아 입을 틀어막으며 몸을 돌렸다. "그런데 그 여학생들이 지금 뭐하고 있는 줄 아니? 한 명은 지금 아빠 대학의 대학병원 외과에서 이름을 날리고 있고, 다른 한 명은 산부인과를 전공했단다. 둘다 피가 철철 넘치는 과목 아니냐. 겁이 많고 피를 무서워하는 사람이 의사가 된다면 환자의 마음을 더 잘 헤아릴 수 있을 테니, 너를 만나는 환자는 얼마나 행운이겠냐. 그걸 생각해봐라." 큰애는 제 코앞에서 먹음직스러운 냄새를 풍기는 게 당근인지 아니면 향료 칠한 모조품인지 미심쩍어하는 말 같은 표정을 지었다. 그는 당근을 썰어 촉촉한 단면에서 나온 향기가 큰애의 코에 이르게 했다.

"아빠가 강명한이라는 대학 동기 이야기한 적 있지? 그래, 아빠에게 음악을 알게 해준 바로 그 친구." 명한의 이름을 입에 올리자 문득 늑골 아래, 페이퍼 커팅을 당한 것처럼 가는 그러나 묵중한 통증이 스쳤다. "그 친구가 몇 년 전에 아프리카로 떠났다는 이야기 했니?" "아니요. 왜요?" "그 친구 전공이 예방의학이었는데, 자기가 익힌 학문이 가장 필요한 곳이 아프리카라는 생각이 들었나봐. 그곳에서 '한국의 슈바이처' 소리를 듣는다더라. 일단 의학을 배워두면 그렇게, 어려운 사람에게 도움을 줄 수도 있는 거란다." 동문회보에서 그 소식을 읽은 뒤, 그는 바꾼 지 얼마 안 되어 길도 채 안 든 앰프며 스피커를 업그레이드했다. 물론 큰애가 아프리카 같은 곳으로 떠나는 걸 보고 있을 작정은 아니었다. 살다보면, 큰애도 세상이 무엇을 경배하는지 알게 될 테고, 거기에 익숙해질 것이다. 큰애는 당근을 향해 코를 벌름거렸다.

자연계를 택한 큰애는 두통을 호소하기 시작하더니 첫 학기 중간고사부터 성적이 떨어졌다. 기말고사 성적은 더 형편없었다. 여름방학 자율학습에 가기 위해 아침마다 집을 나서는 큰애의 걸음은 도살장을

향하는 소와 다를 바가 없었다. "저러다 애 잡겠어요!" 아내가 나서
준 것은 그로서도 다행한 일이었다. 학교 측은 학기 중간에 이과에서
문과로 옮기는 건 전례가 없는 일이라고 했다. 그렇다고 해서 신경정
신과 진단서를 끊어 큰애에게 오점을 남길 수는 없었다. 다른 학교로
전학하지 않는 한 대안은 하나뿐이었다. 휴학한 뒤 내년에 다시 2학
년이 되는 것. "잘됐어요. 이참에 어학연수 보내면 영어 실력도 늘고,
국제적인 감각도 익힐 수 있을 테니. 강남 애들은 일부러도 휴학하고
떠난다잖아요." 결핍을 모르고 자란 아내는 어떤 일 앞에서도 겁먹지
않고 해결하는 힘을 갖고 있었다. 큰애가 밴쿠버의 어학원에 가 있는
육 개월을 못 참고 그는 큰애를 보러 다녀왔다. 언제 두통에 시달렸냐
는 듯 말끔해진 얼굴로 큰애가 말했다. "엄마가 끓인 김치찌개가 가
장 먹고 싶어요." 귀국하는 비행기에 오르면서, 그는 못다 이룬 꿈, 조
금 남았던 미련마저 내던졌다. 꿈보다는 사랑하는 사람의 기쁜 얼굴
을 보는 게 더 소중했다. 사랑은 희생을 요구하나니, 사랑에 빠진 그
는 그 희생의 달콤하고 씁쓰레한 뒷맛을 음미했다.

　"아빠, 저 드디어 하고 싶은 일을 찾았어요!" 캐나다에서 돌아오자
마자 큰애가 말했다. 기쁨으로 환해진 얼굴에서 윤기가 반짝거렸다.
"잘됐구나. 그게 뭔데?" "사회복지학을 전공할 거예요!" 그는 쩍 벌
어지는 입을 꽉 다물고 큰애 몰래 손을 움켰다. 사회복지라니, 제 밥
벌이조차 못 해서 그와 같은 사람이 죽어라고 일해서 낸 세금을 쓰게
하는 사람들 곁으로 가겠다는 것 아닌가. 어둑한 구멍가게 뒷방에서
옥시글거리던 부모와 형제들의 왁자한 웃음소리가 들리는 듯했다. 그

렇게 지독을 떨더니……

그는 처가 쪽과 긴밀해지는 그만큼, 자기 쪽 친척들과는 왕래를 자제했다. 부모에게 때맞춰 적당히 용돈을 부쳐주는 걸로 도리를 한다고 생각했다. 집안 행사가 있는 주말에는 의학세미나가 적절한 핑곗거리가 되어주었다. 젊은 날, 그는 그 지역의 누구보다도 열심인 의사였다. 지방이라는 특성상, 최신 의학 정보에 뒤질지도 모른다는 불안이 그를 채찍질했다. 주말이면 연수강좌에 참석하느라 서울로 향했고, 퇴근 후엔 학술지며 논문 들을 챙겨 읽었다. 제약회사 영업사원을 그처럼 오래 붙들고 있는 의사도 드물었을 것이다. 환자들은 매스컴에서 새로 소개한 병명이나 약품 정보에 해박한 의사를 신뢰했다.

그랬는데, 그가 이룬 온실 속에서 애지중지 키운 큰애가 좁고 어둑한 방안에 웅크린 사람들을 찾아가고, 그들의 하염없는 한탄을 듣겠다며 저렇게 환한 표정을 짓다니. 가지 찢기는 아픔으로 그가 떠나온 자리, 생소한 나무에 몸살 앓아가며 접붙이고 줄기 벋으며 맺은 열매가 더도 덜도 아니고 바로 그 자리, 그가 떠나온 거기로 돌아가겠다고 나선 것이다. 와장창, 지진이 그가 애써 만들고 가꾼 온실을 박살냈다. 진원지는 캐나다였다.

어릴 적부터 부모 말에 순종하던 큰애는, 그동안 자기 주장을 안 한 게 이 하나의 결심을 관철하기 위해서라는 듯 단단했다. 캐나다에서 인권이라는 것에 눈을 떴다고 했다. 사람 가운데에도 가장 약한 사람들을 배려하고, 장애인을 차별하지 않는 곳이더라고 했다. 그곳에 가니 비로소, 한국이 약자에게 얼마나 비정한 나라인지 보이더라고 그를 설득하려 들었다. "아빠, 우리나라처럼 이렇게 사는 건, 사는 게 아니에요."

저애가 내가 알고 있던 그애인가. 그는 하루아침에 변심한 애인 앞
에 선 듯했다. 저녁을 먹고 나면 그는 오디오룸에 들어앉아 문을 걸어
잠갔다. 큰애에 대한 그 나름의, 유치하지만 절박한 시위였다. 그는
처음으로 허무를 느꼈다. 그가 쌓아올린 게 결국은 사상누각이 아니
었을까, 싶기도 했다. 더없는 연인 같던 부자간은, 사랑싸움을 한 뒤
끝처럼 서먹해졌다.

"아빠, 뉴스에 나온 사람이 아빠 친구인 것 같아요. 어서 와보세
요." 몇 달 동안 이어지던 서먹함 끝, 구원은 엉뚱한 데에서 왔다. 큰
애가 그를 대놓고 부른 것도 오랜만이었다. 그가 텔레비전 앞으로 갔
을 때, 이미 앵커의 멘트는 끝나가고 있었다. "……슈바이처와 같은
고인의 숭고함은 아프리카의 평원에 길이 남을 것입니다." 붉은 평원
에 오롯한 오두막 장면이 사라지고, 스튜디오에 앉은 남녀 앵커 두 사
람의 얼굴이 화면을 가득 채웠다. "애개, 저게 병원이었어? 갔다가 병
옮겠다." 셋째가 어이없다는 듯 말하고 둘째가 나무랐다. "야, 아프리
카잖아!" 그의 귀에는 고인이라는 단어만 남았다. "아빠가 말씀하신
그 친구 맞죠? 강명한 선생님. 그분이 돌아가셨대요." "용민이가 그
러는데 당신 동창이라면서요? 세상에, 좋은 일 하겠다고 그 먼 데까
지 가서 그런 일을 당하다니. 그것도 총에 맞아서. 남 돕는 일도 섣불
리 할 건 아냐. 가족들 심정은 또 어떨까." 그의 아내가 혀를 차며 큰
애를 흘깃 바라보았다. "역시 아프리카 사람들은 미개해. 어떻게 자
기들 돕겠다고 온 사람들을 쏘아?" 셋째가 분개했다. 다음날 신문에
는 아마도 주민등록증 사진일 듯한 명한의 사진이 실렸다. 사진 속의

명한은 아주 젊었고 기사문은 건조하게 사실을 전했다. 그로부터 두 주일쯤 지난 뒤 아내가 환한 얼굴로 말했다. "용민이, 사회복지과 접었대요. 당신이 한번 얘기해봐요." 서먹하던 연인들의 재회. 그와 큰 애는 경영학과로 의견을 모았다. 큰애는 복지재단을 만들 만큼 돈을 많이 벌겠다고 했다. 그럼 그럼, 그는 고개를 끄덕였다. 그 정도 돈을 모으다보면, 돈이 아이의 생각을 바꿔놓을 테니. 전과 달리 걸핏하면 의료사고의 책임을 묻는 소송이 빈번해진 걸 보면서, 그도 차라리 의사보다는 나을지 모르겠다고 위안을 삼았다.

"용민이 못 들어올 거라네요. 나 먼저 자요." 아내가 전한다. 많이 늦느냐는 그의 물음에, 잘 모르겠다며 나가더니 분위기 때문에 일어나기 힘든 모양이다. Y읍에 남은 고교 동창이라면 뻔했다. 큰애는 Y고교에서 가장 뛰어난 아이였다. 큰애처럼 대학에 간 아이들도 있지만, 대부분은 인근의 전문대학에 다니거나 아니면 아예 진학을 접고 설렁거리는 아이들일 것이다. 그는 큰애에게 전화해볼까 하다가 그만둔다. 대도시가 아닌 지역사회에서 살자면, 마음에 안 드는 일도 접어둘 줄 알아야 한다.

야간자습을 마치고 돌아온 딸은 오자마자 텔레비전 앞에 붙박여 있다. 그가 보기엔 그애가 그애 같은 젊은 애들이 여럿 나와서 찧고 까부는 프로그램이다. 서울에서 대학에 다니는 둘째와 고등학생인 셋째를 볼 때면, 그는 텔레비전 앞에서 깔깔대고 아이고 저런, 한숨을 쉬던 그 누추하던 골목집의 유전인자를 떠올리지 않을 수 없다. 그는 생수를 한 잔 따라서 오디오룸으로 들어간다.

긴 하루가 지나면 그는 그날의 기분에 따라 음악을 고른다. 그의 손에 잡힌 음반은 아프리카인의 미사곡인 〈미사 루바〉다. 딱딱딱, 경쾌한 박소리에 이어 둥, 둥, 북소리가 섞인다. 짧게 이어지는 북소리와 경쾌한 고음역이 그를 잠깐, 아프리카의 평원으로 데려간다. 스치듯 보았던, 흰색을 칠했던 오두막도. 붉은 기 도는 흙 때문일까, 분명 깨끗함과는 거리가 멀었을 흰 벽이 탈지면처럼 깨끗하게 느껴졌었다.

그는 음반 재킷을 바라본다. 희고 번질거리는 옷을 입은 흑인들이 미소 띤 채 노래하는 사진. 물동이를 인 채 땡볕 아래 몇 시간씩 걸어 겨우 더러운 물 한 동이를 채워오는 삶. 언젠가 동료들의 모임에서, 방글라데시에서 의료활동을 하고 돌아온 의사가 한 말을 전해들은 적이 있다. 죽어가는 사람들을 온갖 힘을 기울여 살려낸 한국의 의사는 지방 관리에게 자신들의 업적을 말했다. 그토록 열악한 조건에서도 최선을 다했고, 죽음과 삶에 한 발씩 디디고 있던 목숨들을 삶 쪽으로 끌어당긴. 약간의 드라마가 섞였을 그 말을 다 듣고 난 그곳 관리의 대답이 걸작이었다. 그렇게 다 살려놓으면 어떡하냐. 뭘로 다 먹여살리라고! 아프리카라고 다를 것 같지는 않다. 그렇게 살려놓아봤자, 그들은 에이즈로 죽거나 굶주려서 죽거나 아니면 내전중에 서로 치고받다가 무의미하게 세상을 떠날 것이다. 물론 그가 살려낸 사람 가운데 훌륭한 인물이 나올 수도 있지만, 그건 가뭄에 콩 나기일 것이다. 당장 한줌의 쌀이 생기면 행복해하고, 배부르면 아무 데나 쓰러져 잠드는 사람들이 대부분일 것이다. 그런 목숨을 살리겠다고 제 목숨을 바치다니! 아프리카인들의 합창이 초상집의 곡성처럼, 아이고, 아이고로 들린다.

그는 정지버튼을 누른다. 바흐의 오르간 곡을 얹고 재생버튼을 누른다. 유럽의 성당에서 본 파이프오르간의 음색이 맑게 번진다. 안락의자에 깊숙이 몸을 묻는다. 평소엔 소파에 누우면 누웠지, 안락의자에 몸을 느슨히 하는 걸 좋아하지 않던 그다. 안락의자에 앉는 버릇은 척추를 구부정하게 만든다. 뒷모습만 보면 삼십대라고 해도 좋을 만큼 곧은 몸매는 거저 만들어진 게 아니다. 구부정한 몸은, 남의 밑에서 평생 조아리는 데 익숙한 사람들을 떠올리게 한다. 그러나 가끔은 그도, 금빛 날개로 제 몸을 때려가며 날다가 쉬어야 할 때가 있다. 비탈과 언덕에서 잠시 날개를 접고 쉬듯 그는 생수를 마신 뒤 몸을 늘어뜨린다. 눈을 감자 뇌주름 사이로 음악이 스며드는 듯하다.

그는 본과 1학년생이다. 첫 해부학 실습시간이다. 콧날이 메스처럼 날카로운 해부학 교수가 말한다. "아무리 세상이 변했다 해도, 의술의 기본은 인술이다. 꺼져가는 생명을 살린다는 건 신을 대리하는 것이나 다름없다. 그런 선택을 받은 것에 감사해야 한다." 첫 해부학 실습에 대한 기대로 은근히 들떠 있는 의대생들은 조금씩 숙연해진다. 히포크라테스 선서를 한 뒤, 교수는 잠시 명상의 시간을 갖겠다고 한다. 다들 눈을 감은 채 저마다의 사념에 잠긴다. 이 자리에 오기까지, 그가 견딘 세월이 영상으로 주르륵 지나간다. 큰고모부의 생신에 그의 일가가 들어설 때, 상 앞에 앉아 있던 사람들의 눈길로 초대받지 않은 손님임을 깨닫던 순간의 모멸감, 큰고모의 입으로 자기를 낳아준 부모에 대해 들을 때의 수치심, 의대에 합격하던 순간의 환희, 졸음을 쫓느라 버릇처럼 먹었던 각성제, 처음으로 흰 가운을 입던 날의 환희, 이 자리에 오기까지 견뎌야 했던 시간이 주르륵 지나간다. 자

이제 그만, 교수의 목소리가 귓전에서 울려서, 그는 눈을 뜬다.

얼마나 시간이 흘렀는지, 그새 음악은 그쳐 있다. 그는 오디오 전원을 끄고 거실로 나온다. 딸애는 텔레비전의 리모컨과 빈 접시, 주스 컵을 탁자에 어지러이 남겨둔 채 방으로 들어갔다. 그는 리모컨을 제자리에 놓고, 빈 잔과 접시를 들고 개수대로 간다.

탕탕탕, 주방 쪽 창문으로 집 바깥의 소리가 들려온다. 탕탕탕······ 병원 아래층의 셔터문을 두드리는 소리 같다. 그는 창밖을 내다본다. 밤거리는 적막하다. 아래층 현관을 보려면 창문을 열어야 한다. 그는 창문에 손을 뻗치다 그만둔다. 술에 취한 사람이 엉뚱하게 그러는 게 아니라면, 잘못 찾아든 환자일 것이다. 만일 환자라면, 복통을 일으켰거나, 가슴의 흉통, 혹은 몸에서 뭉친 결석이 어느 순간 탈을 일으켰을지도 모른다. 병원 진료시간 이후의 통증이라면 의료원 응급실로 가야 한다. 설사 환자라 해도, 야간 진료를 하지 않은 지 오래인 심내과의 문을 두드리는 사람이라면 상식 없는 사람이기 십상이다. 탁탁······ 소리가 잦아든다. 크게 두드리지도 못하는 걸 보면 소심하거나, 아니면 가누지 못할 만큼 취했을 것이다. 좀 있다가 돌아가거나, 아니면 택시든 구급차든 불러서 의료원 응급실로 가겠지. 그는 내일을 위해 침실로 들어선다. 아내는 몸을 모로 돌린 채 곤히 잠들어 있다. 그는 잠옷으로 갈아입고, 아내의 체온으로 따뜻해진 이불 속으로 들어간다.

그의 잠을 깨운 건 벨소리다. "누구세요?" 주방에 있던 아내가 현관으로 나간다. 일곱시 반, 방문객이 찾아오기엔 이른 시각이다. 큰애가 열쇠를 놓고 나간 것인지도 모른다. 아래층 상점의 세입자가 교양 없이 아침부터 용건을 들고 온 것일 수도 있고. 문 여는 소리, 현관문에서 웅얼거리는 사람 말소리가 나더니 아내가 외친다. 용민 아빠! 그는 벌떡 몸을 일으킨다. 옷을 꿰며 거실로 나간다. 현관에 주저앉은 아내 앞에는 강도가 아니라 제복을 입은 경찰관들이 서 있다.

"무슨 일인데 이렇게 이른 시간에⋯⋯"

그는 불쾌함을 감추지 않으며 경찰관을 일별하고 아내를 본다. 아내는, 태아처럼 몸을 웅크리고 양팔로 자기 몸을 감싸고 있다. 대체 무슨 일이기에⋯⋯ 경찰관을 다시 바라보는 순간, 머리끝에서 발끝까지 전류가 관통한 듯, 한순간에 무언가 깨달아진다. 휘청거리는 몸을 가누려 그는 아랫배로 힘을 모은다.

"아마도 불량배 소행인 듯⋯⋯ 지갑도 핸드폰도 없는 걸 보면⋯⋯ 윗옷 호주머니에 입영통지서가 있어서 겨우 신원을⋯⋯ 그렇게 다치고 어떻게 여기 병원 앞까지 왔는지⋯⋯ 순찰차가 발견해서 응급실로 갔을 땐 이미 과다출혈로⋯⋯"

경관의 뒷말이 자꾸 끊어진다. 탕탕탕, 그의 머릿속이 울린다. 탕탕탕, 문 두드리는 소리인지, 짧은 북소리인지 알 수 없는 소리가 오랜 세월 단련된 그의 심장을 가격한다. 탕, 탕, 탕!

꿈길밖에 길이 없어

"제발 덕분, 이번엔 나랑 같이 미장원에 가자니까. 똥고집 그만 부리고."

"됐어. 내 머리카락이니까 내 맘대로 할 거야. 그렇게 미장원이 좋으면 당신 머리나 볶든지 지지든지 하셔."

"정 미장원 싫으면 다른 이발소에라도 가보든가. 요즘처럼 외모로 판단하는 세상에 칠십년대 머리로 나다니는 건 시각 공해라구. 인물이 안 되면 머리 스타일로라도 커버해보려고 애쓰는 게 다른 사람에 대한 예의지. 요즘 여자들 눈이 얼마나 높은데, 당신 같은 사람이 가게에 있으면 가게 물건까지 구식인 것같이 느껴진다니까."

그러는 자기는? 여자인지 남자인지 헷갈리게 검숭검숭한 코밑수염에다 어디서 야매로 해서 푸르딩딩, 볼 때마다 얼어 죽은 귀신 환생한 것 같은 눈썹이 누군 눈에 안 보여서 입 다물고 사는 줄 아나보지? 구두에 발을 넣던 김씨, 아내의 얼굴에 구두짝을 날리고 싶은 걸 꾹 참느라 구둣주걱 쥔 손에 힘을 준다. 그랬다간 현관문 자물쇠 바꾸고 남편 따위 집에 안 들이고도 남을 여자가 바로 김씨의 아내다. 머리끝까지 차오른 화를, 김씨는 현관문을 소리내어 닫는 걸로 소심하게 풀어버린다.

집 나서는 가장의 머리 모양 갖고 찌그럭거리는 여편네라니. 가게에서 점원과 같이 시켜먹을 것을, 공연히 집 밥 먹자고 들어왔다가 먹은 밥알 곤두설 판이다. 넉넉하진 못하나마 생활비 벌어다주는 지금도 이러니, 어쩌다 가게 문을 닫거나 아프기라도 하면 그야말로 거적에 말아 내버리고도 남을 것 같다.

이래저래, 평화이발소로 향하는 김씨의 발걸음은 가볍지 않다. 솔직히, 평화이발소 갑선의 이발 솜씨가 아내의 잔소리를 감내할 정도로 훌륭한 건 아니다. 중학생 아들 녀석이 싼 맛에 자르러 갔다가 돌아오자마자 인터넷에 악평을 다는 걸로 분을 달래던, 이른바 귀두머리와 촌수로 따지면 팔촌 이내에 들 치켜 깎는 머리가 갑선의 특기였다. 칠십년대, 고위관리가 시찰 나오기 전날 목욕하고 이발소에서 나오는 새마을지도자 같다고나 할까. 입사 면접시험에서 좋은 인상을 주기 위해 남자들도 얼굴에 칼을 대는 시속을 김씨라고 모르는 건 아니었다. 도배지며 시트지를 진열한 인테리어가게를 하면서 때때로 도배도 하러 다니는 김씨, 아줌마들을 대상으로 하니 아줌마 마음에 드는 외모가 중요하다는 아내의 말에 일리가 있다는 것도 모르지 않았다. 그래도 김씨가 굳이 평화이발소로 향하는 건, 거름 귀한 줄 알고 자란 농촌 출신 아니랄까봐 걸핏하면 입에 거름을 담는 아내가 "그나마 장가라도 안 가서 누군지 모를 한 여자 일생 구제한 답답이" 이발

172

사 갑선 때문일 것이다. 무심한 듯 말수 적은 갑선은 이발을 할 때면 가위와 한몸이 되는 듯했다. 뭐랄까, 그 순간에 정성을 다하는 극진함이 느껴져 기분좋게 만드는 것이다. 그렇게 정성껏 잘라도 어쩐지 이십여 년 전쯤 잡지 화보에 올랐을 듯한 머리가 되고 마는 건 어쩔 수 없었다. 그래서인지, 평화이발소는 겉보기에 평화롭다 못해 한가했다. 오며 가며 보아도 하루에 대여섯 명이나 드나들까 싶은 이발소 꼴을 보다 못한 이웃이 하다못해 여자 면도사라도 두어보면 좀 낫지 않겠냐고 언질을 주어도 끄덕 않는 갑선이었다. 아내에게는 그 이발소를 고수하는 김씨나 마찬가지의 똥고집이, 김씨에게는 미덥게 느껴졌다. 아무렴, 사내란 지조가 있어야 하는 법이니.

이발소 문은 열려 있는데, 정작 갑선은 보이지 않는다. 하긴 뭐, 도둑이 든댔자 들고 나갈 만큼 값어치 있는 물건이 있는 것도 아니다. 자리만 차지하는 무거운 텔레비전을 들고 나갈 우매한 도둑도 없을 테고, 내무반 모포처럼 각을 맞춰 개어놓았지만 낡아서 날쌍한 게 표나는 수건을 탐낼 사람도 없을 것 같다. 갑선이 애지중지하는 일제 이발도구라고 해봤자, 보통 사람 눈에는 그저 문구점에서 파는 가위나 다를 바 없을 것이다. "갑선이 있나?" 김씨는 이발소 안쪽을 향해 외친다. 안쪽, 두 평 남짓한 방이 갑선의 거처다. 점심 무렵에 와보면 갑선은 그곳에서 라면 따위를 먹고 있었다. "의형제 맺지 그러셔? 답답이로 치면 형님아우하기 딱 맞구먼" 하는 아내의 잔소리를 들어가며 김씨는 이따금 김치통 같은 것들을 슬그머니 들여다주곤 했다. 방문을 열어본 김씨의 눈에 펼쳐진 건 낯선 정경이다. 워낙 깔끔한 성정 때문에 군색하다기보다는 정갈하게 느껴지던 방인데, 섣부른 도둑이 뒤지다 인기척을 듣고 급히 뒨 자리 같다. 한쪽 구석엔 빈 소주병이 나둥그러져 있고, 서랍장의 서랍은 아이가 딛고 오르다 나둥그러지기 맞춤하게 닫히다 말았으며, 열린 서랍장을 타고 넘은 옷가지가 난장을 벌였다. 점심을 먹었다면 라면 냄비나 신문지로 덮어놓은 중국집 그릇이라도 있을 텐데, 그런 건 보이지 않는다. 김씨는 방문을 닫아 심란한 정경을 가리고 이발소로 와 의자에 앉는다. 무슨 일일까, 감이 잡히지 않는다.

오지랖 넓은 손님이 말수 적은 이발사에게서 드문드문 주워들은 바에 따르면, 맏이인 갑선에게는 을선과 병선이라는 남동생이 있었다. 그 아래로 정선, 무선, 기선, 경선 등이 줄줄이 이어질 뻔했으나, 아버지가 일찍 돌아가시는 바람에 '날 저무는 하늘에 별이 삼형제'로 그쳤다. 일하러 나간 엄마를 기다리며 동생들에게 그 노래를 들려줄 때면, 갑선은 어떤 때 좀 귀찮긴 해도 동생들이 더 많았으면 좋겠다는 생각이 들었다고 했다. 어쩌면 아버지가 오래 사셨더라면, 하는 생각이었을지도 모른다. 그나마 아버지가 일찍 돌아가셔서 다행이라는 불효막심한 생각을 하게 된 건 을선이 중학생이고 막내 병선이 초등학교 졸업반이던 무렵부터였다. 그 무렵 갑선은 중학교를 마치고 집 근처 이발소에서 흩어진 머리카락 쓸고 수건들 빨아대는 시다였다. 동생들이 학교에서 돌아와 "내일 선생님이 엄마 학교에 와보래" 하면, 가슴이 무거워졌다. 병들어 문밖출입이 어려워진 엄마 대신 학부형으로 학교에 가야 하는데, 근무시간에 이발소 비우는 게 그렇게 싫었던 것이다. "세상에, 을선이가 네 동생이었냐?" 을선의 담임은 갑선에게 생물을 가르치던 선생님이었다. 조용하고 성실하던 갑선과, 패거리로 몰려다니면서 학교 뒷담 같은 데서 삥 뜯다 걸려들기 일쑤인 을선이 같은 유전자를 갖고 있다는 게 믿어지지 않는 표정이었다. 초등학생인 주제에 담배 피우다 들키는 병선까지 알았더라면, 갑선을 돌연변이로 인정하고 고개를 주억거렸을까.

동생들이 자랄수록 사고의 범위도 광범위해졌다. 택시기사로 일하면서 간간이 승객들과 시비가 붙으면 물불 안 가리는 을선, 친구 돈이든 누구 돈이든 끌어다 도박을 일삼아 빚쟁이가 평화이발소의 평화를 깨게 만드는 병선. 저 한 몸 사는 것도 숨이 턱에 닿는 살림인데, 갑선은 그때마다 뒷감당을 한답시고 애면글면했다. "엄마가 돌아가실 때, 제 손을 꼭 잡고 부탁하셨거든요. 너는 동생들에게 엄마고 아빠다. 이제부터 네가 동생들의 부모다, 라고요." 제 앞가림도 어려운 판에 터무니없는 책임감으로 쩔쩔매는 갑선을 보며 사람들은 혀를 찼다. 바보도 그런 바보가 어딨겠냐고. 그런데 김씨는 그런 갑선을 보면서 이상한 위안을 받는다.

가난한 집의 똑똑한 맏이인 김씨의 형은 명문대학에 진학했다. 그 고교의 경사였고 가문의 영광이었다. 형이 대학을 졸업하던 해, 김씨는 중위권 대학에 시험을 치렀다 실패했다. 재수를 할까 한다는 그의 말을 형은 무질렀다. 공부도 하던 사람이나 하는 거지. 형의 말을 금과옥조로 삼던 부모는 곁에서 고개를 주억거렸다. 대학원에 진학한다는 형 때문에, 둘 등록금 대기도 힘든 형편이었다. 형이 잘되어 동생들 이끌고 돌보면 되지, 부모는 그렇게 생각했다. 그가 외삼촌의 공장에 나가서 기름때에 절 때, 형은 대학원에 진학하고 장학금을 받아 유학했다. 그의 부모가 굳게 믿은 장자 시스템은 형이 유학에서 돌아오면서 흔들거렸다. 유학중 만난 여자와 결혼하던 날, 하객의 숫자며 차림새로 가세의 차이가 한눈에 드러났다. 엘리트의 세계에 편입한 형은, 내세울 것 없는 가족이 자기의 세계를 넘볼까봐 처음부터 금을 그으려 했다. 어쩌다 형네 집에 들렀다 문전박대에 가까운 대접을 받고 시르죽어 오는 부모를 볼 때면 김씨는 속으로 뇌까렸다. 사람이 다 사람이냐, 사람이어야 사람이지. 자식이 사는 집에 연락 없이 가는 게 그렇게나 큰 죄인 걸 몰랐다. 연락을 하려 해도 전화를 안 받으니 그랬다고, 그의 어머니는 듣는 이 없는 집에 와서야 억울함을 호소했다. 그런 형 때문에 선 마음의 칼날이 동생들을 애면글면 감싸는 갑선을 보면 노글노글해졌다. 그래도 세상에 인정이 아주 말라붙은 것만은 아니라는 위안을 느끼게 되었다. 부모님이 살아 계실 때 어쩐지 짐스럽던 느낌에 정당성을 부여받는 것 같기도 했다. 맏이라면 마땅히 이래야지! 어쩌면 그게, 김씨가 군이 평화이발소를 찾는 이유일지도 몰랐다.

그런데 무슨 일일까. 병선에게 돈을 떼였다는 친구가 찾아와 또 패악이라도 부린 걸까. 불량배에게 끌려가 신체포기각서 같은 걸 쓰고 있는 거나 아닐까. 그래도 그냥 눈만 끔적이다 손도장 찍어줄 위인이 갑선씨였다. 김씨는 앉아 있던 자리에서 벌떡 일어난다. 이럴 때가 아니다. 갑선을 찾아나서야 한다. 내가 아니면 누가 지키랴. 김씨의 결연한 걸음이 군가의 리듬으로 이어진다.

옆집 중국집 강사장도, 과일가게 박사장도, 갑선씨의 행방을 알지 못한다. 분연히 떨쳐 일어나긴 했으나 집집마다 묻고 다닐 수도 없는 노릇이다. 어쩔까, 그냥 가게로 돌아갈까 하는데, 철 지난 휴가라도 다녀오는 듯 여행가방을 질질 끌고 오는 사내가 어딘지 낯익다. 도배지 무늬를 맞출 때면 초점이 잘 안 맞더니 벌써 노안이 오는 건가? 김씨가 그쪽을 뚫어져라 바라보자, 사내가 입귀를 당기며 벙싯 미소를 짓는다. 그의 상상 속에서 으슥한 골목에 끌려가 피칠갑을 하고 있던 갑선이다. 그런데 갑선이 그 갑선이 아니다. 김씨가 못 알아본 것도 무리는 아니다. 제복이라도 되는 듯, 흰색이나 연한 하늘색 와이셔츠를 양복바지 안으로 단정히 여며넣던 갑선이, 알로하셔츠에 반바지 차림이다. 뒤축을 질질 끄는 듯 시르죽은 걸음걸이도 구름 위를 딛는 것처럼 가볍고 날래다. 털이 숭숭한 다리가, 휴가철 다 지나고 벌써 바람에서 까실한 결이 느껴지는 이즘에 썰렁해 보인다. 가까이 다가서니 옷에선지 가방에선지, 새것에서 나는 화공품 냄새가 난다.

"가게 나가세요?"

갑선이 먼저 묻는다.

"점심 먹고 이발하러 왔다가 자네가 없어서 찾아나선 길이야. 갑선이 자네야말로 어디 갔다 오나?"

"갔다 오는 게 아니라 여행 가려고요. 가방이랑 사갖고 오는 길이에요."

강장 드링크제를 서너 병은 마신 듯, 갑선의 목소리가 우렁우렁한다. 이 또한 전에 못 본 모습이다.

"여행? 휴가철 다 지났는데 이제야?"

김씨는 갑선이 끌고 온 여행가방을 새삼스럽게 내려다본다. 한 달

치 살림을 쓸어담아도 될 만큼 크다. 여행도 휴가도, 김씨가 알기로는 갑선과 거리가 먼 단어다. 여름휴가철에 며칠 이발소 문을 닫기는 했지만, 그래봤자 이발 봉사 다니는 요양원에 가서 의지가지없는 노인들 힘없는 머리카락이나 다듬어주다 돌아오는 게 갑선에게는 휴가라면 휴가였다. 하긴, 같이 떠날 여자도 없으니 혼자 돌아다니기도 무엇할 것이다.

"네. 그나저나 이발하신다면서요? 어쩌죠? 저 오늘 쉬는 날인데……"

"가게 문은 열어놨던데? 왜, 오늘 바로 떠나나?"

"그건 아닌데요. 바로 여권 신청하러 가야 하거든요."

"여권?"

들으면 들을수록 헷갈린다. 국내여행도 변변히 못 다닌 갑선이 해외여행이라니. 초가을을 벗어나 한여름으로 뛰어들겠다는 의지가 옷차림에서 환히 드러나긴 하지만, 김씨에게 맨 처음 떠오른 생각은 동생이 외국으로 튄 거 아닌가, 그래서 동생을 만나러 가는 거 아닌가 하는 것이었다. 최근의 사고는 다른 때보다 좀 컸다. 을선이 친구의 차를 몰고 휴가를 가다 사고를 냈는데, 하필 그게 보험기간이 끝난 차였다. 합의금을 마련하지 못하면 꼼짝없이 전과자가 될 판이라서, 갑선의 얼굴이 꺼멓게 타들어갔다. 하지만, 김씨는 속으로 도리질했다. 을선이 튀었다면 갑선은 더 안절부절못할 위인이었다.

"어쩐다…… 그럼 지금 이발소로 같이 가세요. 이발해드리고 나가면 되니까요. 오랜 단골이시잖아요."

갑선은 앞장선다. 검정 캐리어 바퀴가 드르륵드르륵, 콘크리트 바닥을 긁는다. 그 뒤를 좇는 김씨의 머릿속에서 무언가 드르륵거린다. 단골손님이라서 마지못해 해주겠다는 듯 생색내는 말투며 거들먹거리며 앞장서는 태도가 낯설다. 익은 벼처럼 늘 고개를 수그리고 살던 갑선이, 주변 사람들에게서 싫은 소리 들어가면서도 길고양이 굶는 꼴을 차마 보지 못해 먹던 밥 남겨 귀 떨어진 접시에 담아 슬그머니 내놓던 그 갑선이 아니다. 뒤에 오는 범 믿고 우줄대는 여우 걸음이 저럴까. 든든한 뒷배가 있는 사람 같다. 혹시 어떤 여자가 갑선을 죽자사자 사랑한다고 나선 걸까. 노총각으로 독수공방하던 갑선에게 그런 여자가 나타났다면, 저쯤 으스대는 건 당연한 일이다 싶다. 여자가 있는 걸까, 그래서 같이 여행을 떠나는 걸까? 임대료 내기에도 벅찬 이발소 형편을 떠올리며 허수아비에 옷 입혀놓은 듯 후줄근한 갑선의 뒤태를 바라보던 김씨는 고개를 젓는다. 제아무리 사람 마음 각각이라지만, 요즘 여자들이 얼마나 약삭빠른데 앞날 안 보이는 갑선에게 마음을 주겠는가. 중동이 전지된 나무처럼 마구 갈래치는 김씨의 생각을 갑선의 목소리가 끊어낸다.

"안녕하세요? 이따 저녁에 오실 거죠?"

갑선이 인사하는 노인은 동사무소에 딸린 경로당 터줏대감 노인이다. "그럼, 가다마다. 그나저나 자네 무슨 좋은 일 났나? 다들 궁금해하던데." "그저요. 늘 어르신들께 식사 대접 한번 하고 싶었는데 기회가 되어서요. 저녁에 덕수갈비로 꼭들 오세요. 제가 자리 예약해놓았어요." "그럼세. 다들 기대하고 있다네." 노인이 지나가자 갑선은 김씨에게 몸을 돌린다. "참, 사장님도 이따 오셔서 저녁 드시고 가세요. 경로당 어르신들 초대한 자리지만, 다들 아실 테니 오셔도 괜찮아요. 떠나기 전에 신세진 분들께 밥 한 끼 사드리고 싶어서요. 안 그러면 제가 날을 따로 잡고요. 여권이 며칠 걸려야 나온다면서요?" 김씨는 입을 쩍 벌린다. 말을 듣자 하니 사나흘 다녀오는 여행이 아닌 것 같다. 어디서 돈벼락이라도 맞은 걸까? 없던 친척이 유산을 물려주고 죽었을 리는 없고. 로또? 나눔이네 뭐네 허울 좋은 소리 해봤자 결국 없는 사람들 푼돈 털어 한 놈에게 몰아주기밖에 더 되냐고 복권 따위 쳐다보지도 않는 김씨지만, 갑선 같은 사람이 당첨된다면 흥감할 것 같다. 갑선이 끌고 가는 캐리어에 저절로 눈길이 간다. 혹시…… 저 속에 돈다발이?

　여권 만드는 데 그렇게 시간이 오래 걸리는 줄 몰랐다. 그만큼 해외여행하는 사람이 많다는 뜻이었다. 사람들이 이렇게 살고 있었구나…… 갑선도 텔레비전 드라마나 오락 프로그램에서 해외로 여행한 한국 사람의 모습을 자주 보기는 했다. 다른 세상의 일이라서, 무심할 수 있었다. 갑선의 이발소에 다니는 사람 중에 해외여행 경험이 있다면 중국 단체 여행 다녀온 사람이 고작이었다. 여권이 나오기를 기다리는 동안, 갑선은 여행 준비를 했다. 갑선은 필리핀에 갈 생각이었다. 왜 필리핀이 떠올랐는지는 몰랐다. 아무튼 바닷가에 갈 테니 수영복을 사고 수영복 사는 김에 스노클링 장비들도 샀다. 선글라스를 빠뜨릴 수 없었고, 여름용 샌들도 있어야 구색이 맞았다. 혹시 몰라서 영어회화 테이프를 세트로 들여놓았다. 여행안내서를 사러 서점에 갔다가 무인도에 홀로 떨어진다 해도 몇 달은 심심치 않을 만큼의 책을 사들였다. 여행안내서에서, 필리핀 사람들이 영어도 쓰지만 타갈로그어를 쓴다는 걸 읽고 타갈로그어 사전도 샀다. 어쩌면 바다보다 깊은 눈빛을 가진 아가씨를 만나게 될지 누가 알겠는가. 그러자 한국에 대해 무언가 설명해주어야 할 것 같았고, 그래서 한국 문화에 관한 책도 챙겼다. 이발소 안쪽의 좁은 방에서, 갑선은 화공약품 냄새가 채 가시지 않은 여행가방을 펼쳐놓고, 가방에 넘치게 사들인 짐을 이리저리 쑤셔넣다가 김씨를 맞았다. 김씨 뒤에는, 생판 처음 보는 두 사람이 있었다. 갑선을 만나고 싶어하는 사람들이라고 했다.

그 사람들은 갑선이 여행을 떠나게 된 경위며, 행선지는 어딘지, 비행기표는 끊었는지 어쨌는지, 얼마나 있다 돌아올 것인지, 마음 내키는 대로 있다 올 거라면 이발소는 어떡하겠는지, 그리고 여비는 어디에서 났는지, 꼬치꼬치 물었다. 나아가서, 소화는 잘되는지, 때때로 머리가 아프지는 않은지, 가족관계는 어떻게 되는지, 성욕은 여전한지도 물었다. 갑선은 대답하다 말고 슬그머니 부아가 났다. 발 달린 짐승이 어딜 못 갈까. 남들 다 간다는 외국 여행 한번 하는 데 절차가 이렇게 복잡할 줄 몰랐다. 대체, 김씨가 왜 이런 사람들을 데리고 와서 성가시게 구는지 알 길이 없었다. 며칠 전, 노인들에게 식사 대접하는 자리에 와서 고기며 술이며 잘 먹고 돌아가더니, 갑선을 봉으로 여기는 거 아닌가 싶었다. 그동안 김씨가 갑선에게 베푼 마음을 생각하면 술이며 고기를 사주는 건 물론, 몇 해 전 미모의 여자 면도사인지 안마사를 고용해 갑선의 고객을 상당수 앗아간 큰길가 지하 이발소에서 몇 년 동안 이발할 수 있도록 쿠폰을 끊어줄 용의도 있었다. 그러나 사나이 대장부의 발길을 막는 것만은 참을 수 없었다. 그렇게 속으로 끓어오르는 부아를 삭이다가 문득 깨달았다. 그러니까 지금 갑선은 인터뷰를 하고 있는 중이었다. 왜 가끔 잡지에 나지 않는가. 뜻밖의 행운으로 인생역전을 이룬 사람들. 갑선 자신의 말을 또박또박 메모하는 걸 보면 기자들이 틀림없었다. 갑선은 다시 사람 좋은 미소를 지을 수 있었다. 뿐만 아니라 그들에게 묻기까지 했다. "사진은 안 찍나요?"

그렇게 다녀간 사람들이 며칠 뒤 다시 왔다. 갑선더러 병원에 가보자고 했다. 지금 갑선의 몸상태로는 여행을 떠날 만하지 않다면서. "병원요? 내가 왜 가요? 아프지도 않은데." 갑선의 몸상태는 최상이었다. 이렇게 기운찬 적은 없었다. 밥을 안 먹어도 배고프지 않았고, 자도 자도 젖은 솜처럼 처지기만 하던 몸이 날아갈 듯했다. 비행기가 아니라 기구를 타고서도 필리핀에 닿을 수 있을 것 같았다. 기사가 실린 책을 갖고 오지 않은 것만도 실망스러운데, 대장부 가는 길에 배 놓아라 곶감 놓아라 간섭까지 하려 들다니. 인간성 좋은 갑선으로서도 인상을 구기지 않을 수 없었다.

"이봐 갑선이, 여행을 가지 말라는 게 아냐. 자네 필리핀에 간다면서? 자네도 알겠지만, 거기는 열대라 풍토병이 많은 곳이야. 그러니 그전에 예방도 할 겸 진단을 받아보라는 거야. 그런 나라 갈 땐 예방주사 맞았다는 증명서가 필요할지도 몰라."

다 준비하고 떠나려다 공항에서 발목 잡힌다면 어쩌겠나? 김씨가 명토를 박았다. 갑선은 비로소 고개를 끄덕이고 그들과 함께 나섰다.

이발을 하던 날, 경로당 노인들과 식사를 할 때까지만 해도 김씨는 갑선이 로또에 맞은 게 틀림없다고 확신했다. 적잖이 나온 음식값을 갑선은 현찰로 치렀다. 김씨가 본 봉투 안에는 퍼런 지폐가 가득 들어 있었다. "말은 안 해도 로또 당첨된 거 아닌가 싶으이." 이가 안 좋은지 불고기를 오랫동안 오물거리던 노인 하나가 겨우 고기를 씹어 삼킨 뒤 말했다. "우리 동네 로또 가게에선 일등짜리가 나온 적 없다는데?" "모르지, 다른 데서 샀는지도." "누가 그러는데, 돈 많은 과부가 갑선 아니면 못 산다고 했다는데? 보기엔 약골이어도 그래도 쓸 만한 데가 있나봐?" 느끼한 웃음을 지으며 말하는 이도 있었다. 전에 없이 윤기 흐르는 갑선의 얼굴이 사람들의 추측을 더 꽃피우게 했다. 음양의 조홧속이 아니면 버짐 생겼던 노총각 얼굴이 저렇게 한순간에 환하게 필 수가 없다. 필경 여자가 개입되었을 거라는 게 사람들의 중론이었다. 김씨의 생각은 달랐다. 한푼이라도 아끼느라고 가게 뒷방에서 라면으로 끼니를 때우기 일쑤이던 갑선이 이 사람 저 사람에게 밥을 샀다. 남만 먹인 게 아니라 자기도 먹었을 테니, 얼굴이 필 만도 했다. 그런데 돈이 어디에서 났을까. 고양이 몇 마리쯤 죽이고도 남을 호기심을 견디지 못한 김씨는 체통을 던지고 물었다. "자네, 혹시…… 로또 맞은 건가?" 갑선은 그냥 빙그레 웃기만 했다. 그러다 문득 말을 돌렸다. "김사장님, 큰애가 고등학생이라면서요? 공부 잘한다면서요? 그애 대학 등록금일랑 걱정 마세요." 뭐 그동안 쌓은 정분으로 치면 그럴 수도 있겠다 싶지만, 겨우 고등학교 2학년짜리 아이 놓고 대학 등록금 운운하는 건 이해가 안 되는 일이었다. 김씨는 슬그머니 떠보았다. "자네 처음 가는 여행 아닌가. 거기 가면 아는 사람 있나?" "그럼요. 제 동생 하나가 거기로 올 거예요." "그때 사고쳤다던 동생?" "네, 제가 합의금 마련해서 잘 해결되었어요. 여기 있다

간 또 그 친구들하고 어울려서 사고낼까봐서요." 있을 수 있는 일인
데 어딘지 모르게 아퀴가 안 맞는 것 같았다. 갑선이 잠깐 자리를 비
운 사이 김씨는 갑선의 휴대폰에서 '을선'과 '을선네 집'으로 표시된
전화번호를 자기 휴대폰에 옮겼다. 평화이발소에서 나오자마자, 김씨
는 을선에게 전화했다. "여보세요?" 애리애리한 아가씨가 전화를 받
았다. 전화번호 바뀌었다고, 그 전화 주인에게 제발 전화번호 바뀌었
다는 걸 주변에 알려달라고 아가씨가 부탁했다. "뭐하던 사람인지 모
르겠는데, 새벽이고 밤이고 전화해서 다짜고짜 돈 갚으라고 해요. 남
자분이라면서요? 제 목소리 들으면 다른 사람인 줄 알 텐데, 무조건
그런다니까요. 어떤 사람은 전화해서 울기부터 해요. 아이 수술비로
모아놓은 돈이었대요. 어떤 땐 내가 나도 모르는 빚 진 거 아닌가 하
고 가슴이 철렁한다니까요!" 아가씨는 쌓인 게 많은 듯했다. 김씨가
뭐라 대꾸할 틈도 없이 쏟아내는데, 다행히 전화벨 울리는 소리가 나
더니 "제가 지금 다른 전화 받아야 해서요. 암튼 빚쟁이들 땜에 제가
못살겠다고 꼭 좀 전해주세요!" 하고 툭 끊었다. 이번엔 을선네 집으
로 전화했다. "누구시죠? 애들 아빠는 지금 여기 없어요." "그럼 외국
에 갔나요?" "네." 갸웃하고 끊었던 김씨는 다시 전화했다. "그럼, 이
번 사고 합의는 본 건가요?" "누구세요?" "예, 저 남갑선씨 친구 되는
사람인데요. 갑선이 동생 만나러 외국에 간다기에요. 그런데 조금 이
상한 데가 있어서요." 그제야 을선의 처는 사실을 말했다. 갑선은 합
의금을 마련할 수 없었다. 합의금에 한참 모자란 돈을 갖고 나타난 갑
선이 버는 족족 갚겠다고 애걸했지만, 상대방은 합의해줄 마음이 없
었다. 속이 뒤틀린 을선은 그냥 형을 받고 말겠다고 나섰고, 갑선은

힘없이 돌아섰다. "그런데 아주버님이 어딜 간다고요?" 따져보니, 갑선이 맥없이 돌아온 날이 바로, 김씨가 이발하기 전날이었다. 동생이 감방에 간다는 사실이, 갑선의 머리를 기름틀처럼 쥐어짰을 것이다. 그러다 그 신경세포 하나가 툭 끊어진 모양이었다. 여행가방을 꾸렸다 풀었다 하면서 여권 나오기를 기다리던 갑선의 여행을 위해 김씨는 동분서주했다. 바람결 쌀쌀해진 어느 날, 김씨는 여행을 위한 예방 차원에서 검진받는 갑선을 병원으로 배웅하고 겨우 한숨을 쉬었다.

복도는 깨끗했고 안내하는 사람의 옷도 정갈했다. 방을 안내받을 때만 해도 갑선은 안내원에게 두둑히 팁을 줄 요량이었다. 한 번도 그래본 적은 없지만, 드라마 같은 데에서 많이 보지 않았던가. 그러면 안내원은 허리를 구십 도로 꺾으며 인사할 것이다. 만원짜리 몇 장을 꺼내는 것보다는 수표 한 장이 깔끔하고 품위도 있을 것이다. 갑선은 빙그레 미소짓는다. 안내원이 방문을 연 순간, 지갑에서 절반쯤 나오던 수표가 다시 기어들어간다. 만원짜리도 요지부동이다. 철제침대 몇 개와 무슨 목욕탕 사물함 같은 게 가구의 전부인 휑한 방. 들어오는 입구는 정원도 있고, 건물도 깨끗했는데. 텔레비전에서 본 열대 리조트를 생각했던 갑선은 마음이 상했다. 다시 생각하니, 무슨 착오가 있는 듯싶었다. 갑선은 점잖게 지적했다. "이봐요. 난 특실 손님이야. 여긴 특실 아니잖아." 안내원은 손에 든 서류를 들여다보더니 이 방이 맞다고, 저쪽 침대를 쓰시라고 했다. 갑선은 방문 앞에서 한 발짝도 움직이지 않았다. 갑선이 고집 센 염소처럼 발끝에 힘을 준 채 앙버티자, 다른 사람이 나타났다. "네, 죄송합니다. 특실로 예약하셨는데, 지금 특실이 꽉 차서요. 원래 어제 퇴원하실 분이 있었는데, 그분이 며칠 더 계셔야 할 것 같아서요. 불편하시더라도 그분 퇴원하실 때까지만 여기 머물러주시면 안 될까요?" "그럼 진작 그렇게 말했어야지……" 갑선은 너그러워진다. 사람은 가진 것이 많을수록 마음을 너그럽게 써야 한다. 남의 밑에서 일하는 사람들이 무슨 죄인가. 그러자 문득 소란을 떤 게 미안해진다. 갑선은 그에게 묻는다. "내가 뭐 하나 선물하고 싶은데, 뭐가 필요해요?" "네?" 직원은 황감해한다. "그저 작은 성의 표시를 하는 거니 사양 말고 받아주세요. 뭐가 좋을까." 갑선은 가만히 궁리한다. "가만있자, 차가 어떨까?" "네, 주시면 잘 마실게요." "그런 차 말고, 타고 다니는 차 말이오. 여기가 좀 떨어진 곳이라서 차가 없으면 불편할 것 같은데, 차로 다니나요?" "아니요, 통근버스로 다닙니다." "그럼 소나타 정도면 타실 만하겠소?" "네, 그럼요. 통근버스 타고 다니기 힘든데, 고맙습니다." 직원은 반죽 좋아서 넙죽 받는다. 기쁘게 받으니, 주는 갑선의 마음도 흡족하다.

갑선의 얼굴은 환히 피었다. 늘 혼자서, 매나나나 다름없는 밥을 먹던 갑선에겐 호화판으로 느껴지는 식단으로 세끼가 꼬박 나왔다. 밥을 먹고 나면 약도 챙겨주었다. 약을 먹고 나면 느른해져서 한숨 눈을 붙였다. 바다가 안 보인달 뿐, 갑선에게는 휴양지나 다름없었다. 깨어나면 사람들이 있는 휴게실로 갔다. "어이 갑선씨, 왜 안 나오나 했지. 이리 와!" 흩어져서 텔레비전을 보거나 퍼즐을 맞추던 사람들이 여기저기서 불러댔다. 돈이 있으면 강아지도 멍선생이라더니, 역시 돈은 있고 볼 일이었다. 사람들은 서로 갑선씨를 자기 옆자리에 앉히려 했다. 어느 자리에 앉을까. 갑선은 입구에 선 채로 가늠하다가, 그중 마음에 드는 자리에 가 앉으면 되었다. 갑선에게 자기도 차를 한 대 달라고 조르는 사람도 있었다. 갑선은 대개 원하는 대로 주었지만, 때로는 딴죽을 걸기도 했다. "운전면허는 있어?" "아니요." 갑선은 근엄한 표정으로 말했다. "내가 차 한 대 선물하는 건 아무것도 아냐. 하지만 무면허로 운전할 수는 없지 않은가. 일단 면허부터 따고 찾아오게." 시골에서 사는 사람에겐 아무래도 실생활에 이용하기 편한 트럭을 사주었고, 키가 큰 사람에게는 중형차를, 작은 사람에게는 환경을 생각해서 소형차를 선물했다. 어떤 차든, 갑선은 자동차보험에 꼭 들어야 한다는 다짐을 받고 난 뒤에야 차를 선물했다. 그 답례로 갑선에게 자기 여동생을 소개시켜주마 약속한 사람도 있었다. 갑선은 행복해서 벙긋벙긋 웃었다.

휴게실 안에서 자주 만나는 사람들이 차를 한두 대씩 다 받았을 무렵, 갑선의 얼굴엔 잔고가 바닥을 향하는 통장을 들여다보는 사람의 표정이 떠오르기 시작했다. 더이상 선물할 수 없게 되어 사는 재미가 없어진 듯했다. 갑선의 차트엔 환자가 빠른 속도로 호전되고 있다는 기록이 남았다.

면회 온 김씨는 갑선이 호전된 것을 대번에 알아보았다. 무슨 자장처럼 갑선을 덮씌웠던 이상한 활기가 한 겹 걷히고, 예전의 갑선, 슬픔에 장아찌처럼 절어버린 갑선이 있었다.

"몸은 어떤가? 밥은 잘 먹고?"

"예, 잘 먹고 있어요."

"의사선생님 말씀으로는 다음주면 퇴원해도 될 것 같다는데."

"그래야죠. 와주셔서 고마워요."

"무슨…… 그럼 다음주에 보세. 그새 날씨가 제법 쌀쌀해졌어. 감기 조심하고."

나뭇잎들이 초록 기운을 잃고 노르스름한 기미를 내비친다. 김씨는 그 나뭇잎을 보며 속으로 갸웃거린다. 잘한 일인가? 알 수 없다. 의사는 발병 직후에 데리고 와서 생각 밖으로 빨리 호전된 거라고, 가족도 아니면서 동사무소로 정신보건센터로 뛰어다니며 애써준 김씨에게 치하했다. 어쩌면 그동안 제대로 약 같은 걸 먹어본 적 없는 무공해 몸이라서 약물에 더 빨리 반응하는 것인지도 모른다고, 갑선씨 같은 환자는 다행히 조울증치고도 순한 편이라서 다른 사람에게 폐를 끼치지는 않는다고 했다. "퇴원하고서도 주기적으로 병원에 데리고 오셔야 합니다. 힘드시겠지만, 퇴원 후의 관리가 더 중요하거든요." 김씨는 그러마고 했다. 어쨌거나, 그나마 없는 재산 거덜내기 전에 정신 차리게 해야 한다는 생각뿐이었는데, 막상 갑선에게서 배어나오는 노르스름한 기미를 보고 나니 찜찜해졌다. 정신이 홱 돌았을 때의 갑선은 얼마나 행복해 보였던가. 한참 행복한 꿈을 꾸고 있는데 느닷없이 흔들어 깨운 게 과연 잘한 일이었을까? 차라리 꿈속에서나마 좀더 행복하게 그냥 놓아두었어야 하는 건 아닌가.

"잘한 거라니까. 그냥 두었다간 그대로 노숙자 되었을 거야. 그 잘난 동생들이 보살피겠어, 나라에서 보살피겠어? 이쯤 되면, 동생들이 아무리 개차반이라 해도 제 형한테 짐 되는 일은 안 하겠지. 그래도 또 사고친다면 그건 사람도 아니고."

일주일 뒤, 갑선을 퇴원시켜 제 방에 놓아두고 잠깐 뒤 집에 돌아오니, 어쩐 일로. 김씨의 너른 오지랖에 대해서 한바탕 설교해야 할 아내가 그렇게 받는다. 소파에서 일어나며, 아내는 몇 달 동안 이발을 안 해서 더부룩해진 김씨의 머리카락에 손가락을 넣어 헤집었다. 대체 얼마 만인가. 아내의 느닷없는 애정표시에 김씨는 감동한다. 그동안, 그 머리가 대체 뭐냐고, 이번만이라도 다른 데서 자르라는 아내의 성화를 견뎠다. "아, 나 젊었을 땐 장발이 유행이었다니까. 전 뭐라는 가수 장발이 멋있다며? 나보다 더 늙었거든? 그 장발은 멋있고 남편 장발은 왜 못 봐줘? 냅둬, 나도 내 머리니까 내 마음대로 할 거야!" 머릿속을 헤집는 아내의 손길에 담뿍 실린 정이 김씨의 양기를 뻗치게 해, 하마터면 그 자리에서 아내를 쓰러뜨릴 뻔한다. 하필 도배 약속이 있었다. 그가 아쉽게 입맛을 다시며 일어서자, 아내는 다시 한번 김씨의 마음을 뒤흔든다.

"가게 나갈 거면 가는 길에 이거나 그 집 냉장고에 넣어봐. 해주는 밥 먹다가 직접 끓여먹으려면 김치는 있어야 할 것 아냐."

아내가 내민 쇼핑백에는 김치통 말고도 자잘한 통이 여럿 들어 있다.

"뭐가 이렇게 많아?"

"단체 급식하는 밥이 먹는다고 어디 살로 가겠어? 반찬 만드는 김에 조금 더 만들었어. 갖다줘."

그가 김치통에서 김치 덜어낸 걸 알 때마다 그냥 넘어간 적이 없는 아내다. 늘 거슬리던 아내의 눈썹이 문득 예쁘게 보인다.

"어째, 팔자에 없는 시동생 하나 만들어준 것 같네."

"공연히 덤터기 씌우려 하지 마. 이번뿐이야."

아니나 다를까, 맵게 눈을 흘기는 아내. 하지만 묵직한 쇼핑백을 들고 집을 나서는 김씨의 발걸음은 가볍다. 아무렴, 뱃속이 든든하면 사는 게 좀 견딜 만하게 느껴지는 게 인간이니. 맨정신으로 이 생을 견디려면 체력이 필수이니, 당분간 갑선의 밑반찬을 얻어내기 위해 아내의 환심을 살 궁리에 머릿속이 바쁘다.

평화이발소 안쪽, 갑선의 방에 들어서는 순간, 분주하던 김씨의 머릿속이 하얗게 정지한다. 갑선은 벽에 매달려 있다. 평화에 절반쯤 진입한 것일까. 몸은 완전히 식지 않았다. 퇴원을 위해 의사를 만났을 때, 갑선이 뜬금없이 내뱉은 말이 김씨의 머리를 친다. "선생님, 저는 왜 미쳐지지도 않는 걸까요?"

검은 강구

배는 오지 않는다. 온종일 바다를 지켜본 눈이 시큰거리며 멀미가 났다. 나는 그만 눈을 감으며 방파제 바닥에 누워버렸다. 하늘과 바다가 맞닿은 부분부터 회색 구름이 둥그렇게, 하늘의 안쪽을 향해 밀고 올라오는 듯했다. 하늘을 나는 하얀 새의 펄럭임, 어머니의 흰 치맛자락이었다. 나는 몸을 일으켰다.

　"그만 들어가자. 언제든 올 때가 되면 오겠지."

　짐짓 심상한 어조였지만, 어머니의 말에는 불안이 해무처럼 자욱하게 어려 있었다. 가재도구가 잘 정돈된 시렁처럼 든든하게 느껴지던 어머니는 토끼반도 남쪽 산간의 집에서 멀어질수록 점점 작아졌다. 어머니의 몸 안에서 무언가가 빠져나가는 것 같았다. 차에 오른 지 얼마 안 되어 어머니의 얼굴빛은 노래졌다. 가뜩이나 꺼풀 엷던 눈두덩이 쑥 꺼졌고, 눈을 제대로 못 떴다. "어머니, 아파?" 차가 풀썩 튀어오르는 바람에 맨 뒤의 높임말이 사라지고 내 목소리는 비명처럼 들렸다. "괜찮다. 어째 자꾸 졸립구나." 기어드는 목소리였다. 어머니의 목은 덜 눌린 두부처럼 맥을 못 추었다. 눈을 감고 입술을 옥물고 있던 어머니는 갑자기 고개를 꺾었다. 물컥, 물컹한 덩어리가 어머니의 입에서 쏟아졌다. 덜 삭은 음식물을 토해내고 말간 물까지 게우면서 어머니는 쪼그라든 것일까.

배는 오지 않는다. 다음 배로 올 사람들과 무사히 일행이 되는 것, 그게 내가 맡은 일이었다. 그러니 배를 기다려야 했다. 어머니 먼저…… 하고 말하려다 나는 몸을 벌떡 일으켰다. "아버지 없을 땐 네가 아버지 대신이다. 그러니 할아버지와 어머니, 누나와 동생들까지 네가 다 잘 돌보아야 한다." 이태 전, 집을 떠나면서 아버지가 둔 다짐이 떠오른 까닭이었다. 그때 나는 열 살이었다. 내 어깨를 짚었던 아버지의 손에 어찌나 힘이 실렸는지, 아버지가 떠난 지 한참 지난 뒤에도 주춧돌을 얹은 듯 묵직한 느낌이 남아 있었다.

상어섬으로 돈을 벌러 떠난 아버지는 딱 두 번 돈을 부쳤다. 아버지가 처음 부친 돈은 토끼반도에서 몇 달을 일해야 만질 수 있는 돈이었다. "두진이넨 이제 걱정 없겠어. 애들 아버지가 저렇게 돈을 잘 버니." 이웃들의 얼굴엔 부러움과 시샘이 섞여 있었다. 두번째로 도착한 돈은 그전에 부친 액수의 삼분의 일이었다. 그게 끝이었다. 무망하구나. 할아버지는 방문을 열고 밖을 오래 내다보다 탄식했다. 그 말이 무슨 뜻인지 알 수 없었지만, 그 말이 풍기는 막막함은 내 앙가슴에 맺혔다. 김매던 할아버지를 밭두렁에 쓰러뜨린 것도 그 말일 것만 같았다. 장맛비 속에 할아버지의 장례를 모시고 나니 기나긴 여름날 같은 허기가 몰려왔다. 매미며 쓰르라미의 울음소리만 지천이었다. 비어버린 쌀자루처럼 힘없이 누워서 듣다보면 그 소리가 맷돌 가는 소리로 들리기도 했다. 타르르타르르 돌아가는 맷돌 틈에서 쏟아지는 팥이며 녹두가루…… 매미소리가 뚝 그쳤다. 귀가 쩽했다. 숨죽였던 매미들이 한꺼번에 소리를 높였다. 사립문으로 다가드는 발짝 소리가 났다. 들판에서 뜯어온 나물로 죽을 쑤던 어머니가 부엌에서 나왔다. 이장이 낯모르는 사람과 함께 서 있었다. "애들 아버지 있는 데로 가고 싶지 않소? 회사에서 가족들과 함께 지낼 수 있도록 보내준다고 하오. 좋은 기회요." 어머니의 양미간에 세로주름이 팼다. "가고는 싶지만 내 마음대로 결정할 수는 없지요. 우선은 애들 아버지한테 물어보아야 할 터인데, 도대체 어디에 있는지도 알 수 없으니……" 그들이 주소를 적어준 종이쪽지를, 어머니는 신주 모시듯 받았다. 나는 연필심에 침을 발라가면서 어머니가 하는 말을 받아 썼다. 아버지 역시 다른 사람을 시켜서 쓴 편지를 보냈다. 어머니는 두말없이 짐을 꾸렸다. 남동생 둘은 아버지의 말대로 당숙네 집에 맡겼다.

토끼반도 끄트머리의 항구는 붐볐다. 반도 남쪽의 고을고을에서 모여든 사람들이 몰이꾼에게 몰리는 토끼처럼 우왕좌왕했다. 모두 상어섬으로 갈 사람들이었다. "누구 여우 말 할 줄 아는 사람?" 우리를 인솔하던 사람이 물었다. 굶주린 여우가 토끼를 덮치듯 여우열도가 토끼반도를 삼켜서, 우리는 학교에서 토끼 말을 쓰다 걸리면 벌칙 딱지를 받았다. 나는 다른 아이들보다 여우 말을 빨리 익혔다. 이름 때문에 나를 '두더지'라고 놀리던 아이들은 여우 말 시험 점수가 발표되면 말을 바꾸었다. "두더지야, 두더지야, 너는 흙 속에 숨어서 여우 말만 공부하지?" 내게서 여우 말 단어를 배운 누나가 나를 쿡 찔렀다. 웅성거리는 사람들을 짯짯한 눈으로 휘둘러보던 인솔자가 그걸 본 모양이었다. "너, 학교 다니냐? 여우 말 할 줄 아냐?" 그가 여우 말로 물었다. 사람들의 눈길이 누나와 내게로 쏠렸다. "예, 학교에서 배웠습니다." "그래? 그럼 지금 우리가 여기 왜 모여 있는지 아냐?" "예. 배를 타고 상어섬으로 가려고 모인 것입니다." 여우 말로 또박또박 대답한 그 순간부터, 나는 둘로 나눈 일행 가운데 한 무리를 이끄는 인솔자가 되었다. 상어섬으로 가려면 우선 여우열도를 거쳐야 했다. "배에 짐이 많아서 이 사람들이 다 탈 수는 없다. 그러니 절반으로 나누어서 너희가 먼저 떠나고 나머지는 다음 배로 떠난다. 여우열도에 가서 여관을 찾아 하루 묵거라. 나머지 사람들은 다음날이면 도착할 것이다." 인솔자가 나에게 말했다.

해협을 건너는 뱃길은 험했다. 선실은 배의 맨 아래쪽에 있었다. 누워 있으면 커다란 물결이 온몸을 빙 도는 것 같았다. 누나는 하도 토해서 목이 아프다고 했다. 기나긴 밤이 지나고 여우열도에 도착할 즈음, 언제 그랬냐는 듯 풍랑이 잠들고 바다가 잔잔해졌다. 잔물결이 일으키는 물거품은 아주 미미해서, 애틋할 지경이었다. 물거품은 배가 일으키는 물보라에 휩쓸려 곧 없어졌다. 배에 탄 사람들이 어쩐지 그 무력한 물거품처럼 느껴졌다. 수염이 센 어른도, 뼈대 실한 아주머니도, 여우 말을 하는 내게 의지하고 있었다.

여우열도에 도착해 여관을 찾아간 밤, 나는 밤이 깜깜하지 않을 수도 있다는 걸 처음 알았다. 고향의 밤은 한번 발을 디디면 빨려들 것처럼 먹빛이었다. 나는 여관 앞에 서서 군데군데 서 있는 가로등이 내뿜는 빛을 오래도록 바라보았다. 우리보다 체구가 작은 여우열도 사람이 왜 우리를 자기들 마음대로 하는 것인지, 비로소 알 것 같았다. 전등 불빛은 잡힐 듯 잡힐 듯 잡히지 않는 잠자리 날개처럼 가녀리면서도 화려했다. 우리가 가려는 상어섬도 웬지 그런 곳일 것만 같았다. 호롱불이 아니라 전등이 켜져 있는 곳. 나는 뱃전에서 본 가녀린 물거품을 머릿속에서 지우고, 퍼런 물속에서 헤엄칠 커다란 물고기들을 떠올리려고 했다. 아버지는 편지에서 왜 돈을 못 보냈는지는 말하지 않았다. 우리에게 주려던 돈을 아버지는 차곡차곡 모아놓았을 것이다. 그곳으로 가려면, 일행이 다 모여야 했다.

"어머니, 무슨 일이 생겨서 못 오는 건 아니겠지요?"

"그쪽에서 무슨 사정이 있어서 늦게 떠난 거겠지. 바다에 바람이 불면 배가 못 뜬다지 않던?"

바람은 전날 우리가 도착했을 때보다 더 잦아들었지만, 나는 그 말을 입에 올리지 않았다. 느른한 바람이 살에 끈적하게 감겼다.

배는 왜 안 오는 걸까. 배가 오다가 어떻게 된 것은 아닐까…… 자꾸만 무서운 생각이 비집고 일어났다. 바다는 무서웠다. 나는 바다가 너른 강 같을 줄 알았다. 바다와 강은 커다란 엄구렁이와 장구벌레만큼이나 차이가 났다. 아니, 강이 장구벌레라면 바다는 말로만 듣던 용이었을 것이다. 바다는 망망해서 막막했다. 퍼런 물길에 배가 통째로 삼켜진다고 해도 당연하게 느껴질 것만 같았다. 아버지는 그 바다를 건너서 상어섬으로 갔다. 아버지가 건넌 바다, 앞으로 우리가 건너야 할 바다는 이보다 훨씬 멀다는데, 일행의 절반을 실은 배는 오지 않았다. 배가 오긴 했다. 하지만 그 배에서 내린 사람은 군인들이었다. 군인들을 실어나르기에 바빠서, 나의 일행은 배에 오를 수가 없었다. 부두에 나와 이틀을 더 보낸 뒤에야, 우리가 기다리던 배가 왔다.

　배는 오지 않는다. 부두 아래, 물이 빠져나갈 수 있게 된 곳은 흐르는 물 때문에 잔 물살이 일어 갓 잡은 생선 비늘처럼 반짝인다. 그러나 거기서 눈을 돌리면 바다는 온통 딱딱하게 굳어버린 납빛이다. 수평선 쪽으로 갈수록 짙어지는 납빛. 언덕 위에 앉아 바다를 오래 바라보면, 눈이 가물거리며 졸음이 연기처럼 머릿속으로 스며든다. 토끼반도로 우리를 태우고 돌아갈 배는, 저 납빛 바다 위로 떠올 것이다. 배를 기다리며 바다가 보이는 언덕에서 보낸 며칠, 고무줄로 늘인 듯 길게 늘어지는 시간 속에 우리가 상어섬에서 보낸 날들이 간단없이 떠올랐다.

　상어섬에 내리는 순간 싸늘한 기운이 살갗을 때렸다. 가을이 우리를 앞질러 섬에 상륙한 것만 같았다. 재채기가 나더니 이내 말간 콧물이 흘렀다. "얘는 어릴 적에도 콩알만하더니 여태도 안 컸네." 엄마가 옷고름으로 내 콧물을 닦아주는 동안, 아버지가 내 머리통을 쓰다듬으며 말했다. "그래도 우리 두진이가 어른 열 사람 몫을 해낸걸요. 여기 오는 동안 두진이가 통역을 맡아서 애고 어른이고 할 것 없이 종구라기 부리듯 두진이만 찾았다우." 어머니가 자랑스럽게 대꾸했다. 먼 길을 돌아온 식구를 맞은 아버지의 첫말에 은근히 결이 났던 나는 그제야 아버지를 똑바로 쳐다보았다. 아버지는 집을 떠나기 전보다 더 야윈 것처럼 보였다.

　그날 저녁, 토끼반도에서 온 사람들은 너른 바라크 안에 모여 다 같이 저녁을 먹었다. 환한 전등 불빛 아래 먹는 쌀밥이, 아버지의 야윈 몸을 보면서 돈은 불길함을 지워주었다. 그 저녁의 쌀밥이 명절날 상차림이나 다를 바 없다는 것을 깨닫는 데에는 그리 오랜 시간이 걸리지 않았다.

토끼반도에서 곡괭이로 남의 논밭을 열심히 파헤치던 아버지는 상어섬에서도 곡괭이질을 했다. 껌껌한 땅속으로 한참 내려가, 언제 허물어져 숨구멍을 감쪽같이 막을지 모르는 막장에서 후끈거리는 열기로 땀범벅이 되는 괭이질이었다. 아버지가 일하고 받아온 배급표를 탄광으로 가져가면 전표로 바꿔주었다. 쌀이며 간장, 설탕을 살 수 있는 전표였다. 나머지 돈은 저금통장에 올려놓으면 집에 돌아갈 때 파 가지고 갈 수 있다고 했다. 찰기 없이 팔랑팔랑 날리는 길쭉한 쌀은 늘 부족해서, 배급받은 지 열흘쯤 지나면 종지로 쌀독 긁는 소리가 들렸다. 그러면 어김없이 어머니의 목소리가 들렸다. "두진아, 엄마랑 어디 좀 가자." 탄광 아래 마을은 토끼반도 사람들과 여우열도 사람들이 사는 곳으로 나뉘어 있었다. 어머니는 아껴둔 설탕을 들고 여우열도 사람들이 사는 곳으로 향했다. "부인, 혹시 설탕이 필요하지 않으신가요?" 나는 어머니가 한 말을 여우 말로 옮겼다. "네, 네." 늘 무언가에 쫓기는 것처럼 종종걸음을 치는 여우열도 여자들은 "네" 소리를 한 번 하는 게 아니라 "네, 네" 하면서 방아깨비처럼 허리를 굽혔다. 우리가 탄 배가 상어섬으로 올 때, 여우열도의 여러 항구에 들러 부려놓은 짐이 바로 설탕이었다. 단팥죽이며 소를 넣은 찹쌀떡, 차 같은 걸 즐겨먹는 여우열도 사람들은 설탕을 아주 많이 먹었다. 똑같이 일하고도 토끼반도 사람들보다 배급을 더 많이 받는 그들에겐 쌀이 남았다.

쌀독은 비었지만, 천지엔 눈이 풍성했다. 상어섬의 겨울은 길었다. 얇은 널빤지로 뚝딱뚝딱 지은 집은 허술했다. 석탄을 때는 난로 하나로 온 집안에 스며든 냉기를 견뎌야 했다. 지붕에 쌓인 눈은 눈 자체의 무게와 지붕의 경사를 못 이겨서 천천히 미끄러져 떨어지다가 그대로 얼어붙었다. 벽 틈새로 파고드는 찬바람에 오그리고 든 잠 속으로 아버지의 기침 소리가 들려왔다. 난로의 연통에 시꺼멓게 들러붙은 그을음처럼 아버지의 몸속에 내려앉은 탄가루 때문이었다. 몸속 구석구석에 찐득하게 달라붙은 가래를 긁어올리는 기침 소리를 들으면 나는 햇빛 아래 내던져진 아기 두더지처럼 몸을 웅크렸다. 땡볕으로 나온 두더지는 굼실거릴 뿐, 재빠르게 나아가지 못했다. 어쩐지 우리의 앞날이 그렇게 되는 건 아닌가 싶어서, 난로 연통 속에 더께 진 그을음처럼, 내 마음에도 꺼먼 것이 찐득하게 달라붙었다.

탄을 쌓은 더미가 자꾸만 커졌다. 제 힘만 믿던 여우열도가 대양 건너, 가장 힘센 나라 독수리연방을 건드린 때문이었다. 상어섬을 떠난 배는 여우열도에 이르기 전에 독수리연방의 포격을 맞고 침몰하곤 했다. 캐어낸 탄을 실어가던 배가 오지 않자 토끼반도 사람들은 모여서 수군거렸다.

"이러다 탄광이 문을 닫으면 어떡하나? 그나마 쥐꼬리만큼 주던 배급도 끊길 텐데." "그럼 우릴 집으로 돌려보내지 않을까?" 누군가가 반기듯 말했다. 상어섬에 늦게 도착한 사람 중의 하나였다. 돈을 벌러 떠나온 다른 사람들과 달리, 늦게야 상어섬에 도착한 사람들은 여우나 여우의 앞잡이 손에 걸려, 자기가 어디로 가는지 왜 떠나는지도 알지 못한 채, 식구들에게 인사도 못 하고 끌려온 사람이 대부분이었다.

"김칫국부터 마시긴. 그렇게 당하고도 몰라? 여우열도 놈들이 얼마나 지독한데. 탄광이 문을 닫으면 우릴 또 어디로 끌고 갈지 모른다고. 사철 내내 여름이라는 남양군도 같은 데로 끌고 가면 어쩔 텐가. 그냥 당할밖에." 농업학교를 다니다 왔다는, 아버지와 형님 아우님 하며 지내는 강씨 아저씨가 담배연기를 내뿜으며 말했다.

굴속에 웅크리고 머리를 맞대었던 여우들이 움직였다. 배는 탄이 아니라 사람을 실으러 왔다. 여우열도에 필요한 석탄을 상어섬에서 운반하지 못하니 사람이 여우열도로 가서 탄을 캐야 한다고 했다. 어머니는 또다시 아버지의 옷짐을 꾸렸다. 식구들은 상어섬에 남아야 했다.

상어섬은 원래 어디에도 속해 있지 않은 섬이었다. 그러다 흑빵을 우걱우걱 뜯어먹는 사람들이 사는 땅, 흑곰대륙 죄수들의 유배지가 되었다. 흑곰대륙과 여우열도가 전쟁을 벌인 뒤로는 북위 50도를 기준으로 나누어서 북쪽은 흑곰대륙이 남쪽은 여우열도가 나눠 가졌다. 흑곰대륙이 여우열도에 선전포고를 한 것은 여름이었다. 학교에 가면 수업을 하는 대신 아버지들처럼 땅을 팠다. 방공호를 파다보면 정찰 비행기가 낮게 떠서 지나갔다. 비행기의 배에 있는 빨간 무늬는 여우열도 국기에 있는 그 빨간 해 같았다. "와, 우리 비행기다!" 여우열도가 우리나라라고 믿는 아이들이 소리치며 흙 묻은 손을 흔들었다. 한 아이가 소곤거렸다. "그게 아니래. 흑곰대륙 비행기래." "무슨 소리야? 여우열도 국기에 있는 빨간 해가 그려져 있는데. 누가 흑곰대륙거래?" "흑곰대륙 국기에 있는 빨간 별이래. 멀어서 그렇게 보이는 거래." 아이들은 갸웃거렸지만, 얼마 뒤, 흑곰대륙이 전쟁에서 이겼다는 것을 알게 되었다. "다른 건 다 놔두고, 중요한 서류, 저금통장, 졸업장 같은 것만 간단히 챙겨서 짐을 꾸려라. 상어섬 항구까지 가야 하니 시간이 없다." 탄광의 전갈을 받은 토끼반도 사람들은 고향으로 돌아갈 수 있다는 생각에 부풀었다. 아버지나 형이 여우열도로 다시 끌려간 집 어머니들은 이마에 주름이 더 깊어졌다. 떠나자니 길이 엇갈릴 것 같고, 떠나지 않자니 곰보다 더 크고 우악스럽다는 흑곰대륙 병사들과 맞닥뜨릴 게 겁났다. 흑곰대륙 사람들이 토끼반도 사람을 적국인 여우열도 사람으로 착각할 수도 있었다. 사냥개에 몰리는 토끼처럼, 결국 모두 짐을 꾸려 항구로 향해야 했다.

항구 위쪽 언덕엔 토끼반도와 여우열도 사람들이 오글거렸다. 상어섬 끄트머리에 있는 이 항구에선 날이 좋으면 여우열도의 섬이 보인다고 했다. 그래서일까. 여우열도 사람들은 해안의 언덕에 집을 짓고 살았다. 그 집에서 살던 여우열도 사람들도 다 짐을 꾸리고 바다 쪽을 바라보며 배를 기다리고 있었다. 어둠이 내리면, 여우는 여우굴로 토끼는 토끼굴로 찾아가듯, 여우열도와 토끼반도 사람들은 갈라졌다. 여우열도 사람들은 언덕 위의 집으로, 토끼열도 사람들은 부두의 창고로.

나는 어머니와 누이를 창고 벽 쪽으로 밀어넣고 맨 바깥쪽에 누웠다. 모로 누운 어머니는 상어섬에서 태어난 동생을 끌어안고 가늘게 코를 골았다. 누이는 그 곁에 오그리고 잠들었다. 토끼열도로 가기 위해 모인 사람들이 너나할 것 없이 창고 안에 모여 있기 때문에, 온갖 소리들이 잠을 파고들었다. 푸푸 하고 입바람 부는 소리, 드르렁드르 렁 코 고는 소리, 빠드득빠드득 이 가는 소리, 뿌웅 하는 방귀 소리,

두런두런 이야기 소리. 난데없이 높은 목소리가 들리기도 했다. "말도 마. 내 그동안 여우열도 놈들에게 당한 생각을 하면 그것들 생간을 꺼내 씹어도 속이 안 풀려." 곁에서 누군가가 그 소리를 녹이려 했다. "그러다 여우열도 첩자가 들으면 어떡하려나." "듣긴 누가 듣는다고. 아 그리고, 들으면 좀 어때. 전쟁 일으켰다 진 놈들이 무슨 할 말이 있다고. 여우열도 놈들, 독수리연방에 더도 말고 덜도 말고 우리가 당한 딱 그만큼만 당해봐야 해." "자네, 말조심하게. 여우들이 토끼 잡을 때 어떻게 잡는 줄 아나? 여우가 배를 오그리고 아픈 척하면, 멍청한 토끼는 늘 우릴 괴롭히던 여우가 왜 저러나 하고 저도 모르게 여우 쪽으로 한 발 두 발 다가간다네. 그러다 덥석 잡아먹히는 거야. 아무리 전쟁에서 졌다고 해도, 아직 칼을 든 건 저쪽이야." 전쟁에서 져 악이 난 여우열도 사람들이 집단으로 자살하는가 하면 토끼반도 사람을 흑곰대륙의 첩자로 몰아 한 마을 사람을 죄다 칼로 쳐 죽이기도 했으니 근거 없는 말이 아니었다. "아버님!" 벌써 토끼반도에 간 꿈을 꾼 것일까. 누군가가 토끼 말로 커다랗게 잠꼬대를 했다. 이제 상어섬을 떠나면, 아버지를 다시 만날 수나 있을까. 어깨에 얹혔던 아버지의 손자국이 되살아나 나는 자주 뒤척였다.

"배다, 배가 온다!" 부두가 들썩였다. 수평선의 작은 점은 점점 커졌다. 사람들은 짐보따리를 들고 언덕 아래로 내려갔다. 여우열도에서 보낸 배였다. "너희가 탈 배는 오지 않는다. 너희는 전쟁 일으켜서 진 나라 아닌가. 그러니 너희는 못 간다. 이 상어섬에서 대대손손 뼈를 묻을 거다." 배를 기다리며 여우열도 사람들을 놀리던 토끼반도 사람들도 그 배에 오르려 옥신각신 끝에 긴 줄에 섞였다. 동물의 내장처럼 몇 굽이를 돈 기다란 줄은 삭은 고무줄처럼 중간에 끊어졌다. 사람들은 다시 다음 배를 기다렸다. 공기는 눅진하게 살에 감겼다. 다음 배에도 우리는 탈 수 없었다. 그리고 그다음 배부터, 여우열도의 배는 쌀에서 뉘 고르듯 토끼반도 사람들을 골라냈다. 그때쯤, 제 나라에서 배를 보낼 것 같지는 않다는 판단을 내린 토끼반도 사람들은 필사적이었다. "너희는 우리가 여우열도 국민이라고 했다. 우리는 말도 여우 말로 했고, 이름도 여우 이름으로 바꾸었고, 너희들에게 끌려 이먼 데로 왔다. 이제 와서 우리를 내치는 게 말이나 되는가." 그러나 여우열도에서 보낸 배는 귀를 닫아버렸다. 여우 말을 여우만큼이나 잘해서, 여우들의 눈을 속이고 배에 오른 사람도 있었지만, 대부분 항구에 버려진 채 속수무책, 떠나가는 배를 향해 침을 뱉을 뿐이었다. "글쎄 내 앞사람, 바로 내 앞사람까지 태우더니 여우열도 순사가 줄을 끊고 밀어냈어. 내 바로 앞에서……" 토끼반도 사람들을 골라내기 전 바로 앞에서 줄이 끊어졌다고, 실성한 듯이 그 말만 거듭하던 노인은 끝내 바다에 몸을 던졌다. 여우열도 순사가 외아들을 끌어가려 하자, 집안의 대를 끊을 수는 없다며 아들 대신 끌려온 노인이라고 했다. 노인은 자기 몸을 배 삼아 돌아가려 했는지 몰랐다.

배는 오지 않았다. 덩치가 곰만한 흑곰대륙 병사들이 항구에 나타났다. 다들 자기가 살던 곳으로 돌아가라고 했다. 항구에 등을 지고 걷다가, 나는 뒤돌아 바다를 보았다. 납빛으로 자글자글 끓는 바다가 그대로 내 마음에 들어앉았다. 그 바다의 잔거품이 잦아들더니 내 마음속에서 차갑고 딱딱하게 굳어버렸다.

배는 오지 않는다. 몇만 년 전, 여우열도의 맨 북쪽에 있는 섬과 이어졌던 상어섬은 다시 떨어져 섬이 되었고, 여우열도 북단의 섬을 흑곰대륙과 잇는 뭍이었다가, 도로 섬이 되었다. 섬이 뭍이 되고, 뭍에서 떨어져나와 다시 섬이 되는 조화를 거치며, 섬은 상어 모양을 닮아갔다. 뭇 목숨을 끝장내는 그 가차없는 이빨을 가진 상어 모양의 섬에서 오지 않는 배를 기다리는 동안 영문 모를 세월이 흘렀다.

아버지는 눈을 밟고 돌아왔다. 쌓인 눈이 소리를 흡수해서, 우리는 아버지가 문간에 도착할 때까지 알지 못했다. 잠긴 문을 두드리는 소리에 가슴이 먼저 내려앉았다. 흑곰대륙 사람들은 생각만큼 패악스럽지는 않았지만, 아버지 없는 어머니와 누나가 언제까지 안전할 수 있을지 나는 늘 걱정이었다. 나는 목소리를 한껏 굵게 해서 외쳤다. "누구요?" 밖에선 대답이 없었다. 여자에 굶주린 흑곰이 날카로운 발톱을 치켜들고 서 있을 것만 같았다. 고리가 허술한 판자문이 다시 한번 들썩였다. "두진아, 애비다." 숨죽이고 문간을 바라보던 어머니가 외마디 소리를 질렀다. 문 밖에, 거지도 상거지 꼴인 아버지가 서 있었다.

어머니가 허둥지둥 지은 밥을 아버지는 허겁지겁 먹었다. 여우열도 사람들이 상어섬에서 토끼몰이를 했다는 소문을 들은 아버지는 우리의 뼈라도 추려서 묻으려고 길을 떠났다. 여우열도에서 상어섬의 꼬리 지점까지는 물길로 백 리 남짓했다. 밀선이 아버지를 해안에 내려놓았다. 길 떠나기 전에 볶은 콩 한 말이 아버지가 가진 전부였다. 아버지는 그 콩을 아껴 먹으며 한 달 반 동안 걸어서 우리에게 돌아왔다. 아버지의 바랑에는 한 되 남짓한 콩이 남아 있었다. 누이와 나는 그 콩을 집어먹었다. 누진 콩이지만 고소했다. 어금니로 콩알을 씹는

데 자꾸만 목이 메어왔다. 이제 되었다, 이제 되었다고 나는 속으로 가슴을 쓸어내렸다.

흑곰대륙 사람들은 토끼반도 사람들을 '베르카리탄스키'라 불렀다. '주인 없는 백성'이라는 뜻이었다. 토끼반도의 허리가 동강났다. 남쪽은 독수리연방, 북쪽은 흑곰대륙이 주인 노릇을 하다가, 남쪽에는 남반도 정부가, 북쪽에는 북반도 정부가 세워졌지만, 상어섬에 간 백성들을 기억해주지는 않았다. 토끼반도에 전쟁이 일어나니, 제 발등의 불을 끄기만도 바빴다.

흑곰대륙이 '주인 없는 백성'들을 품어안겠다고 나선 건 토끼반도의 전쟁이 채 끝나기 전이었다. 너른 땅을 가진 흑곰대륙은 유형지로 삼던 척박한 땅에서 살 사람들이 필요했고, '주인 없는 백성들'에겐 나라가 필요했다. "아이들도 있고 하니 이참에 흑곰대륙 국적을 받는 게 낫지 않겠습니까." 강씨 아저씨가 찾아와 국적 이야기를 꺼냈다. "기회는 기횐데, 대체 어째야 할지 모르겠네…… 나중에 토끼반도로 돌아갈 때 문제가 될 것 같기도 하고." "언젠가 돌아가기는 하겠지만, 두진이며 아이들 공부시키려 해도 그렇고, 아무래도 받는 게 낫지 않겠습니까? 저는 그냥 받으랍니다. 돌아갈 때 돌아가더라도, 사는 동안은 여기서 살 궁리를 해야지요. 원 어디 마음대로 나다닐 수도 없고……"

토끼반도 사람들은 강씨 아저씨처럼 흑곰대륙 사람이 된 사람, 뒷날 북반도의 빨간 여권을 받은 사람, 그리고 끝내 남반도만을 그리며 무국적자로 산 사람으로 나뉘었다. 흑곰대륙민이 된 사람 수의 아홉 배쯤 되는 사람이 북반도의 빨간 여권을 받았다. 아무래도 같은 반도

이니, 집에 돌아가기가 좀 수월하지 않을까 하는 생각에서였다. 우리
도 그때 북반도 여권을 받았다. 끝내 무국적자로 산 사람은 흑곰대륙
민이 된 사람의 숫자와 거의 비슷했다. 무국적자들은 아무리 똑똑해
도 번듯한 직장을 가질 수 없었다. 고된 노동에 지친 몸을 위로해주는
건 독한 술뿐이었다. 같은 상어섬에 살면서도 어느 나라를 택했는가
에 따라 처지가 달라진 채 세월이 흘렀다.

　어느 날, 아침 식탁에 아버지의 자리가 비었다. 결혼하며 분가한 나
는 아버지와 계단을 사이에 두고 현관문을 마주한 아파트에서 살고
있었다. 아침만은 아버지의 집에 모여 같이 먹는 게 우리 집의 관행이
었다. "아버지 어디 편찮으세요?" 퇴직한 뒤, 평생 노동으로 살아온
아버지의 몸은 고질인 기관지 천식에 뼈마디가 성한 곳 없이 쑤셔댔
다. "아니다. 어제 레니나 거리에서 자고 온다고, 다 저녁때 나가시더
니 아직 안 돌아오셨다." 어머니가 대답했다. 레니나 거리는 강씨 아
저씨의 집이 있는 곳이었다.

　퇴근한 뒤, 나는 아버지의 집으로 건너갔다. 아버지가 집 밖에서 묵
는 건 아주 드문 일이었다. "어제 아저씨 댁에서 주무셨다고요. 무슨
일이 있었습니까?" "너도 알고 있지? 강씨 아저씨가 토끼반도에서 결
혼한 적 있다는 거?" 또 토끼반도였다. 나는 아버지가 토끼반도 이야
기를 꺼내는 게 싫었다. '주인 없는 백성들'은 주인을 찾았지만, 토끼
반도를 잊지는 못했다. 내 기억에는, 끝없는 허기와 거위침, 나를 두
더지라고 놀리던 아이들의 목소리 같은 것이 남아 있을 뿐이었다. 흑
곰대륙에서 삼십 년 가까이 살고도 그 꼴같잖은 토끼반도에 머리를
두고 있는 아버지를 보면, 어떻게도 넘을 수 없는 높다란 벽을 앞에

두고 있는 것처럼 막막했다.

　내가 흑곰대륙 여자와 결혼한다고 했을 때 아버지는 펄쩍 뛰었다. 살빛 허연 며느리를 어떻게 보냐고, 토끼반도 출신 여자와 결혼하지 않는다면 내 얼굴도 안 보겠다고 했다. 그때도 부두에서 오지 않는 배를 기다리던 때의 막막함이, 그 무망함이 되살아났다. 아버지가 그리는 남반도는 흑곰대륙의 철천지원수가 된 독수리연방에 속한 나라였다. 오가기는커녕, 소식조차 주고받을 수 없는 나라였다. "뭐, 그게 무슨 상관이겠습니까? 혼인식 올리자마자 징용당했다면서요." "글쎄, 들어봐라. 그 강씨 아저씨가 반도를 떠날 때, 그 아내가 임신중이었단다. 식 올린 지 한 달 만에 끌려왔다니 그것도 몰랐지. 그런데 그애가 아들이고, 그 아들이 자라서 아버지를 찾는다고 방송을 했더란다. 그걸 다른 사람이 듣고 전해줘서, 어제도 혹시나 방송이 나올까 하고 같이 들었다." 남반도의 방송이 상어섬에 남겨진 사람들을 몇십 년 만에 기억해내고, 남반도에 남은 가족들이 상어섬으로 떠난 가족에게 보내는 편지를 방송에 실어 보낸다는 소식은 나도 듣고 있었다. 다른 사람 아닌 강씨 아저씨의 일이라서 나도 무심할 순 없었다. 내가 흑곰대륙 여인과 결혼한다고 할 때, 아버지의 극렬한 반대를 잠재운 사람이 강씨 아저씨였으니. "그래요? 강씨 아저씨는 어떻습니까?" "그저 똥싼 바지 추스르지 못한 사람 한가지지. 그 집이 딸만 셋이잖냐. 있는 줄도 몰랐던 아들이 있다니 기뻐 날뛸 일이지만, 아내가 여태 돌아오기만 기다리며 혼자 늙는다니 면목도 없고…… 속이 타는지, 어젯밤도 방송 기다리며 술만 들이켜서 이러다 아들 얼굴 보기도 전에 몸 다치는 거 아닌가 싶더라." 그런 말을 하면서도 아버지의 얼굴엔 화색이 돌았다. "우리도 좋은 라디오 한 대 사면 어떻겠냐. 어쩌면……
네 동생들이 찾고 있을지도 모르는 일 아니냐." 동생…… 상어섬에서
태어난 세 동생 말고, 토끼반도에 두고 온 두 동생을 떠올리기는 참으
로 오랜만이었다. 그애들도 삼십대일 것이다. 당숙네 집에 맡기고 떠
나올 때, 엄마와 떨어지는 게 싫어서 코풍선을 불어대며 울던 모습이
어렴풋이 남았을 뿐이다. "소식 들으면 반갑기야 하겠지만, 뭐 북반
도 말로는 남반도 사람들이 전쟁통에 다들 죽고 설사 살아 있어도 주
거지가 다 바뀌어 소식을 알 수 없다던데, 그게 되겠습니까?"

성능 좋은 라디오를 구한 뒤, 아버지는 한밤중이면 소리가 새어나갈
까봐 이불을 뒤집어쓰고 방송을 들었다. 흑곰대륙에서 남반도의 방송
을 듣는 건 자칫 스파이로 몰릴 위험이 있었다. 아버지가 알고 있는 상
어섬 사람의 이름이 방송에 나올 때마다 아버지의 마음은 널뛰었다.

토끼반도에서 보낸 편지가 여우열도를 거쳐 상어섬까지 오가기 시
작했다. 아버지는 나와 내 아이들을 앉혀놓고 외고 또 외게 했다. "기
억해라, 네 당숙은 성자 현자 쓰시는 어른이고, 네 동생 이름은 두만
이, 두형이다. 우리 고향은……" 흑곰대륙의 피를 받고 태어나 흑곰
대륙 말을 하는 내 아이들은 어색하게 혀를 굴려가며 장성현, 장두만,
장두형이라는 이름과 고향집 주소를 외워야 했다. 아이들이 그 이름
을 익숙하게 외울 정도가 된 뒤에도, 바다를 건너온 방송은 그 이름을
들려주지는 않았다.

배는 오지 않는다. 배를 기다리는 아버지의 얼굴에 진득한 땀이 맺
혀 있다. 누런 살가죽이 달라붙어, 얼굴의 골격이 그대로 드러난다.

기름하고 하관이 빤 얼굴. 성글어진 머리카락에 비해 눈썹의 숱은 뜻밖에도 꽤 많다. 아버지의 고집이 숱 많은 눈썹에 맺혀 있는 듯하다. 버림받은 채, 자기를 버리고도 행복하기만 한 연인을 평생 바라온 사람의 간절함도.

남반도에서 띄운 배, 아니 비행기가 상어섬에 온 것은 남반도에서 올림픽이 열린 이태 뒤였다. 그즈음 남반도의 살림은, 토끼반도가 사실은 토끼가 아니라 앞발을 치켜든 호랑이라는 생각이 들 정도로 빠르게 피어났다. "영하 사십 도 이하는 추위도 아니요, 알콜도수 사십도 이하는 술도 아니요, 네 시간 기다린 것은 기다린 것도 아니요" 하는 우스갯소리가 떠도는 상어섬에, 토끼반도를 떠나온 지 오십 년이 가까운 세월이 흐른 뒤에 처음 온 비행기였다. '오늘은 명절과도 같습니다……' 상어섬에서 사는 토끼반도 사람들이 만드는 신문은 그날 기사의 제목을 그렇게 뽑았다. 토끼반도 국기의 한가운데에 있는 태극무늬를 단 연푸른색 비행기는 눈을 쳐낸 활주로에 착륙했다. 착륙하는 비행기를 향해 환호하며 손을 흔들어대는 사람들 틈에 아버지도 끼어 있었다. 한낮의 볕을 받아 눈부신 모습으로 상어섬에 도착한 비행기는 그날 오후, 오십여 년 만에 처음으로 토끼반도를 방문하는 사람들을 싣고 떠났다. 토끼반도에서 보낸 초청장을 받은 사람들이었다. 있는 줄도 몰랐던 아들의 초청으로 토끼반도에 다녀온 강씨 아저씨는 아버지에게 막걸리를 선물했다. 신혼 초에 남편을 보내고 평생 독수공방했던 아내의 무덤에도 막걸리를 부어주고 왔다고 했다. 아버지는 그 술이 보약이라도 되는 것처럼 아껴 마셨다. 독주에 길든 내 입맛에는 걸쭉하고 텁텁했다.

상어섬에 끌어다놓은 토끼반도 사람들을 모른 체하던 여우열도와 먼 곳에서 잊혀진 백성들이 있다는 걸 잊고 지내던 토끼반도가 더는 외면할 수 없게 되었다. 여우열도 사람과 결혼한 토끼반도 사람들이 여우열도에 가서 자리잡은 뒤, '여우도 죽을 때 머리를 제 굴 쪽으로 둔다'는 속담을 끊임없이 환기시킨 덕분이었다. 마침내, 토끼반도로 돌아갈 사람을 선발한다는 소식이 상어섬에서 살아온 토끼반도 사람들을 들뜨게 했다.

아침 식탁에서 유난히 굼뜨게 수저질을 하던 아버지가 숟갈을 상에 탁 내려놓았다. "아무래도, 난 돌아가야겠어." 어머니는 씹던 밥을 우물거리며 아버지의 말을 씹었다. "어떻게 간단 말이오. 홀몸인 사람만 받아들인다는데." "그래도 난 가야겠어." "가봐야 아무도 없는데, 당숙 어르신이야 돌아가셨을 테고, 애들도 죽었는지 살았는지 모르는 판에." "상관없어. 난 토끼반도에서 죽고 싶어." 아버지는 아이처럼 고집을 부렸다. 틈날 때마다 어머니에게 졸랐다. "그러니, 두진 어머니, 염치없는 거 알지만 우리 갈라섭시다. 실제로 갈라서는 게 아니라, 그냥 서류로만 갈라서면 내가 먼저 토끼반도로 가고, 그러다보면 무슨 수가 나지 않겠소." 가봤자 아무도 없는 곳에, 우리를 다 놓아두고라도 가겠다는 아버지의 집념이 무서웠다. 어머니는 자식들 앞에서 눈물을 보였다. "세상에, 모질고 흉악한 사람이 네 아버지다. 이제 와서 자기 혼자 고향으로 가겠다고, 아무도 없는 거기로 가겠다고 나랑 갈라서잔다." 어머니의 푸념을 듣다못해 아내는 아이들을 선동했다. "할아버지, 우릴 두고 어디 간단 말입니까? 가서 혼자 어떻게 지내시려고요." 아버지는 아이들의 머리를 쓰다듬었다. "혼자는 아니다. 가면 같이 지내는 곳이 있다고 하더라. 강씨 할아버지도 가신다니 서로 의지가 되지 않겠냐." 몇 해 전에 상처한 강씨 아저씨의 귀국은 거의 확정적이었다. "그래도, 그러다 몸이라도 안 좋아지면 어떡하시려고." 아내가 끼어들었다. "그러니 가야지. 가서 뼈라도 거기에 묻어야지." 돌변한 아버지가 낯설었다. 이제까지 아버지가 상어섬에서 우리와 함께 살기는 살았던 건가, 의심스러워졌다.

처자식을 버리고 고향으로 돌아가겠다는 아버지 때문에, 어머니는 오랜 세월 차곡차곡 쌓아둔 서러움을 곱씹었다. 올망졸망한 어린것들을 두고 남편을 어딘지도 모르는 곳으로 떠나보냈던 아낙의 슬픔, 어린것을 친척집에 맡기고 말도 통하지 않는 곳으로 두 아이만 데리고 떠날 때의 두려움, 다시는 봄을 못 만날 것 같은 상어섬의 겨울을 견디며 부족한 양식 때문에 골머리 앓던 날의 조마조마함, 무작스럽다는 흑곰대륙 군인들이 밀려오는데 남편은 돌아오지 않아 떠날 수도 안 떠날 수도 없던 때의 애탐…… 그 기억들을 꺼내고 곱씹으며 어머니는 볕에 말라가는 콩처럼 조금씩 단단해졌다. 마침내 어머니가 입을 뗐다. "정히 갈 거면 가시오. 이제부터 당신은 아내도 없고 아들 딸이고 손자손녀고 없는 사람이오. 당신 혼자 토끼반도 가서 혼자 죽어도 우린 모르오." 어머니가 그렇게 대차게 나오자, 아버지의 기세가 눅었다. 강씨 아저씨가 그 틈을 비집었다. "형님, 형님 심정이야 이해 못 할 바는 아니나, 형님이 이렇게까지 하시는 건 도리가 아닙니다. 제가 가서 살면 가끔 나오시면 되고, 그러다보면 또 시절이 좋아져서 식구들 다 데리고 돌아갈 길이 열릴지 모르고…… 어디 이렇게 살러 가게 될 줄 꿈이나 꾸었습니까?" 강씨 아저씨가 떠나는 날, 배웅

하러 공항에 다녀온 아버지는 떠나가는 비행기에 당신의 혼이라도 실어 보낸 듯했다. "여기도 아파트라 뭐 거기 사는 거나 별다를 바 없습니다. 지리도 모르니 돌아다니기도 그렇고…… 맨날 갇혀 지내는 신세지요." 강씨 아저씨가 안부전화를 걸어왔을 때, 아버지는 수화기를 들 기력조차 놓고 있었다. 의사는 노환이라고 했다.

　배가…… 보이냐. 눈을 감은 채, 아버지는 웅얼거렸다. 비행기, 라고 말하는지 배가……라고 말하는지 알 수 없었다. 아버지의 얼굴엔 납빛이, 그 익숙하고 통렬한 무심의 기미가 짙어졌다. 납빛이 뱉어내는 차고도 탁한 기운이 감도는 방에서, 나는 아버지를 실으러 올 배를 기다렸다. 한평생 기다리고 기다리느라 아버지의 육신은 졸아들어 얼굴이 주먹만했다. 이제 그다지 큰 배가 올 필요는 없다. 작은 배, 저 육신을 뉠 작은 배면 충분하다.

　배가 왔는가. 아버지가 손발을 허우적거렸다. 억, 억, 억눌린 소리가 아버지의 입술 사이로 비집고 나왔다. 나는 그들이 왔음을 알았다. 내게 보이지 않는 그들이, 아버지를 실어가려고 아버지에게 다가가고 있었다. 허우적거리던 아버지는 비로소 깊은 숨을 쉬며 고요해졌다. 오랜 기다림 끝에 아버지를 실으러 '사카렌 앙카 하타(검은 강구의 봉우리)'로 온 배, 거기 오른 아버지의 얼굴은 어릴 적 배를 기다리던 때의 바다 빛깔처럼 납빛이었다.

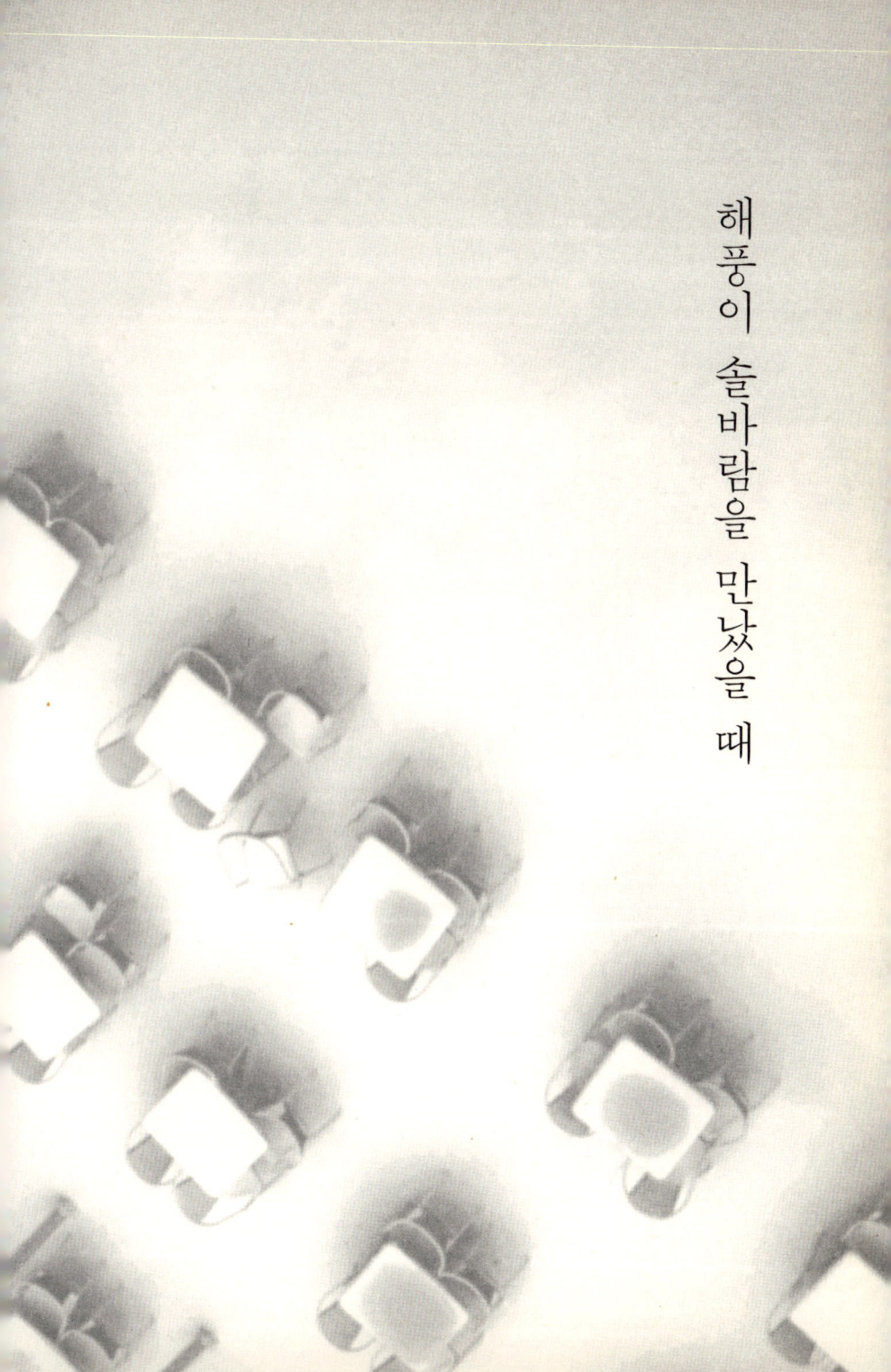

해풍이 솔바람을 만났을 때

휴대폰에 뜬 낯선 번호의 주인공은 뜻밖에도 해풍이었다. 보나마나 통신사거나 보험회사의 가입 권유 전화려니 하면서도 그녀는 폴더를 열었다. 하도 오랫동안 말을 안 해서 군내 나는 입을 스스로 견디기 힘들었다. 그녀는 선심 쓰듯, 무뚝뚝하게 입을 열었다. 네. 혹시라도 상대방이 끊을까봐 숨차게 이어지는 텔레마케터의 말 대신 침묵이 귀를 때렸다. 그녀는 고개를 갸웃했다. 여보세요? 여전한 정적이었다. 어딘지 모를 아쉬움을 접으며 휴대폰을 귀에서 떼려는 순간이었다. 오랜만이야. 납으로 된 추를 매달듯 짐짓 낮게 깔아 묵직해진, 그러나 그 추만 떨어져나가면 금세 동동 떠오를 가벼운 목소리. 온몸의 피가 둑 터진 봇물처럼 쑥 빠져나가는 듯했다. 가슴이 벌렁벌렁했다. 잘 지냈어? 얼굴이나 한번 보자. 나 지금 롯데리아에 와 있어. 그래, 아파트 건너편 거기, 1층에 있어. 그러지 마, 얼굴 보러 일부러 온 거라니까. 속고만 살았어? 나올 때까지 기다릴게.

해풍은 저 할 말만 하고 전화를 끊었다. 그녀는 휴대폰을 멍하니 내려다보았다. 그 휴대폰으로 해풍과 통화한 게 언제인가. 나뭇가지에 우아하게 매달려 있던 목련꽃잎이 길바닥에서 추하게 시들며 짓이겨지던 때였으니 일 년도 더 전의 일이었다. 속고만 살았냐고? 뻔뻔스럽긴…… 그녀는 아랫입술을 자근자근 씹었다. 그냥 나가지 말까? 그래도, 그래도, 혹시 모르니까. 그녀는 몸을 벌떡 일으켰다. 얼른 거울을 들여다보았다. 전날 저녁에 씻고 나서 아침에 세수도 안 한 얼굴은 손을 대면 버석버석 소리가 날 것처럼 메말라 있었다. 세수를 하고 나서 스킨과 로션을 바르고, 크림통을 집어들려는데 난데없는 목소리가 등짝을 후려쳤다. 너, 아직도 정신 못 차렸어! 그 인간에게 잘 보이려고? 제 안에서 솟아난 목소리에 놀란 그녀는 크림통을 내려놓고 파운데이션 병에 잠깐 눈을 주다가 일어났다. 일어서면서 립글로스를 집어 성의 없이 문댔다.

그녀는 집에서 입던 티셔츠 위에 헐렁한 남방셔츠만 걸치고 집을 나섰다. 햇살이 너무 부셔서 절로 찡그려졌다. 집 밖으로 나오는 게 며칠 만인지도 몰랐다. 한때 보기만 해도 가슴에 물이 고이는 듯하던 남자였는데, 그를 만나러 가는 마음에 버석거리는 건 황사였다.

횡단보도 앞에 서자, 길 건너 패스트푸드점 창가에 눈에 익은 카키색 사파리가 보였다. 해풍의 허전해 보이는 마른 몸매에 잘 어울리던 옷이었다. 단김에 달려가 뺨을 치리라던 결심은 횡단보도를 건너는 사이에 가뭇없어졌다. 막상 문을 열고 들어서자, 그녀는 대차게 굴기는커녕 후들거리는 다리를 눈치채이지 않으려 몸을 가누는 데만도 온 힘을 쏟아야 했다.

오랜만이네. 얼굴이 좀 안돼 보여. 어디 아팠어?

너 같은 인간하고는 말도 섞기 싫어. 그녀는 꼭 다문 입이 그렇게 말해주기를 바라면서 앞자리에 앉았다.

뭐 먹을래? 아직 점심 안 먹었지?

실내에 은은히 떠도는 튀김기름 냄새에 뱃속이 요동쳤다. 그녀는 기름에 튀긴 음식을 좋아했다. 양념옷을 입혀 튀긴 닭과 토마토케첩을 듬뿍 묻힌 감자튀김이 당겼지만, 고개를 저었다.

그럼 음료수라도? 난 커피 마실 건데, 커피 괜찮지?

그녀는 가만히 있었다. 대답을 기다리던 해풍이 피식, 웃었다. 해풍의 얼굴은 동호회 사이트에 오른 사진에서보다 훨씬 까칠했다. 잠을 못 잔 듯 눈 주위에 거뭇거뭇한 기미가 느껴졌고, 불룩한 눈물주머니가 맥없이 처졌다. 해풍은 대답을 더 기다리지 않고 몸을 일으켰다. 그의 검고 큰 눈동자는 여전히 선량해 보였다. 사슴의 눈처럼 물기 촉촉한 검은 눈. 한때 늪이라도 되는 것처럼 그녀의 발목을 잡아당겨 빠지게 했던 검은 눈.

꿈 깨. 해풍의 눈이 얼마나 아름다운지 전하느라 침방울을 튀기는 그녀 앞에서, 그녀의 둘도 없는 친구인 동애는 볼에 튄 침방울을 쓰윽 닦아내며 그 침방울의 수만 배는 되는 찬물을 서슴없이 끼얹었다. 사슴, 하면 넌 모가지가 길어서 슬픈 짐승이여, 만 생각나지? 사슴이 얼마나 잔인한 동물인지 아니? 수사슴은 발정기에 다른 수사슴과 죽을 때까지 싸운대. 생존을 위한 먹이 때문도 아니고 세력다툼하면서 동족을 죽이는 동물이 몇 종류나 된다고 생각하니? 그녀는 몇 종류인지 궁금했지만 차마 묻지 못했다.

직장 동료 동애는 외계인이나 다름없었다. 동애와 그녀는 동갑이었는데, 처음 동애를 보았을 때부터 그녀는 손위처럼 느껴졌다. 동애는 그 또래의 여자들이 대부분 호들갑 떠는 일에 무심하거나 대범했다. 또래 여자들보다 더 반응이 격한 그녀로서는 이해가 안 되는 종족이었다. 그녀가 어쩔 바를 몰라 뜨거운 양철지붕 위의 고양이처럼 팔팔 뛰다가 털어놓으면, 동애는 곰곰 생각에 잠겼다. 그런 뒤에 등뒤에 감춰놓기라도 했던 듯 떡하니 해결책을 내놓았다. 가만히 있는 동애의 발바닥에 화상 때문에 생긴 물집이 있을 것 같아서, 그걸 확인하고 싶어서, 그녀는 동애 곁을 맴돌았다. 그녀를 애면글면하게 만들던, 그럴수록 엉켜서 시초가 어딘지 알 수 없게 되어버린 일이 동애의 손에서는 참하게 감긴 실타래가 되어 나왔다. 그녀는 보이지 않는 동애의 어딘가에서 흐를 진물을 떠올렸다.

졸업식 때 단상에 올라가 상을 받을 정도는 아니었지만, 학창시절 그녀의 성적은 상위권이었다. 막상 사회에 나와보니, 그녀 나름으로는 죽을힘을 다해 일을 했는데도 그녀의 기대와는 천 리쯤 떨어진 평가를 받았다. 자존심 때문에 몇 번 직장을 옮겼다. 그러다 새 직장에서 동애를 만났다. 늘 남에게 양보하고 일한 공은 동료에게 돌리는 동애가 남들에게 신뢰를 받고 진급이 빠른 걸 그녀는 이해할 수가 없었다. 동애에게 다가가서 그녀는 나름대로 벤치마킹했다. 남들에게 좋은 인상을 주고 싶다는 열렬한 소망으로, 그녀는 동애가 하는 대로 따라 하기 시작했다. 어느 날, 후배가 제 날짜에 일을 마치지 못해 상사로부터 야단맞을 때였다. 크지 않은 사무실에 상사의 목소리만 쩌렁거렸다. 커피를 뽑아오던 그녀는 이때다 싶었다. 고개를 수그린 후배

곁으로 다가가 상사 앞에 섰다. "어쩌죠? 사실은 제 잘못이에요. 제가 마감날짜를 잘못 알고 있어서 그렇게 전했거든요. 죄송합니다." 한 달 치 스트레스를 한꺼번에 푸는 것 같던 상사에겐 그녀의 개입이 잇새에 끼어든 고기 힘줄처럼 느껴지는 모양이었다. "그럼 그걸 진작 말했어야지, 여태까지 가만있다가 이제야 말해?" 입맛을 쩝쩝 다신 뒤, 상사는 후배에게 다짐을 두었다. "어쨌든, 마감 지난 건 사실이니 밤샘을 해서라도 내일은 내 책상에 올려놓도록!" 상사가 나가자 후배가 그녀에게 다가왔다. "선배, 잠깐 얘기 좀 해요." 그녀는 짐짓 겸손한 표정을 지었다. 커피를 사준다면 마시기야 하겠지만, 뻐기지 않으리. 아니, 그깟 일로, 하면서 찻값을 내야지. 후배는 엘리베이터가 아니라 비상계단의 문을 열었다. 사람들이 잘 다니지 않는 계단의 공기는 냉랭했다. 문을 등지고 선 후배는 눈을 똑바로 뜨고 물었다. "도대체 왜 그러세요? 하지도 않은 일을 왜 했다고 나서서 절 바보 만드세요? 제 기분은 전혀 안중에도 없나봐요?" 그녀는 놀라서 말을 더듬기까지 했다. "아니, 나는, 부장님께 야단맞는 게, 안됐어서……" "야단을 맞아도 내가 맞아요. 엉뚱한 데 나서지 말고 선배 일이나 제대로 하세요!" 동료한테 눌리고 후배한테 치이고, 그걸로 모자라 상사는 걸핏하면 이기죽거리고. "김동애씨하고 같은 학번이라며? 그런데 동애씨 막냇동생 같아. 아, 착각하지 마. 얼굴이 아니라 생각하는 거며 일하는 게." 안팎곱사등이 따로 없었다. 서른 살을 코앞에 두고도 남과 비교당할 줄은 몰랐다. 동애와 그녀의 다른 점이라면 실수 앞에서 자기 지분을 인정하는가 안 하는가의 차이밖에 없었다. 어릴 적, 그녀가 넘어지면 엄마는 방바닥을 때렸다. 이유식을 떼면서부터 식탁이 있던 그녀가 뚱뚱해진 것도 엄마에겐 관리 안 한 당신의 잘못이었다. 그녀에겐 아무런 책임이 없었다. 자기를 반성하는 것보다는 남을 탓하는 게 견디기 쉬운 그녀에게 동애가 말했다. 그렇게 넘어가는 것도 괜찮지만, 그러다보면 다음에 똑같은 실수를 하게 돼. 조곤조곤 말하는 동애는 벽 같았다. 그나마 마음 터놓는 동료가 그렇게 말하니 자신이 무능하게 느껴졌다. 애초에 나 같은 사람에겐 사회생활이 무리였어. 역사를 더듬어봐도, 술수에 능한 사람이 권력을 잡는 거였어.

직장을 그만두고, 전공인 역사과목 학습교재 원고를 만드는 재택근무자가 되었다. 얼굴이며 몸매가 드러나지 않는 인터넷은 그녀에게 다른 세상을 열어주었다. 그녀가 '싸가지 후배'나 '이기죽거리는 상사' 때문에 가슴 아팠던 경험을 털어놓으면 '나도, 나도!' 하고 사람들은 유치원 아이들처럼 손을 들었다. 상처 입은 사람이 그렇게나 많다니! 비로소 그녀는 상처 입은 게 자기뿐만이 아님을 알게 되었다. 그녀의 글에 달리는 덧글은 그녀의 짓이겨진 가슴에 발리는 세포재생연고요, 베인 곳이 덧나지 않도록 덮어주는 반창고였으며, 언 가슴에 부어넣는 따끈한 와인이나 다름없었다. 그녀가 현실보다는 인터넷 속에서 살고 있다며 걱정스러워하던 동애는 연고의 성분을 의심하고, 반창고 아래 상처가 덧날까봐 걱정했으며 와인이 일으킬 두통을 경계했다. "물론 인터넷에서 만나서 이야기를 나누는 것도 도움은 되겠지만, 그건 어디까지나 온라인이잖아. 나와서 사람도 만나고 그래봐. 아무래도 사람들과 부딪히는 건 다르잖니?" 그녀가 보기에 동애는 늘 현명했고 동애의 판단은 대개 옳았다. 동애가 빛깔만 보고도 똥인지 된장인지 단박에 알아차린다면, 그녀는 한참 동안 고개를 갸웃거리다 결국 손으로 찍어 먹어보고서야 겨우 구분하는 편이었다. 문제는, 그 역겨운 맛을 보고도 다음에 또 헷갈린다는 거였다. 동애가 생의 진창을 피해 마른 땅을 타박타박 걷는 동안, 솔바람은 진창에서 발을 적시고 허방에 빠져 다리를 긁히고 올무에 걸려 자빠지기 일쑤였다. 그걸 다시 확인하게 해준 해풍과 마주 앉아 있다는 게 그녀는 새삼 기분나빠지려 했다. 내 이 인간만 만나지 않았더라도!

솔바람님, 이번에 가입한 해풍이라고 합니다. 가입 인사를 보다가 솔바람님이 쓴 글을 재미있게 읽었어요. 저도 그 영화를 좋아합니다. 노래 한 곡 보내드립니다. 어쩐지 솔바람님께 어울리는 노래일 것 같아서요.

어느 날 메일함에 든 낯선 메일. 그녀, 솔바람은 답신을 쓰기 전에 첨부 파일부터 열어보았다. "아무래도 난 돌아가야겠어. 이곳은 나에게 어울리지 않아, 아아아~" 오래전, 텔레비전 드라마에 삽입되었던 노래 〈서울 이곳은〉이었다. 솔바람이 좋아하던 노래였다. 스피커 볼륨을 키우고 두어 번 따라 부른 뒤, 솔바람은 카페로 들어갔다. 카페에 가입한 지 오래되어서, 가입 인사를 뭐라고 썼는지 기억이 나지 않았다.

소비지향적인 도시생활에 염증을 느끼고, 자기가 도시에 안 맞는다고 생각하는 사람들이 모여서, 귀농에 관한 구체적인 정보들을 주고받는 인터넷 카페를 알게 된 건 우연이었다. 곶감을 사려고 여기저기 검색하다가 알게 된 카페 '자연으로 돌아가고 싶은 사람들'. 귀농한 사람들이 생산한 농산물을 직거래하기도 했다. 이 도시를 언젠가는 떠나겠다고 생각하는 것만으로도, 솔바람은 치이고 나동그라졌던 사회생활에 복수하는 듯 통쾌한 기분이 들어 곧바로 가입했었다.

솔바람님, 어쩌면 그렇게 순수하세요? 솔바람님의 글을 읽다보면 제가 있는 곳이 서울의 아파트촌이 아니라 솔바람 소리 들리는 시골, 흙냄새 물씬 풍기는 곳으로 착각하게 된답니다—웅천댁. 웅천댁님도 그렇게 생각하세요? 솔바람님이야말로 시골로 내려오시면 금방 이웃 사람들과 잘 어울리며 지낼 수 있는 분 같아요. 어렵게 결단하고 시골로 내려왔는데, 이놈의 텃세는 적응이 안 되네요. 오늘도 우리 아이가 학교에서 울고 돌아왔어요. 솔바람님이라면 이럴 때 현명하게 대처하실 텐데, 전 그냥 화부터 나네요—논두렁. 솔바람님, 정말 서울 출신이세요? 믿어지지가 않네요. 서울 토박이라면서 어쩜 그렇게 세상의 때가 묻지 않았는지요—나무처럼.

인터넷 카페에서, 솔바람은 물 만난 고기처럼 자유로웠다. 적당히 감상적이고 은근히 통통 튀는 솔바람의 글은 조회수가 나날이 높아졌다. 자판을 두드릴 때 솔바람은 행복했다. 누군가가 자기를 기억해주고 자기 글이 오르기를 기다린다니. 비 오는 날이면 촉촉이 젖은 듯한 글을, 꽃 피는 봄날엔 봄날의 환희와 나른함을 민첩하게 올렸다. 현실 속에서 주눅들었던 그녀와는 다른 솔바람이 모니터 속에서 현란하게 피어났다. '자돌모'라는 약칭을 '자사모'로 바꾼 사람도 솔바람이었다. 자돌모라니까 돌아버린다는 말이 먼저 떠오르네요. 뭐 편리한 도시생활을 그만두고 불편한 자연으로 돌아가고 싶어하는 사람들이니 저를 포함해서 살짝 맛이 간 건 사실이지만요. 그래도 어감이 이상하니 '자사모'로 부르면 어떨까요? 솔바람님, 찬성이에요. 저는 자돌모라고 하면 엉뚱하게도 돌쇠가 생각났거든요—논두렁. 그러고 보니 그렇게 들리네요. 그럼 논두렁님은 마님? ㅋㅋ

카페의 인기인답게 솔바람이 쓴 글의 조회수는 부쩍 늘어 있었다. 솔바람은 늘어난 덧글들을 읽고, 카페에 가입할 때 쓴 인사말을 찾아보았다. 영화 〈박하사탕〉 보셨나요? "나 돌아갈래—" 하고 외치는 설경구처럼, "나 돌아갈래—" 하고 속으로 외치며 살고 있답니다. 사실은 태생부터 서울내기인데, 사람들은 제가 서울에서 태어났다는 걸 도무지 믿지 않더라구요. 서울내기치곤 너무 순진하다네요. 제겐 촌사람의 정서가 맞나봐요. 저도 돌아가고 싶어요!

자기가 쓴 글이지만 재치가 엿보인다고 생각하면서, 솔바람은 해풍이 쓴 인사말도 찾아보았다. 어린 시절을 바닷가 외딴집에서 보냈습니다. 그때 들었던 해풍 소리가 잊히지 않습니다. 지금은 도시의 골목을 승냥이처럼 누비는 샐러리맨 신분이지만, 언젠가는 바닷가로 돌아가 살고 싶습니다. 그래서 별명을 '그리운 해풍'이라고 했습니다. 그냥 해풍이라고 불러주세요. 소금기 섞인 짭짜름한 바닷바람이 솔숲 사이로 스며드는 걸 느끼며 솔바람은 리드미컬하게 키보드를 두드렸다. "해풍님, 노래 잘 들었어요. 그 노래는 제가 노래방에 갈 때마다 부르는 노래랍니다. 고마워요. 그러고 보니 님의 닉네임에서도 바람 소리가 들리는 듯하네요."

해풍 또한 솔바람이 보낸 메일에서 바람의 냄새를 맡았다. 솔향기인지 지분 냄새인지 모를 향기가 은은하게 풍겨서, 해풍의 바람기를 기분좋게 팔랑이게 했다. 자기의 안목이 틀리지 않았다는 자부심마저 생겨났다.

저와 비슷한 생각을 갖고 계신 분들이 이렇게 많다는 게 기쁩니다. 등업시켜주세요—달무리. 자연으로 돌아온 지 이태 되는 사람입니다. 강원도 홍천에서 밭농사를 짓고 있습니다. 아직 모든 게 서투르지만, 전원에서 사는 지혜를 함께 나누고 싶어서 가입했습니다. 궁금한 게 있으면 메일 주세요—흙에 살리라. 언젠가 부모님이 살고 계신 곳으로 내려가 펜션을 짓고 싶은 게 꿈이랍니다. 잘 부탁드려요—은방울꽃. 한껏 생각해서 썼지만 결국은 비슷비슷한 내용의 가입 인사말 가운데 솔바람의 글은 바람결에 날리는 비눗방울처럼 가벼운 구석이 있었다. 게다가, 그즈음 해풍의 속에서 들끓던 것들의 정체를 명확하게 해주는 힘까지 갖고 있었다. 그것이었다. 나 돌아갈래!

해풍이 일하던 곳은 출판사라고 이름붙이기엔 좀 무엇하고, 아니라고 하기에도 애매한 그런 곳이었다. 여기저기서 모아들인 건강 정보를 짜깁기해 책으로 만들고, 한편으로는 '명사인명대사전'이라는 정체불명의 책을 발간하는 곳이었다. 그곳에서 해풍이 하는 일은 단순했다. 앞다리가 쑥 나왔지만 뒷다리는 채 나오지 않아 올챙이와 개구리의 중간단계쯤에 머무른 이들에게 '당신 참 멋진 개구리야'라는 귓속말을 속삭여주는 것. 신문이나 잡지에 갓 오르내리기 시작한 사람들의 동정을 파악하고, 그들에게 공문 형식의 인쇄물을 띄웠다. 금번 저희 제세출판사에서는 『한국명사인명대사전』 개정증보판을 발간하게 되었습니다. 이에 아무개님이 그동안 전문 분야에서 쌓아오신 탁월한 업적을 기려 인명대사전에 올리고자 합니다. 후손에게 길이 물려줄 가치가 있는 이 책에 추호라도 오류가 있어서는 안 되겠기에, 선생님의 약력과 경력을 확인하려 하오니 공사다망하시더라도 확인 부탁드립니다. 학력, 경력, 수상경력, 저서 등등의 요식에 사진을 붙일 수 있는 난까지 표시된 인쇄물을 회송용 봉투에 넣어 보낸 뒤, 그걸로 두툼한 양장본 책을 만들어 거기 수록된 '명사'들에게 판매했다.

　사람은 자기가 믿는 대로 되는 거야. 난 내가 존경하는 사람에게 전화를 걸 땐, 집에서도 꼭 양복 윗도리를 찾아 입고 통화를 한다고. 그래야 전화기 너머로 존경하는 마음이 전해질 테니까. 우리가 만드는 책이 쓸데없는 거라고 생각하는 사람도 있겠지만, 절대 그렇지 않다구. 사람이 늙었을 때 뭐가 가장 중요하다고 생각하나? 돈? 건강? 그것도 필요하지만, 그보다 중요한 건 추억이야. 노인네 말이라면 콧방귀도 안 뀌는 젊은 애들 놓고, 내가 이래 봬도 한때 이런 사람이었다, 하고 말할 수 있다는 거, 그게 가장 소중한 거라구. 우린 사람들에게 긍지를 심어주는 좋은 책을 만드는 거야. 그러니 사람들에게 연락할 때도 그 생각을 한시도 잊어서는 안 된다고. 신문에 손톱만하게 사진이 나온 사람에게 전화했다가 예비범죄자 취급을 당하고 불퉁거리는 그에게 사장이 혀를 끌끌 차며 일러준 말이었다. 솔바람에게 메일을 쓸 때, 콧방귀로 넘겼던 사장의 말이 문득 떠올라 해풍도 윗도리를 하나 걸쳤다. 바닷가에서 외롭고 쓸쓸하게 자란 소년, 도시에 적응하지 못한 순수한 청년, 성실하나 이 복마전 같은 세상에서 출세하기엔 지나치게 순진한 상태로 중년이 되어가는 외로운 사나이.

　노란색과 흰색, 자주색 옥수수를 섞어서 첨탑처럼 쌓아올린 조형물이 현관 앞에 서 있는 I읍의 농업기술센터. 자사모 회원들은 불상이나 마리아상 앞에서 경배하듯 옥수수 조형물 앞에서 감탄하고 있었다. 정모에 처음으로 참가한 해풍은 옹기종기 모여선 사람들 가운데 어떤 여자가 솔바람일까 점쳤다. 스카프로 목주름을 가리고 짧은 치마에 계절에 앞서 롱부츠를 신은 세련된 여자에게 먼저 눈길이 갔지만, 그 동안 오간 메일과 채팅으로 쌓아올린 솔바람의 이미지를 생각하면 지나치게 세련되었다. 결혼했다면 남편 꽤나 피곤하게 만들 것같이 날카롭게 생긴 삼십대 중반이나, 장독 많은 뒤란에서 동치미를 꺼내어 썰지도 않고 우걱우걱 씹는 게 딱 체질일 듯 보이는 몸뻬 비슷한 생활한복을 입은 너부데데한 사십대도 제쳐놓았다. 지나치게 순수해서 사회생활을 매끄럽게 할 수 없었던 삼십대 여자의 이미지에 맞는 얼굴은 눈에 띄지 않았다.

안녕하세요, 저는 이 카페의 주인인 촌장입니다. 의자를 빙 둘러 원형으로 배치한 회의실에서 촌장이 일어나 인사를 했다. 짝짝짝. 사람들이 박수를 쳤다. 삼 년 전 귀농해서 I읍 인근에 황토집을 지었다는 촌장은 회원들의 글에 일일이 답해주고, 묻는 말에는 시간이 좀 걸리더라도 자료를 찾아가며 대답하는 성실한 사람이었다.

오늘 일정을 말씀드리겠습니다. 나누어드린 프린트물을 먼저 보시죠. 지난 정모에서 얼굴을 익히신 분들도 있지만 오늘 처음 오신 분들도 계시니 우선 자기소개의 시간을 갖고, 농업기술센터 견학을 합니다. 황토집 짓는 현장에 들렀다가 점심식사를 할 거고요. 오후에는 버섯농장과 메추리농장을 방문할 예정입니다. 질문 있으신 분? 그럼 우선 인사를 나누시죠. 시계 방향으로 할까요?

저는 천안에서 온 '님과 함께'라고 합니다. 저 푸른 초원 위에 그림

같은 집을 짓고 싶어서요. 오 년 전, 사업에 실패해서 시골로 들어갔지요. 지금은 빈집을 빌려서 농사를 짓고 있는데, 올해엔 집을 지으려고 합니다. 볕에 그은 오십대 남자는 햇병아리들 앞에 선 장닭처럼 거들먹거렸다. 자기소개가 다 끝나가는데, 정모에 나오기로 한 솔바람의 이름은 나오지 않았다.

솔바람이 그동안 정모에 한 번도 참가하지 않았다는 것을 해풍은 알고 있었다. 솔바람님, 이번엔 정말 오실 줄 알았는데 못 만나서 서운해요. 혹시 자신을 신비롭게 보이려는 고도의 전략? 왜 연예인들 가운데 가끔 그런 사람들이 있잖아요. 신비는요. 꼭 가려고 했는데, 갑자기 일이 끼어들었어요. 저도 천연염색하는 건 꼭 보고 싶었는데. 그럼 다음 정모 땐 꼭 한번 얼굴 보여주셔야 해요. 안 그럼 마음대로 상상해버릴 거예요. 그럴게요, 라고 짧은 덧글을 단 솔바람이 끝내 나타나지 않았다는 것을 해풍은 정모 후기에서 보았다. 가입한 뒤 첫번째 정모라서 가보려고요. 그때 만날 수 있었으면 좋겠군요. 해풍이 보낸 메일에 솔바람은 머뭇거림이 느껴지는 답신을 했다. 그때쯤 바쁜 일이 없으면요. 퉁기긴. 해풍은 피식 웃으며 80년대의 가요를 구운 CD를 챙겼다. 솔바람 같은 어종엔 아주 강력한 밑밥이 될 것이다.

맨 마지막 남자가 일어섰다. 광주에서 온 '질경이'입니다. 가입한 지 한 달도 채 안 되었습니다. 오늘 여기 와보니 비로소 마음이 놓입니다. 전부터 귀농에 마음을 두고 몇몇 프로그램에 참가해보았는데 결국 사기일 때가 많더군요. 운영하는 사람들도 어째 수상한 데가 많다 싶었는데, 알고 보니 감옥에 다녀온 사람도 많고요. 오늘 여기 와서 촌장님 설명을 듣고 여러분들 면면을 보니, 이제야 제대로 찾아왔다는 생각이 듭니다. 잘 부탁드립니다. 어련무던해 보이던 촌장은 예민한 데가 있었다. 질경이가 자리에 앉자 토를 달았다. 뭐 모르는 일이죠, 나중에 우리가 사기꾼으로 몰릴지.

이건 사기야. 해풍은 속으로 외쳤다. 위스키 숙성에나 쓰일 법한 오크통 하나가 세로로 선 채 뽀얀 얼굴을 얹고 굴러왔다. 덱데구루루 구르던 오크통은 설마 저 사람은 아니겠지, 하면서 외면하는 그의 앞에서 딱 멈췄다. 오크통이 눈을 깜짝이며 말했다. "저기…… 해풍님?"
　솔바람님, 왜 안 나오셨어요? 솔바람님 드리려고 음악 CD 구워 갔는데…… 왠지 봄볕이 가을바람만큼이나 허전하게 느껴졌어요. 주소 알려주시면 부쳐드릴게요. 그가 보낸 메일에 재깍 답신이 왔다. 어머, 절 기다리셨어요? 죄송해요. 그날 갑자기 일이 생겨서. 그 '갑자기 생긴 일'의 정체에 대해서 솔바람이 말해준 것은 두 사람 사이에 메일이 더 오가고, 심야 통화로 통신사를 살찌운 뒤였다. 사실은…… 제가 키도 작고 뚱뚱한 편이라서요. 글로만 보았던 사람들이 실물을 보고 나면 실망하는 것 같아서요. 그걸 보는 것도 힘들고요. 해풍은 낙심하지 않았다. 오히려 쾌재를 불렀다. 머릿속에 든 거 없으면서 얼굴만 믿고 튕기는 여자들에 비하면 솔바람 같은 여자야말로 그가 찾던 보물이었다. 게다가 주제파악을 하고 겸손하기까지 하니, 안성맞춤에 금상첨화였다. 금의환향이 머지않은 듯했다.
　그래도 그렇지. 실망의 회오리바람이 한바탕 휘젓고 지난 뒤, 자기 앞에 다소곳이 앉아 있는 솔바람을 보며 해풍은 가까스로 솔바람의 미덕에 한 가지 덕목을 더 추가했다. 정직. 그 대신 '겸손'이라는 항목

230

이 빠져나갔다. 솔바람 좋아하시네, 너펄대는 오동나뭇잎이 딱이다. 술통 같은 체형을 가리느라 헐렁한 재킷을 입어서, 솔바람의 상체는 더 포대 같아 보였다. 차라리 끼는 옷을 입는 게 그나마 좀 덜 너부데데했을 텐데. 화장한 얼굴은 살결이 뽀얘서 그런대로 여성적인 데가 있었지만, 아기일 적에도 예쁘다는 말보다는, "어머, 아기가 참 건강해 보이네요!" 하는 말을 많이 들었을 얼굴이었다. 구깃구깃한 기분을 달래기 위해, 해풍은 솔바람에게 별명을 선물했다. 여덟시 이십분. 솔바람의 작은 눈의 처진 각도가 꼭 시계의 여덟시 이십분 방향이었다. 그 처진 눈을 수줍은 듯 내리까는 솔바람에게선 제법 교태가 느껴졌다. 그 깜짝이는 눈을 보며 그는 등급도 매겼다. 등급 C, 난이도 E. 물론 등급도 난이도도 다 마음속으로만.

어느 날, 무심코 버린 종잇조각을 찾아 쓰레기통을 뒤지다 혹시나 하고 사장의 책상 위까지 손을 댔을 때였다. 사장이 늘 갖고 다니는 작은 수첩이 웬일로 놓여 있었다. 1. 난 그런 거 관심 없어요 -> 물론 선생님이 명성 같은 거 마음 쓰지 않고 학문을 쌓는 일에만 마음 쓰시는 분이라는 거 잘 압니다. 그래서 바로 선생님 같은 분이 필요한 것입니다. 사실 요즘 같은 때, 학문의 깊이보다는 대중에게 자신을 알리는 게 더 중요한…… 2. 그거, 나중에 나한테 책 사라고 하는 거 아뇨? -> 절대 그런 일 없습니다. 저희야 어디까지나 이 혼탁한 세상에 한줄기 맑은 물을 흘려넣는 심정으로 책을 만드니, 장식용으로 꽂힐 책이 아니라 어린이부터 갈피 잃은 중년들까지, 이 책에 실린 분들의 고매한 인품과 업적을 대하면서 옷깃 추스르면 그뿐입니다. 인명록 수록에 동의하는지 여부를 묻는 전화를 받고 상대방이 할 수 있는 예상 대답과 거기에 대처하는 문장들이 온갖 경우의 수에 따라 빼곡히 적혀 있었다. 처음부터 재활용품점을 뒤져서 사왔을 것이 분명한 집기들에 둘러싸인 사무실에서, 그곳이 마치 버킹엄궁의 한 방이라도 되는 듯 거드름을 피우는 사장을 우습게 여기던 해풍의 눈에 사장이 다시 보였다. 해풍은 업무상 통화한 사람의 등급을 매기는 사장의 버릇까지 닮아갔다. A는 자신의 이름이 실린 인명록을 일정 부수 이상 소화해줄 사람. E는 인명록에 실리는 것 자체를 거부하는 사람.

세번째 만나던 날, 그는 솔바람의 좁은 집안에서, 솔바람의 등급을 조정했다. 등급 E, 난이도 E.

솔바람의 집은 소박하고 검소하다 못해 누추했다. 부모가 사준 집에서 홀로 사는 삼십대 전문직 여성. 그는 인테리어가 모던한 오피스텔을 상상했다. 복층까지는 바라지도 않았다. CD를 부쳐주느라 받은 주소지가 서울시의 경계를 겨우 벗어나지 않은 흔하디흔한 주공아파트라서 일차 실망했다. 솔바람을 처음 본 순간 그나마 남아 있던 기대가 와장창 깨어졌지만, 정작 집안에 들어와보니 실망이 더했다. 그러나 거기엔 아무렇게나 대해도 되는 듯한 편안함이 있었다. 그 편안함 때문에 그 집을 드나들면서도, 해풍은 어쩐지 속은 듯한 기분을 말끔히 털어내진 못했다.

미쳤니, 너? 넌 돈도 많다. 그리고 왜 하필 나야. 너의 엄마가 얼마나 날 한심하게 보시겠니? 동애는 대뜸 펄쩍 뛰었다.

동애가 세들어 살던 집이 팔렸다. 급히 전셋집을 구해야 하는데 날짜 맞는 집이 지금 사는 데보다 비싸다…… 솔바람의 엄마는 두 번밖에 안 만난 동애를 핑계 삼자 두말할 것 없이 주머니끈을 풀었다. 제 털 뽑아 제자리에 박는 고지식한 말단 공무원 아내로 집이며 땅을 사고 솔바람에게 작은 아파트까지 사준 엄마가 그렇게 쉽게 지갑을 여는 게 솔바람은 놀라웠다. 솔바람의 오빠 결혼식 때 처음 동애를 만난 이래, 그런 친구가 딸 곁에 있다는 게 든든하다던 엄마였다. 솔바람은 엄마와 동애에게 동시에 미안해졌다. 알리기라도 하는 게 도리 같아서 뒤늦게 자수했더니 동애는 펄쩍 뛰기부터 했다. 그 남자, 그 정도 돈도 너한테 빌려야 할 정도면 사회생활이며 친구 사이에 문제가 있는 거야. 아니면 그동안 사람들한테 돈을 빌리고 빌려서, 이젠 더이상 빌릴 데가 없는 남자거나. 그런 말들을 듣다보니 솔바람도 뭔가 주제 넘는 짓을 한 듯 마음이 산란하지 않을 수 없었다. 새 옷을 사는 건 몇 년에 한 번 있을까 말까 한 일이고, 가전제품은 유행의 사이클이 한 바퀴 돌고 난 뒤 새 모델이 나올 즈음 낡은 모델을 겨우 들여놓는 식으로 살아온 솔바람이었다. 자기 엄마의 급작스러운 관절염 수술 때문에 해풍이 빌려간 돈은 솔바람의 반 년 치 수입에 맞먹었다.

열심히 몸을 탐하고 난 해풍이 솔바람의 젖가슴 사이에 얼굴을 묻고 한숨을 푹 내쉬었을 때, 그 깊은 비탄이 담긴 한숨에 그만 솔바람의 가슴이 미어지는 것만 같았다. 무슨 일 있어? 솔바람이 그의 머리를 쓰다듬으며 말했다. 아냐, 아무것도. 그는 솔바람의 가슴 위에서 도리질쳤다. 솔바람이 몸을 비비 틀었다. 그는, 머릿속에 떠오르는 복잡한 생각을 털어내려는 듯 솔바람의 몸을 파고들었다. 이상해, 오늘. 무슨 일 있지? 솔바람이 다그쳐 물었다. 별거 아냐. 그런데…… 오늘이 20일 맞지?

카드 결제 때문에 솔바람에게 빌린 돈을, 해풍은 어김없이 제 날짜에 갚았다. 샐러드바를 곁들인 맛있는 스테이크를 덤으로 얹어서. 삼겹살이면 충분하다고 도리질치는 솔바람을 해풍은 굳이 그리로 이끌었다. 세련된 장식에 날렵한 젊은이들 틈에 끼이자, 솔바람은 다들 MP3로 음악을 듣는데 혼자 워크맨을 들고 있기라도 한 듯 불편했다. 그러나 스테이크는 맛있었다.

두번째로 돈을 빌려주기 위해 솔바람은 엄마에게 거짓말을 하고 동애에게 타박을 받았지만, 그래도 아깝지 않았다. 해풍은 솔바람이 자루가 아니라 여자라는 걸 느끼게 해준 사람이었으니까. 어느 날 쇼핑센터 앞에 앉아 있던 고등학생들이 까르르 웃는 소리를 듣기 전까지, 솔바람은 자기가 얼마나 뚱뚱한지 몰랐다. 저런 몸으로 돌아다니는 건 공해야, 시각공해. 야, 너도 만만치 않아. 무슨 소리, 난 저 정도면 안 살고 만다. 그게 자신을 향한 말임을 깨닫는 순간, 솔바람은 햇빛 아래 나서는 일이 더 두려워졌다. 불기 안 들어오는 방의 고구마자루처럼 살던 솔바람에게, 해풍은 그나마 온기를 나누어준 사람이었다.

넌 어째서 그렇게 사람을 못 믿니? 의기양양하게 핀잔을 주는 솔바람의 귀에서 십사금 귀고리가 달랑거렸다. 솔바람은 그 달랑거림을 즐기려 거의 체머리 흔들듯 고개를 흔들었다. 늘 들어맞기만 하던 동애의 말이 틀렸다는 게 그렇게 즐거울 수가 없었다.

해풍이 돈을 갚으며 이자 대신이라고 선물한 십사금 귀고리를 동애는 소 닭 보듯 힐끗 보았을 뿐이었다. 뜻밖이네. 그래도 받았다니 다행이다. 벌써 두번째라며? 다음에 또 빌려달라면 그땐 빌려주지 않는 게 좋을걸? 솔바람은 사람을 못 믿는 동애가 가엾게 느껴졌다. 사람이 사람을 그렇게 못 믿어서 어떻게 사나? 솔바람은 나무에서 떨어진 원숭이를 보듯 답답하고 안쓰럽다는 눈길로 동애를 바라보며 힘주어 말했다. 그날 밤, 동애와 함께 마신 소주의 취기에 얼근해진 솔바람은 카페에 글을 올렸다. 카페 회원 가운데 단 한 사람만이 그 속내를 알 수 있는 글이었다.

얼마 전, 집 근처의 아스팔트를 뚫고 나오는 쑥을 보았습니다. 그 가녀린 쑥이 아스팔트를 밀고 나오더군요. 쪼그리고 앉아 한참을 들여다보았어요. 믿음이 없어진 시대라고들 하는데, 저 쑥은 봄날 훈훈해진 땅기운을 받자 새순을 밀어올려야 한다는 걸 기억하고 그걸 지키기 위해 안간힘을 썼나봅니다. 제게 인간에 대한 믿음을 돌려준 사람이 고맙습니다.

저 먼저 내려갑니다. 오랫동안 꿈꾸어온 전원생활인데, 가서 무얼 하게 될지는 모르겠어요. 일단 주민으로 살아보려 합니다. 언제가 될지 모르지만, 자리잡으면 글 올릴게요. 몇 달 뒤, 솔바람은 컴퓨터에 떠오른 글을 모니터에 구멍이라도 낼 듯 뚫어져라 바라보았다.

인간에 대한 솔바람의 믿음을 다시 한번 일깨워주고 싶었던 것일까. 해풍은 솔바람의 글을 읽은 지 한 달 만에 다시 돈 이야기를 꺼냈다. 회사에서 프로젝트를 맡았다. 그 돈이 나올 줄 알고 아파트를 분양받기로 했는데 그냥 날아가게 생겼다. 평생 집 한 채 가져보지 못한 어머니, 형님네 집에서 성정 사나운 형수의 구박을 받는 어머니가 불쌍해서 돌아가시기 전에 처음이자 마지막으로 당신의 집에서 마음 편히 사시도록 집을 사드릴 참이었는데…… 말끝에, 너에게 이런 말 차마 하기 어렵다는 듯이 물었다. 어렵겠지? 어째 그 순간 동애의 얼굴이 스치는 걸 밀쳐내며 솔바람은 물었다. 얼마나 필요한데? 해풍이 말한 액수를 듣자 솔바람의 마음이 가벼워졌다. 솔바람의 일년 수입 총액보다도 큰 액수였다. 불가능한 일이라서 거절하기가 쉬웠다.

어쩌지? 하지만 난 그런 돈 없어. 나 사는 거 뻔히 보면서…… 지난번 돈도 우리 엄마에게 빌린 거야. 지난번에 솔바람은, 그 나이에 그만한 여윳돈도 없다는 게 어쩐지 부끄러워서 차마 엄마에게 빌린 돈이라고는 말하지 못했었다. 그래, 그래서 나도 자기한테 말하긴 싫었어. 다른 사람에게 말하는 것보단 자기가 편해서 말해본 거지, 뭐. 자기가 얼마나 검소하게 사는지 아는데 말하기가 어디 쉽겠어? 해풍이 쉽게 체념하는 걸 보니 솔바람은 마음이 놓이면서도 짠해졌다. 미안해. 내가 능력이 안 되어서. 솔바람은 풀이 죽었다. 해풍은 다시 담배에 불을 붙였다. 세상은 참 불공평해, 그치? 누군 부모 잘 만나서 젊을 때부터 부모가 사준 집에서 편히 지내는데, 누군 평생 일하고도 남의 집에서 눈치 보고 살아야 한다니. 솔바람은 어쩐지 자기가 흥부의 뺨에 주걱을 휘두르는 놀부 마누라처럼 여겨졌다. 솔바람의 얼굴을 외면하고 담배만 피우던 해풍이 오직 솔바람의 사랑을 확인하기 위해서라는 듯 물었다. 근데 자긴, 능력이 되면 해줄 마음은 있는 거야?

집도 없다는 해풍이 집 담보대출의 절차를 어떻게 그렇게 잘 아는지 궁금하다는 생각이 든 것은 대출받은 돈을 해풍에게 송금하고 은행 문을 나설 때였다. 나를 못 믿어? 해풍의 사슴 눈을 떠올리자 솔바람은 사랑을 두고 돈을 저울질하는 자신이 부끄러워졌다. 그랬었다. 그런데 해풍이 한마디 말도 없이 시골로 내려가다니. 해풍님, 부러워요. 나중에 집들이하실 거죠? 와, 정말 내려가셨네요. 어디에 둥지를 트셨는지는 아직 비밀인가봐요? 예쁜 집 짓고 짠 나타나시려고요? 해풍의 글 뒤에 달린 덧글들이 눈에 들어오지 않았다.

이 자식들이, 일해달랄 땐 애가 달았다가…… 뭐 누러 갈 때 마음하고 누고 난 뒤 마음 다르다더니, 사람들이 그렇게 살면 안 되는데 말야. 이주일 전, 해풍은 벗은 몸으로 누운 채 담배연기를 길게 내뿜으며 말했다. 오히려 솔바람이 위로했다. 그쪽에도 무슨 사정이 있겠지. 그때 시골로 내려간다는 말 같은 건 없었다.

단축번호 2를 누르자 결번이라는 안내음이 흘러나왔다. 솔바람은 잠깐 어뜩했다. 날카로운 나사못이 머릿속을 핑글핑글 파고드는 것 같았다. 하지만 이내 고개를 저었다. 그럴 사람 아니야. 이사하느라 정신이 없어서 연락을 못 한 거겠지. 어쩌면 번호이동하면 거저 주는 휴대폰으로 바꾸고 미처 번호 안내 서비스를 신청하지 못했을지도 몰라. 하도 오래 써서 긁히고 닳아 은빛이 가무스름해진 제 휴대폰의 액정화면에 낯선 번호가 뜨기를 기다렸다. 생각하니, 솔바람이 해풍에 대해서 아는 바는 그리 많지 않았다. 엄마 이야기, 종로5가 쪽의 어느 출판사에서 일한다는 것뿐이었다. 그러고 보니, 해풍은 자기네 출판사에서 만든 책 한 권도 선물하지 않았다. 그래도 솔바람은 아무 불만이 없었다. 그는 솔바람이 포대자루가 아니라 여자라는 걸 느끼게 해준 사람이었으니까.

카페엔 새로운 이름들의 가입 인사말이 나날이 늘어났다. 카페 회원들은 해풍을 잊은 듯했다. 솔바람만 잊을 수 없었다. 해풍이 전보다 더 큰 돈을 빌려갔다는 걸 동애에게도 말하지 못한 채 다달이 이자를 꼬박꼬박 물었다. 관절염으로 절룩거리면서도 택시 한 번 안 타는 엄마를 생각할 때면 마음이 아렸지만, 어떤 노인네는 평생 집 한 번 못 가져보았다는데 거기 비하면 남의 집 곁방살이도 해본 적 없는 엄마는 편하게 산 거라고 스스로 눈을 가렸다.

어허, 눈을 번히 뜨고도 죽 쒀서 개 주는 일만 골라 하고 있네. 솔바람 또래로밖에 안 보이는 점쟁이는 다짜고짜 반말로 호통을 쳤다. 그게 무슨 말이에요? 아, 본인이 더 잘 알 거 아냐? 생각해봐. 죽 쑤어서 개 준 일이 있는지 없는지. 그게요…… 솔바람은 아무에게도 말하지 못한 제 억울한 심정을 줄줄이 늘어놓았다. 그리고 물었다. 그 사람, 찾을 수 있을까요?

허어어억, 나도바람꽃은 목젖이 눌린 소리를 내며 깨어났다. 곁에 누워 있던 여자, 매발톱이 눈을 떴다. 어디 아파요? 자다가 깨어났을 텐데도 매발톱의 목소리에는 잠기가 묻어 있지 않았다. 차갑다 싶게 단정한 여자였다. 아니. 미안해. 놀랐지? 나쁜 꿈 꿨나봐. 뒤집힌 바퀴벌레처럼 허공에서 팔을 바둥거리는 모습을 고스란히 매발톱에게 보여주고 말았다는 생각에 수치심이 일었다.

그 여자, 솔바람이 해풍 아니 나도바람꽃의 꿈에 나타나기 시작한 것은 솔바람을 마지막으로 본 지 일 년도 더 지난 뒤의 일이었다. 그 사이, 그는 두 여자에게 더 작업을 걸었다. 이대로 나가면, 나 돌아갈래, 외치던 그곳으로 예상보다 일찍 돌아갈 수 있을 것 같았다.

딱 한 개 남았어. 내 처삼촌이 맡아놓은 거야. 처숙모가 갑자기 위암 말기 진단 받아서 경황이 없다더라구. 분홍빛 전망을 제시하는 친구의 말을 다 믿은 건 아니었다. 분양을 마쳤다는 상가가 들어설 자리에 가보았다. 목이 좋았다. 바로 앞에 건축중인 아파트 단지도 있었고, 통행량도 많았다. 아파트 전세를 빼고 원룸 월세로 들어가며 자영업자가 될 수 있다는 꿈에 부풀었다. 오아시스가 아니라 신기루였다는 걸 아는 데엔 그리 오랜 시간이 걸리지 않았다. 친구는 전화조차 끊은 채 잠적했다. 들끓는 머리를 식히러 들어간 비디오대여점에서 빌려온 영화 〈박하사탕〉을 보면서, 그는 소리쳤다. 나 돌아갈래, 그 쳐 죽일 놈한테 넘어가기 전으로! 다달이 피 같은 월세 나가는 원룸이 아니라 안락한 전세 아파트로! 그러자니 그 쳐 죽일 놈한테 배운 바를 실천하는 게 가장 빨랐다.

순진한 여자들이 몰려 있을 법한 카페에 가입하고 낚싯줄을 드리울 때만 해도, 그렇게 쉽게 입질이 올 줄 몰랐다. 첫번째 입질한 솔바람이 대어가 아니라 피라미라서 잠깐 실망하긴 했다. 솔바람이 그렇게 순순히 줄에 끌려오지 않았더라면, 그는 다른 자리에서 다시 판을 펼치는 걸 조금 망설였을지도 몰랐다. 통장에 찍힌 입금액을 보자 새롭게 눈이 뜨이는 것 같았다. 갖고 싶던 카메라를 사고, 그 카메라에 어울리는 렌즈를 몇 개 샀다. 야생화 카페에 가입하고, 야생화 책을 사서 공부했다. 구절초와 쑥부쟁이를 구분하는 방법부터 각 꽃의 꽃말이며 거기 얽힌 이야기까지. 모임이나 답사 전날엔 잠을 줄여가며 예상되는 질문을 만들어보았다. 사장에게서 배운 바도 컸다. 맨발톱의 옆에 누울 수 있었던 것도 그렇듯 밤잠 줄인 노력으로 쌓은 실력 덕분이었다.

　매발톱은 그동안 만난 여자들과 격이 조금 달랐다. 모래알갱이 하나만큼의 사랑이나 호감에도 몇 캐럿짜리 다이아몬드를 받은 듯 감지덕지하는 여자들, 그들이 해풍의 사업 대상이었다. 그러나 결혼하고 아이까지 낳았는데 남편이 첫사랑이던 여자의 집에 드나드는 걸 알고 이혼한 여자, 아이까지 매몰차게 떼어놓고 온 여자 매발톱은 지적인 데가 있었다. 매발톱은 잠자리에선 뜨거웠는데, 그 뜨거움 한 겹 아래, 서늘하게 기화하며 연기 피워올리는 드라이아이스 같은 구석이 매력적이었다. 이제야말로 잡어가 아닌 대어를 낚은 셈이었다. 매발톱은 자기 집에 그를 들이지도 않았다. 매발톱이 사는, 강남의 아파트 주차장에나 겨우 가보았을 뿐이었다. 그렇다고 담배연기에 찌든 벽지처럼 궁색이 드러나는 자기 집으로 갈 수도 없었다. 매발톱의 격에 맞추느라, 모텔이 아니라 호텔을 전전했다. 그가 호텔비를 계산하면 매발톱은 비싼 밥을 사거나 값나가는 선물로 값을 치렀다. 매발톱은 그들의 관계가 거래에 지나지 않는다는 선을 분명히 긋고 싶어했다. 그에겐 그 선을 넘어야 할 이유가 있었다. 그래, 지금은 네가 고양이처럼 발톱을 일세우고 하악거리지만, 언젠가는 꼬리 내리고 내게 다가와 쓰다듬어달라고 몸을 비비게 될 거야. 그는 매발톱을 애무하는 데 더 공을 들였다. 그가 활시위에서 떠나보낸 화살을 맞고 매발톱이 그의 몸 아래에서 활처럼 몸을 휘고 나면, 그는 난이도가 조금은 낮아졌으려니 하면서 선잠에 들었다. 솔바람이 꿈자리를 짓밟기 시작한 건 그 무렵이었다. 꿈속에서 솔바람은 물이 뚝뚝 떨어지는 젖은 머리였다. 생시의 솔바람은 늘 짧은 커트머리인데, 왜 꿈에서는 물미역 타래처럼 검고 긴 머리채를 늘어뜨리고 나타나는지 모를 일이었다. 꿈에 솔바람의 출현이 잦아질수록, 그는 솔바람이 무서워졌다. 차라리 악다구니를 하면 시원할 것 같았다. 잊을 만하면 꿈속에서 솔바람이 나타났고, 솔바람을 본 날은 속옷이 푹 젖도록 진땀을 흘렸다. 혹시 솔바람이 죽은 거나 아닐까. 그래서 귀신이 되어 내게 붙은 것이 아닐까. 어이없을 만큼 단순한 성품을 가진 솔바람이니, 남들이라면 이리 재고 저리 잴 일도 단순하고 우직하게 저지를지도 몰랐다. 종교도, 귀신도 믿지 않는 나도바람꽃에게 그런 생각이 들었다. 그렇지 않고서야 이렇게 끈질기게 꿈에 출현할 리가 없었다.

내가 잠들게 해줄게요. 매발톱이 그의 가슴에 머리를 얹으며 속삭였다. 매발톱의 머리카락이 살갗에 닿자, 꿈속에서 감겨오던 솔바람의 물미역 같던 머리가 생각나 몸이 싸늘하게 식었다. 그는 온 신경을 아래로 집중했지만, 목덜미를 간질이는 머리채가 꿈을 떠올리게 해 그 집중을 방해했다.

욕망을 채우지 못한 채 돌아누운 매발톱 곁에서 무안함 때문에 달아올랐던 나도바람꽃은 머릿속이 바빠졌다. 벌써 세번째 실패였다. 매발톱이 돌아눕는 것도 무리는 아니었다. 다른 여자를 찾아야 할지도 몰랐다. 어쩌면 솔바람이 보기보다 만만한 여자가 아니었을지도 모른다는 뒤늦은 의혹이 일었다. 기억 속에서 지워져가던 솔바람의 전화번호를 겨우 되살려낸 건 매발톱에게 싸늘하게 차인 뒤였다.

왜, 화났어? 이제 나하고 말도 하기 싫다는 거야?

해풍은 피식 웃었다. 알았다, 알았어. 해풍이 사파리 호주머니에서 무언가를 꺼내 탁자 위에 탁 올려놓았다. 은행 로고가 찍힌 봉투였다. 우선 이것만이라도 받아둬라. 늦어서 미안하다. 나도 그동안 스토리가 많았다. 나머진 다음에 줄게. 봉투 안에는 솔바람이 기억하는 액수의 절반이 들어 있었다. 이건 또 어떤 년 등쳐서 나온 돈이니? 속에서 말이 터져나왔지만, 그럴 때, 동애라면 그런 말을 하지 않을 거라는 깨달음이 바로 이어져 솔바람의 말을 입안에서 바꾸게 했다. 나중 언제? 갑자기 말을 바꾸려니 혀가 꼬인 듯 말이 어눌했다. 생기는 대로 돌려줄게. 이번처럼 길진 않을 거야. 나도 너처럼 기센 여자 돈 안 돌려주고는 못 산다. 적어도 그 순간 해풍의 그 말은 진심이었다. 그런데…… 네가 뭘 어떻게 했기에 밤마다 꿈에 나타나서 날 괴롭히냐? 꿈에? 솔바람이 물었다. 그래, 아주 사람 말려 죽이려고 작정한 거 같더라, 너? 그 카펜 또 어떻게 알았고?

솔바람이 나도바람꽃을 찾게 된 것은 우연이었다. 요즘은 솔바람님 글을 통 볼 수 없네요? 솔바람님 글 읽는 재미에 카페에 드나들었는데 혹시 편찮으신 건 아닌가 해서 소식 전합니다. 일 년 동안, 인터넷도 제대로 안 되는 아프리카 오지에서 지내다 왔다는 자사모 회원이 보내온 쪽지를 받고 오랜만에 카페에 들어갔다. 게시물 검색에서 혹시나 하고 해풍을 쳐보았다. 최근 글이 있었다. 해풍이 쓴 게 아니라 논두렁이라는 별명을 가진 사람의 글이었다. 해풍님 기억하시죠? 엊그제, 아이의 숙제를 돕느라 야생화를 검색하다가 우연히 해풍님 비슷한 분을 보게 되었어요. 야생화 모임 카페인데, 정모 때 농업기술센터 뒤편의 야생화를 열심히 찍으시던 모습이 생각나더군요. 누구 해풍님 소식 아시는 분 계세요? 글 말미에 붙여놓은 웹 주소로 들어갔다. 카페의 게시물들을 훑어보기 위해선 카페에 가입해야 했다. 솔바람은 그냥 가입하려다가 문득 걸리는 게 있어서 친구의 아이디를 빌렸다. 카페 회원들이 대부분 그런 것처럼, 솔바람도 별명으로 야생화의 이름을 택했다. 복수초. 단순히 이름이 마음에 들어서였다. 복수할 거야.

솔바람, 아니 복수초는 거기서 해풍을 찾아냈다. 회원들 답사 사진에서, 카메라를 목에 건 채 미소짓는 그는 나도바람꽃이라는 별명을 쓰고 있었다. 바람은 형태가 없는데, 그 바람을 닮아보겠다고 나도바람꽃입니다. 그처럼, 보이지 않는 것까지 느낄 수 있는 마음을 갖고 싶어서 나도바람꽃을 좋아합니다. 나도바람꽃은 제 별명의 유래를 그렇게 적어놓았다. 복수초는 자기가 일 년이나 생이자를 문 돈이 집 한 채 지니지 못한 노인이 비바람 피할 터전이 아니라 나도바람꽃의 근사한 카메라와 렌즈들로 둔갑했다는 걸 확신할 수 있었다.

복수초님, 반갑습니다. 복수초는 눈이 녹기 전에 눈 속에서 꽃부터 피우는 꽃이죠. 꽃이 필 때 뿌리를 캐어보면 뿌리에서 김이 무럭무럭 나서 식물난로라고 할 수 있답니다. 복수초님이 우리 카페에서 난로와 같은 온기를 나누어주셨으면 좋겠군요. 참, 복수초의 꽃말이 '영원한 사랑'이라는 건 알고 계시죠? 가입 인사에 친절하게 달린 나도바람꽃의 덧글을 읽으며 복수초는 차갑게 웃었다. 영원한 사랑 좋아하시네. 혹시라도 자기의 정체가 드러나면 나도바람꽃이 바람에 날아갈까봐, 복수초는 아주 간결하게 감사하다는 답글을 썼다. 마음 같아선 카페에 나도바람꽃의 파렴치한 행적을 낱낱이 밝히고 싶었는데, 그러지 말라고 말리는 사람도 없었는데, 솔바람은 그러지 못한 채 카페에 드나들었다. 나도바람꽃은 시골로 내려간 것도 아니었다. 이번 답사는 유난히 즐거웠답니다. 구파발 역에 갔더니 은평구에서 사시는 나도바람꽃님, 들꽃세상님 등 몇 분이 먼저 와 계시더군요. 은평구?

정말 아무 일도 안 했어? 솔바람을 바라보는 해풍의 눈에 의심이 서리서리 깔려 있었다. 도무지 믿을 수 없다는 듯, 양미간에 세로주름을 세우며 바라보는 해풍 앞에서 솔바람의 얼굴이 갑자기 환해졌다. 겨우내 얼어붙은 땅, 바스라진 낙엽들 틈에서 말갛게 피어나는 봄꽃처럼. 봄꽃이 꽃잎을 열듯, 솔바람은 입을 열어 나긋나긋하게 말했다. 나 알잖아. 나처럼 바보 같은 사람이 뭘 어떻게 하겠어.

솔바람이 한 일은 아무것도 없었다. 그녀, 처음으로 자기를 인정해준 온라인에서조차 패배감을 느끼게 한 사람을 지워낼 수 없었을 뿐이다. 생각날 때마다 은평구 쪽을 바라보며 해풍의 반주그레한 얼굴을 향해 눈을 흘겼다. 어디 네가 내 돈 떼먹고 얼마나 잘사나 보자, 하면서. 저주인형이라도 사고 싶은 마음이었다. 카페에 답사 일정이 오르면, 나도바람꽃이 어느 산기슭에서 또 어떤 속없는 년을 호리고 있겠지, 하는 생각이 떠나지 않았다. 언젠가 가본 동굴 속에서 바위에 구멍을 내던 물방울을 떠올리며, 그렇게 끈질기게 생각의 끈을 놓지 않았을 뿐.

요즘도 카페에 글 자주 남겨? 솔바람 글 좋아하는 사람들 많았는데. 해풍이 난데없이 추억에 잠긴 어조로 물었다. 솔바람 좋아하시네, 이제 나 복수초거든? 그 말이 하고 싶어 근질거렸지만, 솔바람은 참았다. 나머지를 다 받고 나서 이야기해줄 요량이었다. 어리석은 여자를 울리면 어떻게 되는지. 그 이야기를 동애에게 들려줄 생각을 하자, 처음으로 솔바람의 입가에 미소가 지어졌다. 어서 가서, 동애에게 이 이야기를 해주고 싶어서 솔바람은 자리에서 벌떡 일어났다. 해풍 앞에서 먼저 몸을 일으킨 건 처음이었다.

앎이라는 비극, 삶이라는 축제

조연정(문학평론가)

1. 속고 속이는 삶

인생은 배신의 연속이다. 우리는 관계 안에서 속고 속이며 살아간다. 내 마음과 네 마음이 온전히 하나일 것이라 믿는 순간 두 마음이 전혀 다른 것이었음을 알게 되는 일은 비일비재하다. 타인을 완벽히 속이고 있다고 안심하거나 자책하는 누군가는 실상 자신이 속고 있는 줄 모르는 바보이기도 쉽다. 내 욕망과 네 욕망은 같은 자리에서 동시에 충족될 수 없기에 내 욕망의 만족을 위해 타인의 욕망은 반드시 희생되어야 하는 것이다. 타인의 불행을 볼모로 삼아야만 나 자신의 행복을 기대해볼 수 있으므로 우리 모두에게 거짓말과 속임수는 불가피하다. 이 거짓말은 상대를 절망으로부터 지켜내기 위한 선의의 거짓말이기도 하다. 그렇다면 배신이란 무엇인가. 배신은 그 거짓말과 속임수가 제대로 작동하지 못하는 상황을 가리킨다. 속은 자가 자신이 속았다는 사실을 깨달았을 때에야 비로소 배신은 성립한다. 거짓말 자체가 배신인 것이 아니라 거짓말이 결국 거짓말로 탄로나는 상황, 즉 실패한 거짓말이야말로 배신인 셈이다. 즉 배신이란 상대로 하여금 '너무 많이 알게' 하는 일이다. 거짓말을 눈치채지 못하는 사람은 결코 배신당할 일이 없다. 그러니 관계 안에서 운이 좋은 사람은 속지 않는 자가 아니라 반대로 자신이 속고 있음을 절대 모르는 자일 것이다.

인간관계가 배신의 연속으로 이루어져 있기 때문일까. 우리의 흥미를 끄는 소설들은 배신과 복수의 테마를 즐겨 사용한다. 배신이 일상의 관계 안에서 일어나는가, 아니면 특정한 신념과 관련하여 일어나는가에 따라 이야기의 무게가 달라지기는 하지만, 배신의 테마는 관계 안에서의 욕망의 본질은 물론, 거짓말이라는 행위와 더불어 말의 본질마저 사유하게 만든다. 이야기 속 배신의 상황을 작중인물보다 조금 미리 간파하기도 하는 독자는 저 거짓말이 언제 어떻게 탄로날 것인지, 그리고 배신당한 자는 어떤 복수를 감행할 것인지, 결국 이야기 안에서나마 관계의 정의(正義)가 어떻게 지켜질 것인지, 노심초사하며 이야기를 따라간다. 진실이 어떤 식으로든 밝혀지면, 속은 것을 알게 된 자는 분노의 정도에 값하는 복수를 감행하거나, 원한 만큼 얻지 못하는 것이 인생의 진리라는 사실을 체념적으로 깨닫기도 한다. 배신과 복수는 인간의 정념을 가장 강하게 뒤흔들 수 있는 테마이기 때문에 특히 긴 호흡의 장편소설에서 즐겨 사용되기도 한다.

단편소설에서는 어떨까. 배신은 발각되지 않거나 복수로 이어지지 못한다. 이야기의 물리적 길이 때문이라고 말하면 무책임한 설명일지 모르지만, 사실 장편과 단편은 물리적 길이의 차이가 핵심이다. 단편은 장편을 간결하게 압축한 것이 아니라 장편의 한 단면을 보여주는 것이기도 하다. 단순한 구분일 수 있지만, 장편이 대체로 배신과 복수(물론 복수가 실패하는 경우도 있다)의 완결된 이야기를 그린다면, 단편은 그 완결된 이야기의 한 부분에 집중하게 된다. 그렇다면 현실과 밀착하게 되는 쪽은 장편이 아닌 단편일 수 있다. 배신당한 자에게 복수의 기회를 주지 않은 채 이야기를 중단하거나, 이유 없이 다짜고짜 복수를 감행하는 자를 등장시키는 단편은 배신과 복수의 드라마를 온전히 완성하지 못한 채 삶과 뒤섞이게 된다. 일상으로 돌아온 독자는 내내 생각한다. 배신당한 사람은 어떻게 되었을까. 이유 없이 감행되는 저들의 악행에는 어떤 이야기가 숨어 있을까. 이와 같은 의문을 남기면서 단편은 우리 삶에 불편한 긴장을 유발한다.

흔히 진정한 리얼리즘은 장편을 통해 완성된다고들 하지만, 제임스 우드를 따라 리얼리즘을 '삶 동일성(lifesameness)'이 아닌 '삶다움(lifeness)'으로 이해, "진정한 작가, 곧 삶을 자유롭게 섬기는 자는 (……) 마치 삶 그 자체가 관습적인 것으로 화하기 직전의 순간에 있는 것처럼 항상 행동해야"[1] 한다는 그의 말을 적극 참조한다면, 복잡한 삶을 그럴 듯한 이야기 안에 단순화하는 경우보다는 우리 삶의 결정적인 한 국면을 드러냄으로써 복잡한 삶을 더욱 복잡하게 만들어버리는 단편이야말로 진정한 '삶다움'의 문학이라 할 수 있을지도 모른다.

이혜경을 우리 문단의 대표적인 단편작가라 말해보면 어떨까. 1982년

---

1) 제임스 우드, 『소설은 어떻게 작동하는가』, 설준규·설연지 옮김, 창비, 2011, 251쪽.

단편 「우리들의 떨켜」로 등단한 이후 오랜 휴지기를 거쳐 1995년 장편 『길 위의 집』을 발표한 이혜경은 이후 세 권의 소설집 『그 집 앞』(1998), 『꽃그늘 아래』(2002), 『틈새』(2006)를 출간했고 2010년 장편 연재(「사금파리」, 『문학과사회』 2009년 가을호~2010년 가을호)를 마무리했다. 흔히 이혜경은 과작(寡作)의 작가로 불리지만 단편에 더 많은 공을 들인 작가로 이해해보는 편도 좋을 것이다. 등단 이후부터 가족 이야기를 중심으로 힘없고 힘겨운 사람들의 사연을 조곤조곤 들려준 이혜경의 소설을 읽으며 우리가 주목한 것은 타인을 향한 지극한 공감의 태도와 단정한 문체의 미학이었다. 흥미로운 이야기를 호들갑스럽게 만들어내기보다는 느리고 조용하게, 또 치밀하고 따뜻하게 일상적 삶의 한 부면을, 누군가의 아픈 마음자리를 가만히 들여다보는 작가를 통해 우리는 새삼 단편의 위력이라는 것에 대해 생각해보기도 했다. 여러 인물의 내면을 두루 거치기보다 단 한 명의 내면을 집중적으로 들여다보는 이혜경식의 화법은 타인에 대한 그녀의 공감이 얼마나 정성스럽게 진행되고 있는지 확인해주는바, 이러한 이혜경 소설의 특장들이 단편이라는 형식과 더불어 단단해졌다 말한다 해도 틀린 말은 아닐 것이다. 그녀의 네번째 소설집 『너 없는 그 자리』에서 그녀는 또 어떤 단편의 미학을 보여주고 있을까. 천천히 읽어보자.

2. 너무 많은 앎의 비극

『너 없는 그 자리』의 테마를 '배신'이라 말해보자. 저 멀리 아프리카로 직장을 옮겼다는 남자를 서울 한복판에서 만난 여자(「너 없는 자리」), 어느 날 남자친구의 결혼 소식을 다른 사람의 입을 통해 듣게 된 여자(「한갓되이 풀잎만」), 오로지 적금과 절약으로 모은 소중한 전 재산을 친구에게 사기당한 남자(「북촌」), "여자라는 걸 느끼게 해준" 유일한 남자가 결국 자신의 얼마 안 되는 돈을 노린 사기꾼이었다는 사실을 알게 된 여자(「해풍이 솔바람을 만났을 때」) 들이 등장하는 『너 없는 그 자리』에서 '배신'이라는 테마는 유독 뼈아프게 느껴진다. 왜 일까. 자신의 전부를 내어줄 만큼 믿었던 상대에게 배신당한 자들은 단순한 배신감보다도 자신의 삶을 지탱해준 유일한 무엇을 잃었다는 사실로 인해 고통받고 있기 때문이다. 그들이 잃은 것은 자신의 불행한 어린 시절을 보상받기 위해 모든 것을 희생해 차곡차곡 모아온 돈일 수도, 어렵게 이룬 성공일 수도, 외롭고 어두웠던 삶에 선물처럼 찾아왔던 단 한 사람일 수도 있다. 결국 그들이 잃은 것은 자신들의 불행한 과거와 현재를 보상해줄 미래에 대한 기대와 희망이다.

　"당신, 잘 지내요?"(9쪽)라는 애틋한 문장으로 시작하는 표제작 「너 없는 그 자리」는 불가피한 사정으로 인해 사귀던 남자와 잠시 동안 이별하게 된 여자의 독백을 들려준다. 같은 회사에 근무하던 남자는 케냐 지사로 발령을 받아 떠났고, 남은 여자는 남자에게 자신의 소소한 일상과 그와의 추억을 조곤조곤 이야기하는 편지를 쓰고 있다. "당신 방으로 스며드는 아프리카의 꽃향기로 변할 수 있다면 지금이라도 내 몸을 내주고 꽃이 되고 싶어요"(15쪽)라고 말하거나, "당신, 내가 당신 이름을 얼마나 자주 부르는지 모르죠?"(19쪽)라고 말할 때 그녀는 갑작스러운 이별을 애달파하는 그저 여린 여자로 비칠 뿐이다. 그런데 그녀의 이야기를 읽어나갈수록 어쩐지 이 여자의 편지가 메아리 없는 독백처럼 들리기 시작한다.

사실 남자는 케냐에 가지 않았다. 남자는 여자를 떼어놓기 위해 거짓말을 한 것이다. 여자는 어느 날 남자를 강남의 한복판에서 목격한다. 여자는 배신을 당한 것이다. 그런데 과연 남자는 속이고 여자는 속은 것일까. 사실 여자의 독백만으로 이루어진 이 소설에서 명확한 사실관계를 파악하는 일은 쉽지 않다. 남자는 "등짝을 후려치는 매처럼 모질게"(33쪽) 그녀 곁을 떠나버린 매정한 남자로 여자에게 기억되지만, 그녀의 이야기가 진행될수록 남자와 여자의 관계가 전부 여자의 착각이었음이 드러난다. 병원에 입원한 남자의 어머니를 매일 찾아가고 남자의 생일에 회사 앞에서 무작정 기다려 남자를 당황시키고, 남자의 친구로부터 "경원씨가 뭔가 오해를 한 것 같다"(27쪽)는 남자의 말을 전해 듣기도 했지만 여자의 착각은 교정되지 않았다. 급기야 남자는 케냐행이라는 거짓말을 택하게 된 것이다.

멀리 타지로 떠난 연인에게 애틋한 안부를 묻는 것으로 시작하는 이 소설의 첫번째 반전은 남자가 여자를 속였다는 사실이다. 그리고 두번째의 진짜 반전은 남자와의 모든 관계가 여자의 착각이었다는 사실이다. 그런데 이 여자는 남자와의 관계가 자기 혼자만의 착각이었다는 사실을 과연 몰랐을까. 「너 없는 그 자리」는 남자에게 배신당한 여자, 혹은 관계를 착각한 여자의 이야기라기보다는 진실을 외면하고 있는 여자의 이야기로 읽혀야 할지 모른다. 여자는 왜 진실을 외면하는 데 필사적일까.

당신과 가까워지면서, 나는 늘 당신을 몸에 품고 다니는 기분이었어요. 언젠가, 몸에 혹이 있어서 수술한 사람의 기사가 해외 토픽으로 나온 적이 있었죠. 그때 그 혹이, 실은 혹이 아니라 태내에서 죽어버린 쌍둥이였다지요. 그 기사를 본 날, 나는 내가 당신을 그렇게 품고 다녔다는 걸 알았어요. 아니, 당신을 그렇게 품고 다닐 수 있다면 등에 혹을 매달고 다니는 것쯤 감수할 수 있다고 생각했어요. 그때 당신, 휴일의 텅 빈 회사 화장실에서 소리내어 운 여자를 이해한다는 눈으로 바라보아준 당신, 그 눈빛의 따뜻함은 내게 각인 같았죠.(22~23쪽)

여자는 남자를 눈으로 만났다. 운전중에 시비가 붙어 잔뜩 겁을 먹었던 여자가 회사 화장실에서 실컷 울고 나왔을 때, 그때 처음 마주친 남자는 여자를 걱정스러운 눈으로 바라봐주었다. 그 눈빛이 여자에게 지울 수 없는 따뜻함으로 각인되었다. 남자의 실수로 여자가 손가락에 깁스를 하게 된 일도 여자에게는 운명처럼 생각되었다. 우연한 계기들이 겹치면서 여자는 남자를 "태내에서 죽어버린 쌍둥이" 같은 운명의 짝으로, "거울 속의 상"(31쪽)으로 생각해버린 것이다. "당신을 몸에 품고 다니는 기분"(22쪽)이었다는 여자는 남자의 외면 앞에서 차라리 배신당한 여자이기를 택했다. 첫눈에 운명으로 각인된 상대가 단 한 번도 자신을 품어준 적 없다는 사실이 그녀에게는 한 남자로부터의 배신이기 이전에 온 세상으로부터의 거절로 여겨졌을 수 있다. 어린 시절 그림자 밟기 놀이에서 술래가 된 여자가 전학온 친구 소정의 그림자를 무참히 밟으며 친구들의 무리에서 그 아이를 내몰고 자신의 자리를 굳건히 지켜냈듯, 여자는 지금 어린 시절의 그런 천진한 잔인함으로 진실을 외면하며 혹독한 세상과 맞서고 있다.

「너 없는 그 자리」를 통해 이혜경이 그리는 것은 배신과 복수의 흥미로운 드라마가 아니라, 세상의 배신으로부터 가까스로 자신을 지켜내려는 가진 것 없는 자의 안간힘이다. 아무리 간절한 마음이라 하더라도 원하는 것을 얻기는 좀처럼 쉽지 않으며 그나마 얼마 안 남은 것마저 너무 쉽게 가로채가는 것이 어쩌면 삶일 것이다. 부서질 듯 연약한, 그래서 오히려 무시무시하게 단단해진 여자의 목소리를 통해 이혜경은 이토록 쓰린 삶의 진실을 보여준다. 지금 여자는 자신이 세상으로부터 배제된 것이 아니라 파렴치한 한 남자로부터 배신당했을 뿐이라고 시치미를 떼는 중이다. 그리고 여자의 이같은 시치미는 자신을 지키는 마지막 수단이다.

「꿈길밖에 길이 없어」 역시 한 남자의 시치미 떼기 전략을 그린다. 결론부터 말하자면 "저는 왜 미쳐지지도 않는 걸까요?"(190쪽)라는 말을 남기며 세상을 등진 '갑선'은 불행하게도 시치미 떼기 전략에 실패했다 할 것이다. 어려서부터 부모 대신 동생들을 책임져야 했던 '평화이발소'의 이발사 갑선은 망나니 같은 두 동생 뒤치다꺼리에 평생을 다 바쳤다. 어느 날 갑자기 여행을 떠난다며 "전에 없이 윤기 흐르는 (……) 얼굴"(183쪽)로 트렁크를 끌며 나타난 갑선을 이상하게 여긴 사람은 단골 '김씨'다. 온 가족의 희생으로 명문대에 진학하고 결국 엘리트의 세계에 편입하였으나 가족을 철저히 외면해버린 자신의 형을 생각하며, 김씨는 동생들을 끝까지 책임지려는 갑선의 태도를 각별하게 보아왔다. 해외여행을 간다며 동네 노인들에게 호기롭게 값비싼 식사까지 대접하는 갑선의 전에 없던 행동들에서 김씨는 이상한 기미를 발견한다. 김씨의 관심 덕분에 갑선은 호텔의 특실 대신 병실 신세를 지게 된다.

철저히 동생들을 위한 삶을 살았던 갑선은 어느 날 갑자기 "신경세포 하나가 툭 끊어"(185쪽)져버린 듯 미쳐버린 것이다. 「꿈길밖에 길이 없어」는 갑선을 바라보는 관찰자로서의 김씨와 갑선 사이에서 초점화자를 옮겨가면서 갑선이 조울증으로부터 회복되는 과정을 그린다. 갑선의 조울증은 견디기 힘든 불행한 삶으로부터 자신을 지키기 위한 일종의 시치미 떼기였을 것이다. 그런데 갑선이 못 견딘 고통이 단순히 동생들을 책임져야 했던 삶의 고단함이었다고만 할 수는 없다. 사고친 동생의 합의금을 마련하지 못해 동생을 감방에 보내야 한다는 사태에 직면한 직후 갑선은 정신을 놓아버렸다. 동생들을 책임지는 일에 자신의 평생을 다 바쳐온 갑선에게 스스로의 무력함을 확인하는 일은 대단한 충격이었을 것이다. 상태가 점차 호전되어감에 따라, 행복해 보이던 갑선에게는 "잔고가 바닥을 향하는 통장을 들여다보는 사람의 표정이 떠오르기 시작"(187쪽)한다. 제정신이 들기 시작하면서 그는 동생들에 대한 책임감으로 버텨온 자신의 삶이 허물어진 듯한 느낌을 받았을지 모른다. 결국 김씨의 애정 어린 관심은 갑선을 다시 불행의 삶으로 내몰아버린 셈이다. 허망한 삶의 고단함을 외면하고자 '변신'을 시도해본 갑선은, 벌레의 몸으로 집을 나가버린 카프카의 주인공처럼, 삶으로부터의 완전한 이탈을 감행하게 된다. 병세가 호전되어 누추한 일상으로 돌아오게 된 갑선은 자살해버린 것이다.

"저는 왜 미쳐지지도 않는 걸까요?"(190쪽)라는 한탄은 이 소설집을 통틀어 가장 뼈아픈 한마디가 아닐 수 없다. 이혜경의 『너 없는 그 자리』는 이처럼 인생의 마지막 보루마저 빼앗긴 사람들의 고군분투를 그린다. 이들은 어쩌다 이토록 불행한 상황에 놓이게 된 것일까. 그녀의 소설에는 특별히 악한 사람도 특별히 선한 사람도 등장하지 않는다. 다만, 세상이 자신을 외면하고 있다는 사실, 즉 세상으로부터 차갑게 버림받았다는 사실을 너무나 분명히 인지하고 있는 불우한 사람들이 등장할 뿐이다. 이들을 구원할 사람은 누구인가. 너무 많이 알게 된 자기 삶의 진실에 대해 짐짓 모른 척해보는 것만이 이들에게 허락된 허약한 자구책일 텐데, 이들의 전략은 대체로 성공하지 못한다. 세상으로부터 배척당했다는, 어쩌면 누구나가 겪을 그 평범한 사태 때문이 아니라, 너무 많은 것을 알아버렸다는 사실, 그리고 그것을 모른 척하는 것도 불가능하다는 사실 때문에 정말로 불행해진 사람들의 이야기를 이혜경은 천천히 들려주고 있다. 악한 사람들이 결국 불행하게 되고 선한 사람들이 행복을 선물받는다는 거짓말 같은 도덕적 정의(正義)는 이혜경의 소설에서 거의 찾아볼 수 없다. 일상의 삶에서도 물론이다. 그런 점에서 이혜경의 소설은 '삶 동일성'에 충실하다고 할 수 있을 텐데, 마음마저 가난해져버린 자들의 이야기를 섬세히 재현하고 있다는 점에서 그녀의 소설은 우리의 일상에서 좀처럼 가능하지 않은 '삶다움'으로도 충만하다 해야 할 것이다.

3. 연민하는 자들과 기다리는 자들

그것이 무엇이든 우리 삶에서 가장 비극적인 사태는 몰라야 할 사실을 알아버리는 것, 그리고 이미 알게 된 사실을 모른 척할 수 없게 되는 것이다. 이혜경의 어떤 소설이 모른 척하기의 안간힘을 그린다면, 또 어떤 소설들은 마음이 가난해진 사람들끼리의 안쓰러운 만남을 그린다. 물론, 세상에 홀로 남겨진 듯한 열패감 속에서 서로에게 이끌린 사람들이 같은 마음을 나누며 완벽히 위로받는다는 것은 아름다운 환상에 불과하다. 동병상련도 잠깐일 뿐, 처참한 거울상을 바라보는 듯한 관계가 위로가 될 수는 없는 일이다. 불행한 자들의 거울보기는 결국 자괴감을 돌려받을 뿐이다.

「한갓되이 풀잎만」의 기혜에게 일어난 일은 「너 없는 그 자리」의 경원에게 일어난 일과 유사하다. "부모 자격시험이 있다면 사이좋게 떨어졌을"(42쪽) 만한 부모에게 일찌감치 버림받은 고졸 경리사원 기혜는 전도유망한 학원 강사 M과 비밀 연애중이다. 태어난 그 순간부터 부모에게 애정 어린 사랑 한 번 받아보지 못한 기혜에게 M의 친절은 "특별하긴 하지만 날마다 먹을 수는 없는 음식"(50쪽)처럼 그녀를 단번에 사로잡았다. 어울릴 수 없는 이 둘의 만남은 역시나 "유능한 강사를 스토킹했다는 경리사원에 대한 소문"(50쪽)으로 막을 내린다. M이 학원장의 조카와 결혼하기로 되어 있다는 소식을 기혜는 소문으로 전해듣는다. 내내 퀴퀴한 냄새가 나던 자신의 삶에 예기치 않은 선물 같았던 M은 결국 그녀 삶의 누추함을 명확히 짚어주고 떠나버린 것이다. 집에서 나던 퀴퀴한 냄새가 그를 떠나게 했을까, 점점 멀어져가는 그를 눈치채지 못한 것은 다만 '맹목' 때문이었을까, 이런저런 상념에 잠겨보는 기혜는 결국 "약속은 어긋나고 믿음은 배신당하는 게 오히려 정상인 것"(49쪽) 같다고 체념해버린다.

그녀에게 이러한 체념을 알려준 것은 무엇일까. 절반은 보잘것없었던 그녀의 삶, 또 절반은 그녀가 들었던 세상의 사연들이다. 결국 '너무 많은 앎'이다. 이 소설의 중간쯤에 뜬금없이 삽입되어 있는 여배우의 이야기는 기혜의 사정을 대변하는 듯도 하다. 언젠가는 주연배우가 되리라 기대하며 돈을 벌기 위해 에로영화를 찍고 있는 무명배우는 벌거벗은 자신을 향해 사진기를 들이미는 사진가에게 "난 진짜 배우가 될 것이고, 지금은 그저 때가 되기를 기다리는 것뿐"(45쪽)이라고 울며 말하고 있다. 무명배우는 결국 웃게 될까. 저 눈물은 주연배우가 되지 못할 것이라는 사실을 어렴풋이 짐작한 절망의 눈물이 아니었을까. 드러내지 못한 M과의 사랑이 기혜에게 주었던 모멸감 역시 비극적 결말에 대한 이러한 예감과 무관하지 않았다. 그녀는 M의 비밀을 뒤늦게 알았지만, 무명배우가 단번에 주연배우가 될 수는 없다는 진실은 일찌감치 알아챘을지 모른다.

그녀를 체념시킨 절반의 '앎'은 또 무엇일까. 도청된 녹음 파일을 녹취록으로 만드는 일을 하게 된 기혜는 온갖 배신의 목소리들을 접하게 된다. 허공에 흩어져버릴 것이라 안심한 누군가의 말들은 그대로 보존되어 다른 누군가에게 치명적인 상처를 남기기도 한다는 사실을 기혜는 깨닫게 된다. 너무 많은 앎이 비극이라는 사실을 뼈아프게 체험한 기혜는 비슷한 처지에 놓인 S에게 '무지'의 행운을 베풀면서 스스로 위로받고자 한다. 부인의 외도 현장의 녹취록을 부탁받은 기혜는 S의 부인이 다른 남자와의 잠자리에서 웃으며 내뱉은 치명적 한마디를 녹취록에서 지워버린다. 그녀는 끔찍한 말의 상처로부터 S의 남은 삶을 조금이나마 지켜주고 싶었는지 모른다. 이 둘은 베푼 마음과 받은 마음뿐 아니라 몸의 온기마저 나누는 사이가 되어버리지만, 기혜도 S도 모를 리 없다. 서로를 끌어안는다고 해서 세상으로부터 철저히 버림받은 상처가 말끔히 지워질 수 없다는 사실을, "저마다 혼자 건너야 할 강이 있다"(54쪽)는 사실을 말이다.

　S는 그 특유의 자세로 잠들어 있다. 키 재는 기구에 올라선 아이처럼 목에서 척추를 거쳐 무릎까지 쭉 편 자세. 가슴과 배의 중간쯤에서 양팔을 모으고 있다. 물 위에 뜬 배, 그 배 안에 든 시신을 연상하게 하는 자세다. 이승의 강변에서 띄우는 배를 타고 흐르고 흘러 레테 강을 건너, 마침내 명부에 다다를 때까지 꿈쩍도 안 할 것 같다. 가늘게 코를 골 때도 있지만, 대개는 입을 조금 벌린 채, 숨쉬는 소리도 내지 않는다. 혹시나 싶어서 그의 입가에 귀를 대고 숨소리를 들어본 적도 있고, 아예 경동맥에 손가락을 대어본 적도 있다.(53~54쪽)

　잠자리를 함께한다는 은밀함이나 잠깐의 온기는 우리 삶에 기입된 서늘한 허무를 얼마나 감춰줄 수 있을까. 아무리 동병상련의 만남이라 하더라도 사람 사이에는 '레테 강'만큼의 건널 수 없는 거리가 존재한다고 이 소설은 말하는 듯하다. 가족이든 연인이든 누구나 친밀한 사람의 잠든 모습을 엿본 경험이 있을 것이다. 그리고 그 경험을 통해 설명하기 힘든 외로움과 연민의 감정을 느껴본 경험도 누구에게나 있을 것이다. 이혜경이 보여주는 상호 연민의 연대는 딱 여기까지이다. 상처받은 몸을 서로에게 기댄다고 해서 끔찍한 '앎' 이전으로 돌아갈 수는 없다. "등줄기로 찬물이 흐르는 듯"(56쪽)한 삶의 서늘함을 나란히 느끼는 것, 그것이 바로 이혜경이 인정하는 최대치의 연대이다.

모든 것을 잃어 외롭고도 무서운 한 남자에게 "신부의 등뒤로 던져지는 부케처럼"(59쪽) 사뿐히 뛰어든 여자가 구원의 존재가 될 수 없는 것도 그런 이유 때문이다. "아침이면 커다란 밥상에 온 식구가 둘러앉아 밥"(61쪽)을 먹을 것만 같은 따뜻한 한옥을 배경으로 하는 「북촌」은, 가진 것 없는 한 남자와 한 여자의 짧은 만남을 적고 있다. 트럭 행상으로 돈을 버는 부모로 인해 남자는 어린 시절 언제나 빈집에 혼자였다. 외롭게 자란 그는 "빈집에 제 아이를 혼자 남겨두지 않겠다는 결심"(65쪽)으로, 오로지 돈을 모으는 목적 하나만 생각하면서 살아왔다. 사업가 아버지 밑에서 부유하게 자란 초등학교 동창 J가 사업 자금을 부탁하며 찾아왔을 때, 그는 지난 시절의 열등감을 보상받고 싶은 허영심 때문이었는지 대출까지 받아가며 자신의 전 재산을 J에게 건넸다. J는 사업 실패 후 잠적했고 남자는 모든 것을 잃었다. 외국에 잠시 나간 친구의 집을 돌본다는 명목으로 그는 북촌 한옥집의 문간방에 임시 기거하고 있다.

잃은 돈인지 J의 행방인지 무언가를 하염없이 기다리던 그에게 예기치 않게도 "햇병아리 솜털처럼 보송거리는"(70쪽) 한 여자가 새처럼 날아든다. 그녀와의 우연한 첫 만남 뒤에 "관 속같이 좁고 긴 방에 누워, 몇 뼘 안 되는 여분의 공간에 그녀가 누워 있는 듯해 공연히 손을 뻗쳐 방바닥을 쓸어"(66쪽)보던 그였다. 절대 제 집처럼 편할 리 없는 그 빈집에 덩그러니 놓여 있던 그에게 기다리던 여자가 거짓말처럼 나타난 것이다. 남자는 자신의 하염없는 기다림에 종지부를 찍어준 여자를 마치 금방이라도 날아갈 듯한 작은 새를 다루듯 정성을 다해 보살핀다. 이 두 남녀는 마치 험버트와 롤리타의 관계처럼 그려진다. 무책임한 엄마와 의부에게서 애틋한 사랑을 받지 못한 채 자란 여자는 자신을 딸처럼 아끼며 돌보는 남자 곁에서 편안함을 느낀다. 남자는 기다리는 것뿐이 할 줄 모르는 자신에게 제 발로 와준 여자가 고마웠겠지만, 남자를 찾아온 여자는 언제든 제 발로 다시 떠날 수 있다는 생각에 더욱 편안함을 느꼈는지 모른다. 부모로부터 일찌감치 독립한 뒤 여러 남자의 사랑을 받았지만 그녀가 진짜 사랑했던 남자는 예쁜 외모로도 감출 수 없는 그녀의 불우한 처지를 확인시켜주고 그녀 곁을 떠났다. 사랑하던 남자의 배신 이후 여자는 남자들에게 새처럼 날아들었다 새처럼 떠나가는 여자가 되어버렸다.

여자와의 관계 끝에는 항상 여자를 아기처럼 자신의 배 위에 얹고 그녀의 심장을 제 심장처럼 느끼며 "세상이 멀찌감치 물러나는 듯"(70쪽) 편안함을 느꼈던 그에게서, 아니나 다를까, 제멋대로 날아왔던 여자는 다시 제멋대로 날아가버린다. 진짜 사랑했던 그 남자가 돌아온 것이다. 남자에게 여자는 세상을 향한 그의 오랜 기다림을 완전히 끝장내줄 상대였을지 모르지만, 여자에게 남자는 진짜 사랑한 남자를 기다리는 동안 잠시 머물 은신처에 불과했다. 새처럼 날아간 여자는 또다시 버림받고 남자처럼 무언가를 간절히 기다리는 처지가 되어버릴지 모른다. 「북촌」은 아무도 떠날 것 같지 않은 따뜻한 한옥집을 배경으로 하지만, 빈집에 홀로 남겨진 어린 아이가 하염없이 자신의 부모를 기다리듯 우리 모두는 잃어버린 무언가를 기다리는 외로운 존재일 것이라고 쓸쓸히 말한다. 「한갓되이 풀잎만」이 그리는 것이 서로를

'연민하는 자'들의 연대라면 「북촌」에서는 '기다리는 자'들의 동거가 그려진다고 할 수 있다. 물론 서로를 향한 연민은 씁쓸한 자기 모멸로 귀결되기 십상이며, 기다리는 자들의 만남은 대체로 어긋나는 어설픈 공존에 불과하다는 사실까지, 이혜경은 말해주고 있다. 이혜경의 소설이 절대 그리지 않고자 하는 것은 완벽한 만남에의 환상인 것이다.

「북촌」의 마지막 장면에서 남자는 빈집을 떠나고 있다. 기다림을 끝장내고 무언가를 찾아 떠나려는 그는 자신이 기대한 것, 혹은 찾고자 한 것을 과연 만날 수 있을까. 이미 잃은 것을 되찾을 수 있을 것이라는 한줌의 기대가 과연 그에게 남아 있을까. 아마 아닐 것이다. 『너 없는 그 자리』의 어떤 소설들에서 그려지는 아픈 자들의 만남은 독자에게 섣부른 희망을 제시하지 않는다. 이혜경은 희미한 희망이나마 손쉽게 그려 보이기보다는 우리 삶의 냉정한 진실을 힘겹게 그려내는 데 더 많은 공력을 들이는 작가이다. 아무리 기다려도 더 기다려야만 하고, 예기치 않은 반가운 마주침은 너무 짧게 끝나버리는 것, 이혜경이 그려내는 만남의 진실은 바로 이런 것이다.

4. 내 마음의 욕심과 네 마음의 순정

이혜경 소설에서 가족은 굴레에 가깝다. 가족이 든든한 버팀목이 되어 승승장구하는 인물은 그녀 소설에서 좀처럼 만나기 힘들다. 저마다 불행한 인물들의 삶을 들여다보면 오히려 그 불행의 기원에 어김없이 가족이 자리하는 것을 볼 수 있다. 이번 소설집에서 이러한 장면이 두드러지는 두 편의 소설을 읽어보자. 「감히 핀 꽃」은 이혜경의 소설을 탐독해온 독자들이라면 기시감을 느낄 만한 소설이다. 여동생과 전화통화를 하는 여자의 목소리만으로 이루어진 소설의 전개방식도 그렇거니와 이 소설에서 그려지는 일그러진 가족상도 이혜경 소설에서 흔히 보아오던 모습과 크게 다르지 않다.

동생에게 전화를 건 여자는 시댁에서 벌어진 일을 시시콜콜 전하고 있다. 집밖으로 돌아다니며 여러 여자를 거느린 시아버지가 "죽을 자리 찾아드신 모양"(119쪽)으로 집으로 돌아왔다는 이야기며, 놀랍게도 시어머니가 기다렸다는 듯 시아버지를 받아들였다는 이야기, 홀로 자식을 건사하며 여장부로 살아온 시어머니가 뒤늦게 돌아온 남편 곁에서 귀여운 고양이처럼 변해버렸다는 이야기, 그리고 결정적으로 시아버지의 간병인으로 들인 여자가 알고 보니 시아버지와 같이 살던 여자였다는 믿지 못할 사실까지, 여자는 시가의 일들을 동생에게 빠짐없이 늘어놓고 있다. 언니에게 일어난 엄청난 일을 듣고 있는 수화기 너머의 동생에게도 힘든 일이 있었던 듯하다. 결혼할 마음이 없어 떠나보냈고 이미 다른 여자의 남편이 된 남자와 오랫동안 만나오고 있었다는 이야기, 그리고 결국 그 사람과 헤어지기로 결심했다는 이야기를 언니는 동생으로부터 전해듣는다. 언니는 "결혼한 여자 입장에서"(128쪽) 동생을 질책하다가 "마음 가는 대로 움직이기 시작하면 그때부터 탈이 나는 거"(131쪽)라며 타이르다가 말상대가 되는 사람이라도 있으니 다행이라고 격려하다가, 결국 남자와 헤어졌다는 동생의 말에 동생이 느낄 허전함을 걱정한다.

「감히 핀 꽃」에서 독자의 주의를 끄는 것은 물론 자신의 욕망만을 생각하며 살아온 한 남자의 드라마 같은 사연이지만, 여자의 독백으로 이루어진 이 소설은 누군가의 사적인 통화 내용을 엿듣는 듯한 흥미를 유발하기도 한다. 가족에 대한 시아버지의 두 번의 배신이나 동생의 불륜에 이르기까지, 여자는 자신의 상식으로는 도무지 이해할 수 없는 황당한 사연들을 점차 이해하게 되는데, 이 모든 과정이 마치 혼자 말하기를 통해 (독자들이 듣는 것은 여자의 목소리뿐이므로) 이루어지는 듯 읽히는 점이 흥미롭다. 누군가의 평범한 아내이자 며느리, 그리고 엄마이자 언니로서만 생각하고 행동하던 한 여자가 혼자 말하기를 통해 인간 존재에 대한 이해의 폭을 넓혀가는 과정을 보여주는 「감히 핀 꽃」은 가족에 대한, 나아가 인간에 대한 작가의 균형 잡힌 시선을 확인시켜 준다. "나중에, 일흔 살 넘어서 그건 별거 아니었는데…… 하는 생각이 들 일이라면 별거 아니니 그냥 넘어가"(137쪽)도 좋다며 홀로 산책을 나선 여자한테 까닭 없는 위로를 건네는 칠십대 할머니의 체념적 긍정까지는 아니더라도 작가는 가족에 대해 한층 여유 있는 시선을 보여주고 있는 것이다.

사실 얼마나 말이 안 되는 경우였니. 그런데, 그런데 말야. 그 말도 안 되는 경우를 곰곰 생각하다보면, 다른 사람의 마음 따위 전혀 안중에도 없이 서로를 위하는 그 마음은 또 뭔가 궁금한 거야. 적어도 시아버지와 그 여자 사이에 오간 마음만은 진실하고 애틋했을 거 아냐. 그러니까 그렇게까지 했겠지. 그런데 그 두 사람을 벗어나서 시어머니나 다른 사람 입장에서 보면 그게 단박에 기막힌 일이 되고 마는 거고. 막상 그 두 사람 사이에 오간 마음만 생각하면 또 그대로 이해될 것 같기도 하고. 그게 뭔지 궁금해 미칠 것 같아. 나 이러다 바람나는 거 아닌가 몰라. 나 좀 말려줄래? (139쪽)

〈세상에 이런 일이〉에 나올 법한 사연이 따로 있는 것일까. 세상의 모든 사연이 연루자의 입장을 취하느냐 한 발 물러선 구경꾼의 입장을 취하느냐에 따라 진실하고 애틋한 사연이 되기도, "단박에 기막힌 일"이 되기도 한다. 내가 행한 일들은 언제나 그럴 수밖에 없었던 일로 합리화되고, 남이 행한 일은 대체로 그러지 말았어야 했던 일로 쉽게 비난하곤 한다. 허약한 인간들의 사태 판단은 내 일이냐 남 일이냐라는 절대적 기준에 따라 확연히 달라진다. 인간은 누구나 각자의 삶을 살 뿐이고 언제나 내 마음만이 명백히 진실이므로, 무엇을 할 것인가 혹은 어떻게 이해할 것인가라는 사태 판단에 있어 살을 비비는 가족 사이에서조차 어긋남은 필연적이다. 이혜경의 소설은 이같은 어긋남이 피할 수 없는 사태라는 사실을 지적하는 데에서 한발 더 나아가, 내 마음의 순정과 네 마음의 욕심이 구분 없이 뒤섞이는 지점, 누구의 마음도 온전한 순정이거나 완벽한 욕심일 수 없음을 이해해보려는 지점까지 나아가고 있다. "그게 뭔지 궁금해 미칠 것 같아"라고 말하는 여자의 경우처럼 이러한 이해는 우리 삶의 단단한 지반을 흔들 것이 분명하다. 문학이 해야 할 일이 바로 이같은 혼돈을 애써 만들어내는 일이 아닐까. 충분히 있을 법한 가족의 이야기를 들려주는 데 그치지 않고 저 혼란을 조장한다는 점에서 이혜경의 소설은 문학다움으로 충만하다.

「금빛 날개」에서 그려지는 어긋남과 혼란은 좀더 참담한 비극으로 제시된다. 자식에게 무책임했으며 위신이나 체면도 몰랐던 부모와의 연결고리를 잘라내기 위해 자수성가에 힘쓴 남자는 결국 명예와 재력을 모두 갖춘 개업의가 되었다. 번듯한 집안의 딸과 결혼하여 "누추하던 골목집의 유전인자"(164쪽)를 어느 정도 걷어내고 처가에 접붙이기에 성공했으며 클래식 감상이라는 고급 취미까지 갖춰 남부러울 것 없는 하이클래스의 삶을 살게 된 것. 자신의 불우한 성장에 대한 보상 심리가 작용했던 것일까. 큰아들과의 첫 대면에서부터 "이 아기가 모욕의 비에 젖는 일이 없게 하리라"(154쪽)고 굳건히 다짐했던 그는 어려서부터 클래식 음악에 특별한 감수성을 보이던 큰아들을 "바이올린을 켜고 플루트를 연주하는 의사"(157쪽)로 키워내려는 계획을 맹목적으로 밀어붙인다. 사회복지학을 전공하고 싶다는 아들과의 실랑이 끝에 경영학에서 타협점을 찾지만, 입대를 앞둔 아들은 피범벅의 시체가 되어 돌아온다. 아들에게 든든한 "유리 온실"(154쪽)을 제공해주었다고 굳게 믿은 그는 아들의 간절한 노크소리를 무심히 외면해버린 것이다. 한밤중에 병원 현관문을 두드리는 소리를 무책임하게 외면한 그는 그 노크소리의 주인이 불량배에게 습격당한 아들이었다는 사실을 뒤늦게 알게 된다.

「금빛 날개」에서 부자 사이의 어긋남은 그저 숙명이라고밖에 말할 수 없다. 이러한 어긋남이 끔찍한 비극일 수밖에 없는 이유는 무엇보다도 의도와 결과 사이의 괴리로 설명될 수 있다. 선한 의도를 갖고 아프리카로 떠난 남자의 동창생 명한이 그곳에서 총에 맞아 죽게 되는 허망한 비극이 발생한 것처럼, 절대 자신의 아들을 겨냥했을 리 없는 남자의 무책임과 무심은 결국 아들의 죽음이라는 비극적 사태를 초래하게 된다. 이 소설에서 말하는 어긋남의 비극이 이게 다는 아니다. 누군가의 간절한 바람은 옳고 그름이나 그 열망의 강도와도 무관하게 필시 실망이나 절망으로 귀결되고, 바란 만큼 얻는 일은 좀처럼 가능하지 않다는 사실을 「금빛 날개」는 다소 충격적으로 보여주는 것이다. 이혜경에게 가족이란 이처럼 인간 삶의 모든 어긋남을 재현하는 유용한 통로가 된다.

5. '모든 불가항력을 딛고'

이미 알아버린 진실은 외면할 수 없고 결코 알 수 없었던 사태 앞에서 태연할 수 없는 것이 인간 삶이라고 이혜경의 소설은 말한다. 불행한 누군가를 위로하려는 행위는 오히려 자신의 불행을 환기하는 자기 연민이나 자기 모멸로 귀결될 따름이고, 기다림과 만남은 그 타이밍이 어긋나기 마련이라고도 그녀의 소설은 말한다. 이처럼 처참하고 허망한 것이 삶이라면 그 삶은 어떻게 누려질 수 있으며 우리는 어디에서 위로받아야 할까. 우리 삶의 모든 비극이 그저 우연히 발생한다는 사실을 강조한 「그리고, 축제」에서 그 해답을 찾을 수 있을까.

「그리고, 축제」에서는 결코 모른 척할 수 없었던 누군가의 비극과 절대 짐작조차 할 수 없었던 누군가의 비극이 겹친다. 그 비극들은 모두 우연히 발생한 것이다. 옛 직장 동료의 부탁으로 발리에서 열리는 문학 페스티벌을 취재하러 떠나고 있는 '지선'의 현재 삶은 위태로움 그 자체이다. 비행기에서 우연히 옆자리에 앉게 된 남자와 결혼하여 '남편 복'을 누리며 살던 지선은 어린 시절 자신을 성추행했던 친척과 우연히 조우한 이후, 잊었다고 생각한 고통스러운 기억의 출몰로 인해 약물중독과 알코올중독 사이에서 헤매는 중이다. 어린 시절의 상처를 그런 대로 잘 극복했다고 생각했지만 자전거를 타다 생긴 흉터가 지워질 수 없듯 어린 그녀가 겪었던 비극은 "의지를 배반하는 몸"(101쪽) 안에 깊게 새겨져 있었던 것이다. 폭탄 테러가 일어났던 곳에서 열리는 페스티벌에 참가하고 있는 지선은 엄청난 비극에 내몰렸던 사람들과 마주한다. 그녀는 그들과의 만남으로부터 무엇을 얻게 되었을까. 자기 비극의 보잘것없음을 깨닫고 스스로를 위로하게 되었을까. 예기치 못한 비극 이후에도 남겨진 자로서의 역할에 충실한 자들을 보며 자신의 허약함을 반성하게 되었을까.

어린 시절 지선이 겪은 불행도, 그리고 그 불행을 복기하게 된 계기도, 그리고 저 멀리 발리에서 일어난 참담한 비극도 모두 우연히 일어난 일들이다. 불운이라고밖에 할 수 없는 비극적 사태 앞에 놓인 사람들의 사연을 하나하나 소개하면서 「그리고, 축제」는 고통의 상대성을 주장하지도, 숙명론이나 낙관론을 섣불리 제안하지도 않는다. 「그리고, 축제」를 통해 작가가 말하고자 한 것은 "그 모든 불가항력을 딛고"(112쪽)라는 한마디 말로 요약될 수 있을지 모른다. 불가항력을 딛고 넘어서는 것이 아니라 그 불가항력에 한 발을 내어준 채 살아가는 삶이야말로 진짜 삶다운 것이라고, 그리고 그 삶다움을 재현하는 일이야말로 진정한 문학다움을 완성하는 것이라고 작가는 말하려는 듯하다. 제 자신의 불행을 모른 척하기 힘들다는 앎의 불가항력, 짐작조차 하지 못했던 일들과 끊임없이 마주할 수밖에 없다는 삶의 불가항력, 그리고 어떤 위로나 공감으로도 좀처럼 완벽해질 수 없다는 관계의 불가항력. 이혜경은 이 모든 불가항력을 디딘 채로만 우리 삶이 언젠가는 진정한 축제가 될 수 있다고 말하고 있는 것이다.

작가의 말

"모진 질병 돌 적에는 약풀 되어 치료하고 흉년 드는 세상에는 쌀이 되어 구제하되……"

사찰 예불에 쓰이는 이산혜원선사 발원문 가운데 한 구절이다. 처음 듣는 순간 사무쳤던 이 구절은 몇십 년 지난 지금까지도 여전히 처음처럼 가슴을 울린다.

지난 책과 이번 책 사이의 긴 시간, 나는 약풀 되기를 감히 꿈꾸기는커녕 약풀이 절실히 필요한 영혼이었다. 전도된 말들의 시절. 항심 언저리에도 다다르지 못한 내 마음의 물그릇은 걸핏하면 출렁여, 나는 내가 만든 진창에 자주 미끄러졌다. 축축한 땅에 코를 박고 엎어져 있다보면, 그 진창에서 단어들이 보글보글 피어올랐다. '누군지 모르지만 날 이 세상에 있으라 한 그분은 날 매우 사랑하시나봐. 그러니 이렇게, 혹시라도 모르고 건너가는 일이 있을까봐 빠짐없이 알려주려 하시는 거겠지……' 그 말에 기대어 느릿느릿 몸을 일으키는 동안,

세상을 보는 내 눈에 덮였던 비늘 한 점이 또 떨어져나갔다. 언젠가는 이 시기에 스친 것들에 대해 쓸 수 있으려니, 그건 무엇보다도 큰 위로가 되었다.

곧게 뻗은 나무들이 울창한 숲에서 잔바람 결에도 나부끼는 풀 같은 나, 의연히 책상 앞을 떠나지 않는 선후배나 동료 들이 보내준 책 덕분에 내가 글 쓰는 사람임을 잊지 않을 수 있었다. 감사드린다.

옛 제자들과의 모임에서 내 책을 선물하던 때였다. 내가 쓴 책을 그것도 사서 선물하면서 나는 참 미안했다. 자영업자나 공무원이나 교사나 주부로 성실히 살아가는 그들에게 내 이야기가 쉽지 않게 느껴지리라는 짐작 때문이었다. 그들이 좀더 편하게 다가갈 수 있는 이야기를 쓰고 싶었다. 마음은 창대하나 솜씨는 미약한 결과물 몇 편을 함께 실었다. 아직 나 스스로에게도 낯설지만, 그 또한 내 정신의 현주소려니.

어느 봄 수리산을 거닐며 겨우 벗어난 아픔을 담담히 들려준 후배 K, 한국에서 왔다는 것만으로 자료를 마음껏 사용할 수 있게 해준 사할린 새고려신문사와 교민들, 어느 여름 머물렀던 토지문화원, 아주 오래전 세상을 뜬 환자의 기억을 되살려준 이시형 선생님, 내가 모르는 세상의 결을 들려주어 서툰 받아쓰기를 계속하게 해주는 친구 Y와 후배 Y, 이름 앞에 '예쁜'이라는 수식어를 달고 휴대폰 전화번호부에 저장된 조카들, 말과 사실 사이의 거리가 아득한 새벽에 홀로 깨어 있는 건 아님을 알려주듯 수리산에서 들려오던 도량석 소리, 영 굼뜬 나를 불러내어 밥과 술과 이야기로 환한 순간을 선물해주던 벗들, 꼼꼼히 문장을 살펴 책으로 묶고 거기에 글을 보태주신 분들……

가만히 떠올리면 삭정이 같은 마음에 문득 연둣빛 움으로 돋던, 지금 그 이름들을 다시 한번 뇌입니다.

2012년 가을
이혜경

| 수록 작품 발표 지면 |

문학동네 소설집
너 없는 그 자리
ⓒ 이혜경 2012

1판 1쇄 2012년 11월 5일
1판 2쇄 2012년 12월 15일

지은이 이혜경
펴낸이 강병선
책임편집 조연주 | 편집 황예인 | 디자인 엄혜리 유현아
마케팅 신정민 서유경 정소영 강병주 | 온라인마케팅 김희숙 김상만 이원주
제작 서동관 김애진 임현식 | 제작처 영신사

펴낸곳 (주)문학동네
출판등록 1993년 10월 22일 제406-2003-000045호
주소 413-756 경기도 파주시 문발동 파주출판도시 513-8
전자우편 editor@munhak.com | 대표전화 031) 955-8888 | 팩스 031) 955-8855
문의전화 031) 955-8890(마케팅) 031) 955-8864(편집)
문학동네카페 http://cafe.naver.com/mhdn

ISBN 978-89-546-1940-0 03810

www.munhak.com